国家舞台艺术
精品工程
剧作集 ⑤

地方戏曲卷三

中华人民共和国文化部艺术司 编

文化艺术出版社
Culture and Art Publishing House

精品提名剧目·黄梅戏

徽州女人

创意　韩再芬
编剧　陈薪伊　刘云程

人物

女人、丈夫、公公、婆婆、老秀才、唢呐大哥、小叔子、养子、轿夫、乡坤、富孀、女群众、男群众

————黄梅戏《徽州女人》>>>>>

第一幕　嫁

〔腊梅欲绽的时节。

〔天籁之声悠远，寂寥，大幕缓缓启动。

〔景：桥。黑黑的空间一座石桥挂在顶端，上不着天，下不落地。

〔唢呐像是要吹破天似的突然响了。舞台上随着那吹破天似的唢呐声跃出一群滚动的红色，那样浓，那样艳，裹着女人；……四个轿夫和一个吹唢呐的主宰着这红色的滚动，兴奋，热烈，却不失凝重，伴着同样兴奋、热烈又不失凝重的山歌。没有什么调性。

〔幕后歌：吹喇叭的吹破了天啰，

　　　　　抬花轿的踏平了山啰！

　　　　　一乘乘花轿肩头上过唷，

　　　　　一个个姑娘变大嫂喂！

〔音乐间奏渐渐地变得有调性了，红色的滚动也渐渐形成井然有序的舞蹈队形——原是一乘颠动的花轿。

轿　夫　（唱）叫声姑娘你坐好，

　　　　　　　前边就要过石桥，

　　　　　　　过了石桥你就变大嫂喂！

〔舞蹈放慢，是一段放慢的抬轿舞。

女　人　（唱）哎呀呀，轿夫哥哥说么子话也，

　　　　　　　什么样的桥叫我变大嫂哎，

　　　　　　　悄悄撩起盖头看……

看一眼桥哎，我的心飞出了轿哇……

〔梦幻的音乐和着喜鹊声、流水声，伴着女人从轿中飘出。

〔"江河水"般的音乐初现。

〔无数枝带头冰凌的干枝腊梅覆盖了舞台。

女　人　（念白）天遂人愿，把我嫁给了一个如意郎君。女儿家呀，等着揭盖头的那一刻。娘说……他一家温和又厚道；爹讲，他是远近闻名的读书郎……我曾在窗口偷偷地瞧见过他……瞧了这一眼啊，

（唱）这辈子，这辈子，……再也丢不下！

　　烟雨蒙蒙一把伞呀，

　　伞下书生握书卷哎。

　　高高的身材，宽宽的肩啊，

　　一条乌黑的长辫肩头上飘喂，

　　飘飘摆摆摇摇甩甩，……

　　他呀，他就绕过了半月塘……

　　留下青山雾蒙蒙，

　　半月塘中雨打莲。……

　　花轿里面再看桥喂，

　　呀！……

　　却原来，却原来，……

　　一抹彩虹挂天边，

　　小妹我驾着彩虹，……

　　我，我，变大嫂喂……

〔幕后女合：

　　喜鹊枝头叫喳喳喂，

　　喜鹊枝头叫喳喳喂。

　　喜鹊，喜鹊你轿顶上飞，

　　衔着花轿下石桥喽……

―――黄梅戏《徽州女人》 〉〉〉〉〉

〔桥隐去。

吹唢呐的　新郎官拦轿着!

〔男女邻里拥着新郎装扮的小叔子上,"新郎"的衣服帽子皆大。

吹唢呐的　怎么是你哟?你哥咧?慢慢说,怎么回事?……

小叔子　我,我,我哥不见了!

男女邻里　他哥不见了!他哥不见了!

〔众人躲开花轿,怕声音被新娘听见。

吹唢呐的　不见了?昨天我还和他哥说话了嘛!

小叔子　我娘说,不能冷落了新嫂子,让我先把新嫂子背回家……

吹唢呐的　你娘呢?

小叔子　我娘在招呼客人。

吹唢呐的　你爹呢?

小叔子　我爹到处找去了。

女乡邻甲　快,先把新娘背回房再说。

女乡邻乙　是啊,老远地颠了一路,尿水都憋死着。

轿夫甲　真是秋树上长蒜薹——怪事!还不快去找!快去找!(对小叔子)你快去背啊!

〔收光。

轿夫甲　(在特写光中大声喊叫着)敲起来,唱起来,背新娘喽!

〔暗转。

〔音乐中起光。

〔景:巷,黑巷,两边错落着白屋。

〔小叔子背着新娘舞蹈上。这是一段非常风趣的舞蹈。

小叔子　(唱)弟矮小喂,嫂子长哎,

　　　　　　　好似田螺背壳房哎。(一个趔趄)

女　人　(唱)他为何一步三摇晃?

小叔子　(唱)哥哥你为何躲来为何藏?

女　人　(唱)背人的人啊,热烘烘,

　　　　　　阵阵扑鼻是汗香。

　　　　　　头一回扑在他身上啊，

　　　　　　飘忽忽羞难藏啊……

　　　　〔小叔子衣衫太长，绊脚，又要擦汗，他背得很艰难。

小叔子　（唱）哎呀呀……哥哥喂，

　　　　　　弟能代你背新娘哎，

　　　　　　弟能代你拜花堂哎，

　　　　　　弟能代你揭盖头哇，

　　　　　　哪能替你入洞房啊？（又一个趔趄）

女　人　哎呀！（一闪，手滑到小叔子胸前）

　　　　〔过门，节奏转舒缓。

　　　　（唱）我郎本是五尺汉哪，

　　　　　　为何力薄身子单？

　　　　　　想必是苦读熬寒暑哇，

　　　　　　又为迎亲夜难眠。

　　　　　　过门后，

　　　　　　定要为他细调养。

　　　　　　我的亲娘啊！

　　　　　　"相夫教子"我记熟啦……

小叔子　（再一个趔趄，跪倒在地）哎哟！

　　　　〔女甲、男甲急上。

女　甲　快起来，快起来，新娘子没入洞房脚是不能沾地的！沾了地就生不出伢子了！快叫他们铺粮袋！

男　甲　（喊）铺粮袋喽！

　　　　〔一群女人拿着粮袋上，边唱边传粮袋。

　　　　（唱）传粮袋呀，铺粮袋，

　　　　　　铺好粮袋新娘踩，

　　　　　　一踩踩进洞房里，

———— 黄梅戏《徽州女人》 〉〉〉〉〉

一代一代传良代！

〔音乐止。

〔收光，暗转。

〔更敲三下。

〔音乐把人带入冥静而不安的空间。

〔光渐起。

〔景：门。镂空。雕花的徽州木制门，一座封闭的门。

〔门后显出婚床和新娘，新娘坐在婚床上，头上蒙着盖头，一动不动，心，却不那么安宁。从顶上盖头，她就等待着揭盖头的那一刻。她上了花轿，被背上肩头，踩着麻袋，拜了花堂，进了洞房……她等了半天又半夜，三更天了，还不见新郎来。她，一个聪明的女孩子，一个爱幻想的女孩子，一个必定也是想象力极丰富的女孩子，她不会没有预感，只是她不会把事情想得很糟糕。

〔前区光起。

〔台左坐着小叔子，手里拿着新郎官帽子和胸前佩的红绸，直愣愣、傻呆呆地。台右坐着公公和婆婆，衣着都很考究，是为长子办喜事特意换上的；婆婆头上的红绒花仍在，公公抱着一个小包。

〔三人静坐良久，公婆欲言又止。

〔公公深深地嘘了一口气，像是嘘儿子，却又瞥了一眼婆婆。他是嫌婆婆没有张口开腔。公公心里想着：都三更天了，你还等什么？

〔小叔子起身要走，父母制止，复又坐下。

婆　　婆　（终于开口了，倚着雕花门内）伢子，好伢子，对不住你了……

〔女人无语。

婆　　婆　那个不争气的，……他，他跑了！

〔女人震动了一下，要揭开盖头。

婆　　婆　女人不可以自己揭盖头，那不好！

623

〔女人又把手放下。

婆　婆　我和他爹都听你的，你说怎么办就怎么办。

〔女人仍无语。

婆　婆　（看看公公，公公示意她说下去）要不，明天让他爹和他弟送你回……

女　人　不。

婆　婆　（高声）不？

女　人　（也高声）不！

婆　婆　不！

公　公　（终于挪动了一下方位，重重地冲婆婆点点头，又挠了挠下巴颏底下，长舒了一口气）不……

〔婆婆捅了公公一下，示意"下面该怎么办"。

女　人　为什么？

婆　婆　什么为什么？

〔婆婆和公公静听，小叔子打瞌睡。

女　人　可是嫌我？

婆　婆　不是。

女　人　不？

公　公　他敢！

女　人　他敢？

婆　婆　不，不是不敢，……（瞪了公公一眼）是不嫌。

公　公　（小声地递话过去）全家人都不嫌。

婆　婆　全家人都不嫌，早就盼着你过门了！

〔女人和着"江河水"般的音乐，哭了出来。

婆　婆　（也哭了）伢子，委屈你了！他上了学堂，读了书，花样就多了。

〔长时间的静场。

女　人　他还会回来吗？

婆　婆　会回来！他是远近闻名的孝子，家里有我和他爹，他是一定会回

———黄梅戏《徽州女人》 〉〉〉〉〉

来的。

女　人　（带着一点遗憾）哦。

公　公　（听懂了）还有你。

女　人　他为什么跑？

〔婆婆看公公。公公小声提醒婆婆：求功名……

婆　婆　想必是为求功名吧。

女　人　求功名？……好！

婆　婆　（对公公）求功名好！

公　公　伢子，你不怨他？

女　人　我，我等他。

〔仍是那"江河水"般的音乐。

〔公婆心中的石头落了地。婆婆猛地站起，公公也站起，欲打开手中的小包。

婆　婆　（止住公公）慢！伢子，快让他弟给你把盖头揭开，捂了一天了。

女　人　不！

婆　婆　咳，不是要你嫁给他弟弟，是让他弟替他哥给你揭盖头，盖头得男人揭，行不，伢子？

女　人　嗯！

婆　婆　委屈你了！（走向小叔子）快，替你哥哥揭盖头！

〔音乐转抒情。

〔木雕门慢慢打开，小叔子如履薄冰般地走向嫂子，慢慢地将盖头揭开。

〔小叔子第一次看见如此美丽的形象，他被嫂子的美惊呆了。

婆　婆　（对小叔子）还愣着干什么，快给你嫂子磕头！

〔小叔子跪下。

婆　婆　叫大嫂！

小叔子　（生硬地）大嫂！

〔静场。

女　人　（唱）从来人都叫小妹，
　　　　　　　忽然把小妹叫大嫂，
　　　　　　　却原来，却原来，
　　　　　　　小叔子一叩一拜，
　　　　　　　从此我就变哪，
　　　　　　　变成了大嫂哇。
　　　　　　　是大嫂就该有个大嫂样，
　　　　　　　切不可哭天抹泪遭人笑。
　　　　　　　我的亲娘啊，
　　　　　　　小妹我……
　　　　　　　擦干泪水，
　　　　　　　面带笑，
　　　　　　　从今后，
　　　　　　　做一个，
　　　　　　　端庄贤惠、持家主事的好大嫂！
　　　　（她努力地将自己端起来，做出一个大嫂的样子，对小叔子）快起来吧！累了一天了，快去歇着吧。
　　　　〔小叔子起身，下。
女　人　（舒了一口气，走向公婆）公公！婆婆！
　　　　〔女人跪拜公婆。
　　　　〔公公喜出望外，婆婆扶起女人。
公　公
婆　婆　好媳妇！
公　公　伢子，我们做公婆的对不住你呀！
婆　婆　他爹，现在都是一家人了，还有什么不能说的。
女　人　公公，现在都是一家人了。
婆　婆　说，都快五更天了，媳妇熬了一夜了，说完了，早些让媳妇歇着。

——黄梅戏《徽州女人》

公　公　咳，这个忤逆不孝的，走就走吧，他还……

〔公公把包袱递给婆婆，婆婆打开包袱。

婆　婆　他把辫子给剪了。

公　公　嘘，小声点。……

女　人　（凑近包袱，没敢接）辫子？

公　公　家丑不可外扬。古人说"身体发肤受之父母"，这要是让外人知道了，岂不笑掉大牙呀！

婆　婆　媳妇，你也早点歇着，啊！

〔女人点点头，婆婆转身欲下。

女　人　哎——

婆　婆　（忙回身）要不要我陪陪你？

〔女人摇摇头，婆婆又欲下。

女　人　（突然地）婆婆！

〔婆婆止步。

女　人　那是他的辫子？

婆　婆　是啊。

女　人　那，那是……他的……辫子！

婆　婆　哦，哦，是他的，……留给你，留给你！

〔女子羞涩地背过身去，婆婆凑过去，女人越发地不好意思。婆婆悄悄地把辫子放在床上，笑着下场。

〔幕后女合：呀，……冰凌凌花开是腊梅也，
　　　　　　大姑娘上轿头一回喂，……

女　人　（唱）黑油油的辫子哟离肩头剪也，
　　　　　　想不出我的郎是何模样，
　　　　　　黑油油的辫子手中握也，
　　　　　　想不出我的郎这是为哪般。
　　　　　　推开窗棂问明月，

〔天籁之声，银光晶莹。

月亮姐姐笑我呆。

我晓得了，月亮姐姐，

我的夫也，他，他……

留下青丝伴我眠……（女子回到婚床边，望着丈夫的辫子）

女　人　（自语）男人没有辫子好看吗？

〔女人"噗嗤"一笑。

〔收光，幕落。

第二幕　盼

〔十年后。

〔景：祠堂。

〔音乐是古典的，喜剧的，无调性的。

〔光起。

〔秀才正中落座，旁边坐有五六位老者，均为乡里士绅、富孀。男人们文质彬彬、儒雅清癯；女人们徐娘半老、风韵犹存。每人端着一把水烟袋。

〔公公婆婆坐在一旁。

〔一幅古民居中堂议事图。

秀　才　今天我把族中的长辈请来，是这个后生（指公公，众看）遇到了难事，要请教诸位长辈。望诸位广开言路，为后人解忧。（突然话止，低头抽烟）

众　人　什么事呀？

秀　才　嗯……（不知是忘了还是根本不知道，或者因为打断了他的思路）

乡绅甲　到底什么事呀？

秀　才　是哇，到底什么事呀，你还不快说！

公　公　唉！

　　　　（唱）崽子一去整十年，

　　　　　　　无踪无迹无信还，

　　　　　　　只恐怕，只恐怕，

　　　　　　　早已命丧入黄泉！

女　众　（吐烟）啐！瞎讲！

公　公　（接唱）撇下儿媳似孤雁，

　　　　　　　苦盼苦等眼望穿。

　　〔众男人点头，众女人叹气。

女　众　（唱）将心比心能想得见，

　　　　　　　那日子过得定似火上煎。

　　〔秀才努力听，要弄明白事情的本质。

婆　婆　（唱）媳妇十年如一日，

　　　　　　　闻鸡即起扫庭院，

　　　　　　　拜过公婆把饭烧，

　　　　　　　问过小叔把味调。

女　众　这样的媳妇哪里找噢！

秀　才　我们徽州宗族，淳厚善良，后辈中也少有凉薄之习。

众　人　嗯！

公　公　（唱）今天她清早起来就说梦。

婆　婆　（接唱）夜夜托梦会鹊桥，

　　　　　　　昨夜鹊桥雾蒙蒙，

　　　　　　　雾中不见夫君面，

　　　　　　　号啕阵阵哀，哀，哀……

众　人　唉！唉！唉！……

婆　婆　他爹说，这伢子恐怕是死在外面了……媳妇说，死了我也等，不做媳妇做女儿……

众　人　唉，多好的伢子！

婆　婆　（唱）一声爹娘叫出口，

他爹就要嫁媳妇。

众　　人　嫁媳妇？

秀　　才　什么？你说什么，公公嫁儿媳？荒唐！

众　　人　荒唐！

秀　　才　岂有此理，成何体统！自从盘古开天地，三皇五帝到如今，只有父母嫁女儿，哪有公婆嫁儿媳？

公　　公　你想，这伢子有多苦啊，都等了十年了！

秀　　才　（终于明白了）十年，十年又算什么？我不是在外面闯荡了三十多年嘛，这不又回到村子里安居乐业了！

（唱）五岁拜师习诗文，

十岁乡里就扬名，

二十喜把秀才中，

春风得意做远行，

哪知三十无所立，

四十仍是不甘心，

到了五十知天命，

这才返回故里做山人。

别着急，他会回来的，无论是功名求得到，求不到，他都会回来的，落叶归根嘛！外面的世事不那么好奔。别着急，叫伢子慢慢等。"等"字是怎么写？下面是个"寺"字，寺者，寺庙也，泛指屋；上面是个"笑"字头，那就是说，等人的人眉宇间是笑着的，不信你们就再审度审度。

公　　公　可是这些年，媳妇天天一早就到桥头的井边去打水，一去就是老半天，……我怕，万一哪天想不开了，……

〔音乐惊叹。

秀　　才　哦！

女　　众　啊？

乡绅甲　（对秀才）既是这样，……那就嫁吧？

——黄梅戏《徽州女人》

女　众　嫁吧!

乡绅甲　时间长了要出事的!（转对公婆）还是你家老大没福气!

乡绅乙　求什么功名!

乡绅丙　他走之前见过新娘子吗?

公　公
婆　婆　没有。

乡绅甲　要见过也许就不走了。

乡绅丁　是呀，如花似玉，人又贤惠，这样的媳妇啊，打着灯笼也是找不着哎!

乡绅甲　还是要请教老秀才!

男　众　老秀才，这个事情还要请教请教你啊!

秀　才　不敢，不敢，同为一族，何言请，何言教。唉，他家没有梧桐树，怎能留得住金凤凰……嫁就嫁吧!只是，要挑个好人家。

乡绅丁　（一直没吭声，此时吹了吹水烟袋，张口了）我倒有一个。

　　　　（唱）东巷有个李二娃，

　　　　　　　年近三十没成家，

　　　　　　　吃苦耐劳不多话，

　　　　　　　人人见了人人夸。

婆　婆　不行，不行，他家太穷!

秀　才　太穷不行。

众　人　对，太穷不行。

女　甲
女　乙　（唱）西街有个赵四爽，

　　　　　　　家有良田与山庄，

　　　　　　　厅堂里面能走马，

　　　　　　　嫁给他有房有地，有吃有穿，有金有银，福哇福绵绵。

公　公　不行不行，他是死了老婆的，我伢子还是黄花闺女，怎能嫁他做填房呢!

乡绅甲　（唱）南头有个周小祥，
　　　　　　　年龄刚过二十三，
　　　　　　　家非巨富仓也满，
　　　　　　　与他可以结凤鸾。
公　公
婆　婆　不行，小两岁呢！宁可男大十，不要女大一，女的大了是要吃苦头的！

〔音乐停，众哑然。

众　人　说了半天，你们是舍不得伢子。……

〔婆婆哭泣。

〔小叔子上，穿了一身崭新的衣服，他已经听到前面的对话。

小叔子　娘，爹！

男　众　咦，你家小儿子不是现成的嘛！

公　公　不行不行，我这伢子也比媳妇小两岁，岂不委屈了媳妇！

秀　才　不行！

公　公　（对小叔子）你去过了？（小叔子无语）见到那女人了？

小叔子　嗯。

公　公　可中意？

小叔子　嗯。

公　公　回家去吧！

小叔子　门锁着。

公　公　你嫂子呢？

小叔子　可能又去井台了！

公　公　那还不快去找！

婆　婆　她又去井台了？！

众　人　啊？！

〔不祥的音乐。

〔收光，暗转。

〔女人的笑声由远而近。

〔光复明。

〔景：井台。

〔女人完全不像公婆所担心的样子。她穿了一身绿色的衣裙，这绿，我们姑且称为"青蛙绿"吧，头上扎了一朵绿色的头绳。

女　人　……嘻嘻……（传来青蛙叫声）一只小青蛙！……小东西溅了我一脸的水。（青蛙叫）你真丑哦！来，我把你放回井里去。（向井里倒水，青蛙跳到桶外）哦，你不想回去，（蛙叫，蛙跳）你是想出去，（遐想）出去，……

　　　　（唱）日日井台来打水，

　　　　　　　只为在桥头盼夫归，

　　　　　　　夜夜托梦会鹊桥，

　　　　　　　却为何，

　　　　　　　昨夜晚鹊桥雾蒙蒙？

　　　　　　　远远望着那座桥，

　　　　　　　冰冷冷的石头喂，

　　　　　　　冷清清的桥喂……呀……

〔唢呐声起。

女　人　（唱）唢呐哥哥你莫要吹哟，

　　　　　　　吹得我心烦无主张啊。

〔唢呐声热烈，奔放。

女　人　（唱）今日我，

　　　　　　　我要……

　　　　　　　过桥……

　　　　　　　我要……

　　　　　　　出村……

　　　　　　　我要去寻夫郎……

〔女人走半圆场，踩着了青蛙，青蛙叫。

女　人　（接唱）哎呀呀，
　　　　　　　一脚踩着了小青蛙，
　　　　　　　是嫌井底太孤单，
　　　　　　　心想出来看看天？
　　　　　　　可怜的小青蛙呀，
　　　　　　　你可知井外不安全？
　　〔音乐间奏。
　　〔女合欲寻夫，觅无边，
　　　　天太高，地太宽，
　　　　茫茫天地寻夫难。
女　人　（唱）盼夫还，夫不还，
　　　　　　为求功名家不归，
　　　　　　男儿有志太辛苦，
　　　　　　一生一世受熬煎，
　　　　　　我不要你的功名，
　　　　　　我不求你的富贵，
　　　　　　只求你快快把家还。
　　　　　　到那天，
　　　　　　我的夫君回家转，
　　　　　　你妻我时刻守在你的身边。
　　　　　　你渴了，
　　　　　　一盏香茗忙送上；
　　　　　　你饿了，
　　　　　　端来一钵小汤圆；
　　　　　　三伏天，
　　　　　　妻在一旁轻轻摇扇；
　　　　　　十冬腊月，
　　　　　　煮一碗姜汤给你驱风寒。

———— 黄梅戏《徽州女人》

夫哇，你灯下写字吟诗作画，
妻为你纳鞋裁衣做长衫，
只要盼到这一天，
再等十年我也情愿。

〔井底蛙声迭起。

女　人　小青蛙，你还是乖乖地待在井里吧。

〔放青蛙入井。
〔音乐做出青蛙入井的声音。
〔女人俯身井口向内看。
〔小叔子猛然跑上。

小叔子　（紧张地）嫂嫂！你……

〔女人吓了一跳。

小叔子　（回头看看躲在后面的众人）嫂子，你做么事噢！

女　人　我挑水呀！

〔小叔子无语。

女　人　你家来着？

小叔子　嗯。（看见嫂子若无其事的样子，感到莫名其妙）

女　人　可相中了？

小叔子　相中了。

女　人　可看清了？

小叔子　看清了。

女　人　看清了就好，你哥那时候就没看见我。

小叔子　我哥哥要是看见你，他就不会走了。

女　人　不走？（笑）不走怎么求功名？还是不看见的好。（欲挑水桶）

小叔子　嫂嫂，我来挑。

女　人　你看看，你这身相亲的打扮，怎么挑呀？

〔小叔子忙解扣脱袍，把衣服交给嫂子，担起水桶就走。

小叔子　（想起了什么，又站住）嫂子，你前面走。

女　　人　你走吧，我不会丢。

小叔子　哎！

女　　人　（唱）我家的人哪，有家教哇，

　　　　　　　　公婆小叔子都厚道，

　　　　　　　　相处十年无争吵，

　　　　　　　　只是二老思儿难展愁眉，少欢笑。

　　　　　　　　改叫爹娘慰双亲，

　　　　　　　　从此后，再不提那不归的人。

〔吹唢呐的兴冲冲上，手拿一张纸条。

吹唢呐的　他大嫂！……

〔静场。

〔吹唢呐的见了女人突然没话了。

他，就是十年前那个吹着唢呐把女人迎进村的人。他常常坐在桥头吹唢呐。因为在桥头，他能远远地看到井台打水的女人，他坐在桥头，用唢呐倾诉自己的心声。用现代的时髦词汇讲，他是在暗恋着女人。可是，当他一旦走到女人面前，却又紧张得手足无措，仿佛自己犯了大错。——古人曰："宁穿朋友衣，不沾朋友妻。"他常常在心里念这句话，他认为，即使他想借机跟她讲几句话，那也是不应该的。

女　　人　（她知道自己的美貌和魅力，那人的神态，她不会不懂，只是得装着不懂）唢呐大哥，有事吗？（村里人都唤他唢呐大哥，她也就随着众人这样叫了，虽然她应该是嫂子）

吹唢呐的　（一声"大哥"叫得他更紧张了）没，没事。

女　　人　（更加像大嫂的样子）没事就家去吧。（自己先走了）

吹唢呐的　（想起电报）不！

女　　人　（站住，故意不看他，却有很得当的礼貌）不什么，快回家去吧，日头都正午了，该家去吃饭了。

吹唢呐的　电报！

——————黄梅戏《徽州女人》 >>>>>

女　人　电报？电报是什么？

吹唢呐的　我也不知道，在桥头一个穿绿衣服的人给的，他说这是电报。

女　人　穿绿衣服的？

吹唢呐的　上面写了许多字……

女　人　我又不认得字，你该给老秀才送去。（欲走）

吹唢呐的　（完全松弛了，甚至有些着急）他说是你家的。

女　人　（也认真起来）我家的？（转过来看他）

　　　　〔"江河水"般的音乐悄悄进入。

吹唢呐的　你家的，也许是大哥哥的……

女　人　是他的？

　　　　〔"江河水"般的音乐渐强。

吹唢呐的　他大嫂，你快家去吧，我去给你请老秀才。（话没说完就拿着电报跑了）

女　人　哎！（想去要电报，又忙着整理自己的头发、衣服。仿佛马上就要见到夫君）

　　　　〔女人下，景随情移。
　　　　〔景：院，宅院。屋上顶着暖融融的太阳。
　　　　〔人随景出，秀才手拿电报，坐在圈手椅上，几个乡邻将椅高高抬起，众乡邻簇拥着，一乡邻搬来长凳，请公公婆婆坐下。
　　　　〔"江河水"般的音乐兴奋地一泻千里。
　　　　〔大家争先恐后地看电报。

秀　才　（念）"不孝之子今为永昌县长，为报父母大恩寄回大洋一百，详情见信，儿叩上。"

众　人　（抢着说）啊，你儿子当县长了！

公　公　老秀才，这个永昌县在哪里呀？

　　　　〔众人围上。

秀　才　呃……

众　人　怎么，老秀才也有不知道的事吗？

秀　才　嘿嘿，儿童争日，如盘如汤，连孔圣人也有不知道的事情，何况老朽我乎？

小叔子　老秀才，那县长能管得了保长吗？

秀　才　坐井观天，坐井观天！在县长面前，保长小得就好比芝麻。在保长面前，大得就好比西瓜！

乡绅丙　噢，那县长就是知县吧！

秀　才　就是，就是。

吹唢呐的　就是戏台上那个穿红袍子的七品官喽！

秀　才　嗯，不错，不错，你看那戏台上的七品官多威风，那个惊堂木一拍——啪："哇！"那个被审的人就吓趴下了！

众　人　（大笑）哈哈哈！……我们村的县长要是回来了，那惊堂木一拍——啪："哇！"我们全村的人都得吓趴下了。（又大笑）

小叔子　（对公公）爹，亏得没有把嫂子给嫁出去……

公　公　（忙打岔，对小叔子）快，快回屋取你哥丢下的笔墨纸砚，请老秀才给你哥也写一封电报！

秀　才　不行，我用的都是上好的宣纸徽砚，到我那去吧。

〔吹唢呐的内喊："老秀才，我给你拿来了！"

〔有人抬来一张条桌，吹唢呐的兴冲冲地捧着纸墨上，险些把墨掉在地上。

秀　才　哎哟！你小心点！我这可是徽墨的极品，是祖传下来的，价值连城啊！

〔吹唢呐的研墨，轿夫乙打扇。

秀　才　（提笔对公公）报，你报我写。

公　公　儿呀，十年不见了，（哭）呜，呜，呜。

婆　婆　想死我儿了，（哭）呜，呜，呜。

秀　才　这不成句，怎么写呀！我总不能写："儿呀，十年不见，呜，呜，呜。""想死我儿了，呜，呜，呜。"

〔众人笑。

————黄梅戏《徽州女人》 >>>>>

女　人　（内白）秀才公公，我有话……

〔女人从屋里出来。

（唱）上面写道天地君亲亲情永。

众　人　天地君亲亲情永。

女　人　下面写着，二老年高盼儿孙！

众　人　二老年高盼儿孙！

女　人　夫哇！……

你的妻盼你十年如一日，

众　人　盼你十年如一日。

女　人　朝依窗口夜听门。

众　人　朝依窗口夜听门。

女　人　盼了日落日出三千六。

众　人　盼了日落日出三千六。

〔转调。

秀　才　伢子，写电报不能那么啰嗦，说话要详，行文要简，依我看就一个字："回！"

女　人　秀才公公，再加一个字："快回！"（入屋）

众　人　快回！

秀　才　伢子！"快回"不雅，要加就加个"速"字，"速回"！

众　人　速回！

女　人　（接唱）今日总算盼到了头！

众　人　（唱）今日总算盼到了头！

女　人　（唱）喜鹊喜鹊把信传，

我郎正奔波在路途间，

喜鹊枝头喳喳笑，

笑我盼夫痴又憨。

〔女合唱：喜鹊枝头喳喳笑，

笑小妹盼夫痴又憨。

〔喜鹊叫喳喳。

〔女人换新娘装束上。

〔女人走圆场，景随情移，婚床出现。

女　　人　（唱）盖上盖头婚床坐，

　　　　　　　　等着我的郎亲呀亲手掀……

　　　　　　　　我就重做一回新娘，

　　　　　　　　重入一回洞房，

　　　　　　　　到如今哪，

　　　　　　　　我才真真格格地把那大嫂变哪。……

〔女人盖上盖头坐在婚床上。

〔幕后合唱：喔……冰凌凌花开是腊梅哟，

　　　　　　大姑娘上轿头一回喽……

〔一场的雕花门推出，女人红艳艳地坐在里面。

〔一场结尾处的洞房音乐重又响起。

〔一群人簇拥着公公婆婆上。小叔子跟在后面，手里拿着一封信和一张三个人的照片。

〔吹唢呐的又在桥头吹响了唢呐，可能在为女人鸣不平。

〔公公一言不发，欲进家门又止步。

公　　公　老秀才，你看！……

秀　　才　不能讲，不能讲，我看这个事不太好讲！

公　　公　总不能瞒着媳妇吧！

秀　　才　该瞒的还是要瞒。

乡绅丙　一个县太爷，娶两个老婆，这也不是什么新鲜事嘛！你看，这个女人也很面善呢！

男人甲　（拿过照片看，转对公公）这也是好事啊，你看，你什么力都没有出，孙子都五岁了！你家老大变样了，发福啰！……

男人丁　这一家三口，……也好。（将照片递给公公）

〔静场。

——————黄梅戏《徽州女人》 >>>>>

公　公　可是……

秀　才　我做主了，把照片和信藏好，别让伢子知道，（指屋内）我给老大写封信，什么都不提，就报平安。

〔众叹气，下。

公　公　（突然惨叫）作孽呀！（气绝）

婆　婆　他爹！

〔切光，幕落。

第三幕　吟

〔春夜。时光又流逝了十年。

〔景：梁柱。古梁柱的柱头被放大了。

〔"吟"的主题音乐进入。

〔这是一个女人无奈、迷惘、孤立无助的苦吟；没有愤怒，没有呐喊。音乐描绘出的女人的叹息，是那样深，那样长。

〔古梁柱渐显，它被灯光刻画得怪异、奇妙，泛出绿色；黑色的平台被逆光勾出轮廓。

〔女人静静地躺着，手中拿着那封电报，她时时地翻身，辗转反侧。

〔女人身着灰色的孝服，白头绳系着长发。

女　人　（唱）古梁柱哇，古梁柱哇

　　　　　　　天天笑我苦，夜夜羞我孤。

（像是要躲避古梁柱的嘲笑似的，女子翻身坐起）

　　　　　　这薄纸一张似风掀起万顷波澜，

　　　　　　霎时间却又噤若寒蝉……

　　　　　　公公无端气绝，

　　　　　　婆婆也撒手归天不管。

　　　　　　公婆呀！

今日你二老已入土为安，

我可怎么办？

尽孝道，我熬过了二十春，

盼人归，我似喜鹊枝头欢，

从今后，

我无孝尽，无人盼，

这夜呀，长夜，夜长。

这梦啊，梦绝，绝梦。

〔传来婴儿的啼哭声。

女　人　（唱）隔墙小叔喜盈盈，

生儿育女烟火兴。

小侄啼哭伴无眠，

何时熬到明天？

天明，明天，也是个奈何天，

我无事可做怎么办？

上坟，烧纸？清明未到，

煮饭，纳鞋？谁吃谁穿，

抹屋，扫院？只需瞬间，

井台打水？再无期盼……

从今后，莫非真是，

无孝尽，无人盼，

无事想，无事干，

无依无靠无牵挂，

无着无落无忧烦，

无依无靠无牵无挂，

无着无落无忧无烦，

无喜无悲，无梦无醒，

无日无月，无生无死，

———— 黄梅戏《徽州女人》

　　　　　天哪，

　　　　　这熬不到头的日日夜夜呀！

　　　　　我可怎么办？……（女人倒在黑平台上）

　　〔一时间万籁俱静，远远的一声长吁。

　　〔"春"的主题音乐引入。

女　人　（唱）心又颤哪，

　　　　　颤瑟瑟，……

　　　　　血又涌啊，

　　　　　涌如泉。……

　　〔古梁柱渐渐变红，像是在燃烧。

女　人　（唱）为什么血如泉涌，

　　　　　为什么体热难耐？……

　　　　　血又涌啊，

　　　　　体热难耐，

　　〔"春"的音乐主题延伸。

女　人　（唱）莫不是春又来临，

　　　　　莫不是春又来临，

　　　　　我心跳难平，

　　　　　我心跳难平，

　　　　　春啊春啊，

　　　　　你莫来临！

　　　　　我熬得过那长夜，

　　　　　熬不过这春哪！

　　　　　春哪，春！

　　　　　你莫来临！……

　　〔报春的主题音乐形成。

女　人　（一声长吁）我热！……（解衣）

　　〔女人辗转反侧。

〔报春的音乐达到高潮。

〔女人猛然站起，衣滑下，内衣露了出来，她直挺挺地靠在正中的柱子上，猛然间，响起一阵冰河开裂般的声响，正中的柱子蓦然向后倒下。

〔后面，满地的迎春花黄得诱人。

〔音乐——春潮澎湃。

〔古梁柱分开推下。

〔风吹，发散，衣飘，女人手拿着电报向迎春花飘去。

女　人　（唱）春啊，春啊，迎春花开报春临，
　　　　　　　春啊，春啊，你莫来临，
　　　　　　　春啊，春啊，春啊，春！

〔"春"的歌声反复。

〔流动的迎春花和女人的独舞，女人投向迎春花，又躲避迎春花。

〔"春"的音乐尾春天中推出井台。

〔女人慢慢走向井台，卧坐在井台。

〔迎春花隐去。

〔冥静，蛙鸣，长叹。

〔无奈的音乐伴着井蛙的鼓噪，极端的无调性。

〔女人依在井口，懒得看却又看了一眼井。

女　人　唉！（又是一声长叹）

〔女合唱：心空，空如井，
　　　　　井下传蛙鸣，

〔蛙声迭起，女人站立。

〔女合唱：人生看破再不恋人生。
　　　　啊！
　　　　这口井啊，清如镜，
　　　　日落云霞夜落星。

〔女人在井中看到自己，她仿佛第一次发现自己是那样美。

女　　人　（唱）那是谁，那是谁？

　　　　　　　　是画，是人？

　　　　　　　　是月，是星？

　　　　　　　　啊，那是我！

　　　　　　小青蛙呀，

　　　　　　　　我不去井底和蛙鸣，

　　　　　　　　我要上天伴星星。

　　　　〔天籁之声传来，灯光渐起，泛出银色的异彩。

　　　　〔天籁之声剔透晶莹。

女　　人　（唱）天籁神乐驱散我心中的乌云，

　　　　　　　　我再不惧黑夜，

　　　　　　　　再不怕天明，

　　　　　　　　耐得住寂寞就不会寂寞，

　　　　　　　　我的心啊，直飞上云天九重，

　　　　〔唱童合：心静静如水，

　　　　　　　　月明明如镜，

　　　　　　　　月亮月亮挂在天边。

女　　人　（唱）万物乘天有本性，

　　　　　　　　我岂能只求速死不求生！

　　　　　〔女人坐在高高的半月边。

　　　　　〔天籁之声，伴着奇异美妙的画面。

女　　人　（诵）井底之蛙看到了天，

　　　　　　　　天大大无边，

　　　　　　　　地大大无沿。

　　　　　　　　月亮，月亮，

　　　　　　　　你静静地挂在天边，

　　　　　　　　不叹无奈，不知清冷，

　　　　　　　　不避云雾，不怕雷霆，

忽圆忽缺，时阴时晴，

　　你总是那样安静。

〔远远地传来婴儿的啼哭声和小叔子的画外音："嫂嫂，嫂嫂！"

〔光起，空的空间。

〔小叔子抱着孩子的特写。

小叔子　嫂嫂，娘过世前说，你弟媳要是再生一个男伢，就把这伢子给你。

〔女人画外音："给我，弟媳她怎么说？"

小叔子　她说，让这伢子做你的养子，为你养老送终。

〔女人从小叔子手中接过孩子。

〔女人的舞蹈。

〔收光，幕落。

第四幕　归

〔又过了十五年。腊月。

〔景：有阶梯的巷，被两边的宅子挤得满满的。

〔恍如隔世的音乐。

〔大幕缓缓升，幕后一排长长的石梯渐渐露出。

〔丈夫站在石阶上，一动不动地，像个画中人。他穿着长袍，外面套着橄榄领大衣，头戴一顶水獭船帽，着一双礼服呢元宝棉甘雨鞋，戴一副银丝眼镜，拄一支文明手杖，他的着装看似考究，实则透出破败。

丈　夫　（念）半生岁月尽蹉跎，

　　　　　年高方知世事多。

　　　　　三十五年弹指逝，

　　　　　毕生理想化冰河！

〔台阶顶上出现了一群孩子，他们从未见过这副模样，像看怪物一样地看着他，他发现了孩子们，想过去问话，孩子们却一轰而散地跑开了。

丈　夫　咳！

　　　　（唱）看故园风物仍是旧时样，

　　　　　　　山重路曲石桥长，

　　　　　　　谣歌无腔信口唱，

　　　　　　　四野宁静鸟低翔……

　　　　　　　如入桃源生慨叹，

　　　　　　　宦海沉落复还乡。

　　　　　　　想当初，年少气盛寻的是海阔凭鱼跃，

　　　　　　　又谁知，命运难料沉浮荣辱总无常。

　　　　　　　辱时作囚居阶下，

　　　　　　　荣时粉墨再登场。

　　　　　　　几起几落心灰懒，

　　　　　　　何必痴迷逐沧桑，

　　　　　　　不如采菊东篱下，

　　　　　　　不如曲水饮流觞，

　　　　　　　不如闲卧南窗榻，

　　　　　　　做一个山民醒黄粱。

　　　　（回身发现孩子们还在周围）喂，小朋友！

〔孩子们不懂什么是"小朋友"，一轰跑掉了。

丈　夫　（苦笑，唱）

　　　　　　　想当年我曾把老秀才笑，

　　　　　　　笑他是少小离家老大无为又复还。

　　　　　　　如今我苦笑笑自己，

　　　　　　　飞不高的山雀转了一个圈儿又归山。

〔吹唢呐的上，他远远地就看见了丈夫，但是没有认出来，丈夫回过身来也发现了吹唢呐的，吹唢呐的正在仔细打量着他。

丈　夫　（看见了吹唢呐的手中的唢呐，兴奋地）你是唢呐大哥吧！……

吹唢呐的　你是……

丈　夫　（摘下眼镜）你不认得我了？是我啊！

吹唢呐的　你是，……听，……是你！

丈　夫　（兴奋地趋前）是我！……

吹唢呐的　（退后）县长，永昌县长……

丈　夫　惭愧……

吹唢呐的　家来了？

丈　夫　家来了！

吹唢呐的　（四下里打量着，突然兴奋了）你一个人啊？

丈　夫　（丈二和尚摸不着头脑）一个人？

吹唢呐的　怎么？行李也没带，还走哇？

丈　夫　不走了！

吹唢呐的　不走了？

丈　夫　不走了，叶落归根了！

吹唢呐的　不走了好，不走了好！……走，我领你家去！

丈　夫　不用，我认得回家的路，过了那座石桥就到家了，对吧？

吹唢呐的　对。

丈　夫　唢呐大哥，请你帮我去雇一乘轿子。（递过一块银圆）

吹唢呐的　咳，雇轿子干什么，你这不就到家了！

丈　夫　我的内人偶感风寒，走不动了，还在半路上等着呢。（又递过银圆）

吹唢呐的　（接过银圆）内人？内人是谁？

丈　夫　哦，就是我家里的。

〔唢呐声远远地飘来，是吹唢呐的心中的声音。

吹唢呐的　你家里的……（把银圆塞回丈夫手中）

丈　夫　怎么，轿夫大哥不在了？

吹唢呐的　还在，还在，都老了，……我去给你雇轿子，你在这等着，

———黄梅戏《徽州女人》 >>>>>

哦！（欲下）

丈　　夫　（递过银圆）给，钱！

吹唢呐的　钱？（反身下）

〔唢呐声渐强。

〔收光。

〔唢呐声中转场。

〔女人在老宅前沐浴着阳光。

〔她坐在一张旧雕花圈手椅中，养子坐在她脚前的小木凳上。

〔女人在为养子篦头，编辫子。

〔台侧晾着一把油纸伞。

〔气氛淡雅，恬静。

养　　子　娘，男人为什么要有辫子？

女　　人　辫子好看。

养　　子　外边的男人早就都剪了辫子。

女　　人　你是怎么知道？

养　　子　……先生说的。

女　　人　先生剪了吗？

养　　子　没有。娘，我想剪……

女　　人　你也想剪？……

养　　子　还有谁想剪？我跟他一块……

女　　人　不许……先生都没剪。

养　　子　可是先生说，外边的人都剪了。

女　　人　外边的人……外边的天地大得很，什么样的人都有。咱们这里男人不都没剪吗？什么时候先生剪了，你再剪也不迟。

养　　子　可是……

女　　人　你看，你的辫子多好看，乌黑油亮，剪了多可惜呀！

养　　子　娘这么喜欢儿的辫子，娘就剪下来留着……

女　　人　你怎么讲？

养　　子　娘这么喜欢儿的辫子，娘就剪下来留着，省得娘天天为儿篦头、梳辫子，多麻烦哪！

女　　人　傻伢子，娘不嫌麻烦，娘喜欢，再说，你这进学堂一年，娘才能给你梳几次辫子呀！……好了，快去盛碗腊八粥喝了，上路吧，不然，天黑之前又赶不到学堂了。

养　　子　能赶到，走后山一会儿就到了。

女　　人　后山路难走，宁可绕远也别走后山，听话！

养　　子　哎。（欲下）

女　　人　伞，别忘了伞！

养　　子　伞？哦！（拿起伞，下）

〔女人痴痴地看着养子下场的方向。

〔幕后传来她自己的歌音。

〔女人幕后唱：烟雨朦朦一把伞，

　　　　　伞下书生握书卷，

　　　　　高高的身材宽宽的肩，

　　　　　一条乌黑的长辫肩头上飘。

　　　　　飘哇……飘哇……

〔女人沉思着，捋着梳子上的头发，一缕一缕地放在膝上的帕子上。

　　　　　留下青山雾蒙蒙，

　　　　　半月塘中雨打莲。

〔吹唢呐的上，他没有马上开口，他不知该怎么说。

〔女人包好帕子欲进屋。

吹唢呐的　他大嫂，就你一个人哪？

女　　人　哦，有什么事吗？

吹唢呐的　有！……你家兄弟在不在家？

女　　人　他叔送他婶回娘家了，晚上才能回来，有什么事，等他回来对他

　　　　　说吧。(欲进屋)
吹唢呐的　　他大嫂!
女　人　还有什么事吗?
吹唢呐的　　你,……你家县长,……
女　人　我家县长……
　　　　〔"江河水"般的音乐,似闷雷滚动。
吹唢呐的　　他,……
女　人　他怎么样了,快讲啊,……他怎么样了?……出了什么事了?
吹唢呐的　　(被女人的情绪搞得更紧张了)他,他,他家来了!(最重要的
　　　　　话仍然没说出来)
　　　　〔"江河水"般的音乐远去。
女　人　他,他家来了,家来了好哇。
吹唢呐的　　可是……
女　人　(这才注意到他的神态,她明白了)他是一个人回来的么?
吹唢呐的　　不,两个人。
女　人　伢子也回来了?
吹唢呐的　　不,伢子没有回来。
女　人　哦……
吹唢呐的　　他大嫂,你,你晓得他……
女　人　早就晓得了……
吹唢呐的　　早就晓得了?
女　人　娘走了以后,……在收拾屋子的时候,我见过一张照片。
吹唢呐的　　……那时候就晓得了?有十多年了吧?……
女　人　(看着养子下场方向)伢子都十五岁了。
　　　　〔吹唢呐的心中的唢呐声冲动地涌了出来。
　　　　〔长时间的静场。
女　人　(镇静自若,微笑着)大哥,求你一件事。
　　　　〔吹唢呐的说不出话了,拼命地点头致意,表示"赴汤蹈火,在

所不辞"。

女　人　他们走到哪了？

吹唢呐的　那女人受风寒了，在半道上等着呢。

女　人　啊，受风寒了，他呢？

吹唢呐的　他让我给她雇了顶轿子，去接那女人了。

女　人　哦，……现在怕也快到了。

吹唢呐的　差不多快到桥头了。

女　人　我想请你替我去接接他们，走了三十多年了……

吹唢呐的　不用，他认得路。

女　人　小叔不在，家里没人，别让人觉得冷冷清清的，啊！

吹唢呐的　那你……

女　人　我去不合适，人家知道我是谁呀？你们从小一起玩过。

吹唢呐的　我不是这意思，我是说，你……

女　人　我要替他们收拾屋子，煮点姜汤，你不是说，那人受了风寒吗？

吹唢呐的　（再次被感动）他大嫂！你，你是个好人！

〔吹唢呐的下。

〔养子出现在门口，挑着担子，一头是书和放腌菜的竹筒，另一头是米袋和那把油纸伞。

养　子　娘！

女　人　（回身看见了养子）……你怎么还没走？

〔养子闷头不语慢慢地走着，横穿舞台。

女　人　（一直看着儿子）娘最爱看你这个样子，很像一个读书人。

养　子　（突然放下扁担）娘，儿不读书了！（一头扑到娘怀里）我要陪你！（哭）

〔"江河水"般的音乐变奏——母子情深。

女　人　伢子！

〔女人哭了，三十年来，我们第一次见到她哭，哭得那样凄楚，

———黄梅戏《徽州女人》　〉〉〉〉〉

　　　　　像江河水一般，无尽无休。

　　　　〔女人终于平静下来。

女　人　伢子，你都听见了？

养　子　嗯……娘，儿早就知道了。

女　人　早就知道了？

养　子　儿第一次上学堂的头天晚上，你一夜没睡。

女　人　你……

养　子　你从褥子底下拿出一个包，有一条辫子，一张照片，还有一封信，娘，儿知道，你想让儿读书，是想让儿给你念那封信。

女　人　傻伢子！

养　子　娘，儿每次回来都偷偷地看那封信，可是儿不懂。现在我全都懂了，我拿来给你念。（欲走）

女　人　不，不，娘不想知道了。

养　子　我不读书了，儿要陪着娘，陪娘一辈子！

女　人　好伢子，你听娘的话吗？

养　子　听！

女　人　你好好读书，等你书读成了，也到外面去求功名，（给养子整理衣服，擦眼泪）等你功成名就了，把娘也接出去……娘想出去，跟着你见见世面！

养　子　可那要等到什么时候啊？

女　人　娘能等到。听话，快去吧！

　　　　〔养子去挑担。

女　人　伢子，走后山吧。

养　子　（懂事地挑着担子往回走，突然又站住）娘，他是我爹吗？

　　　　〔女人愣住。

养　子　娘，我知道，你是我亲娘！（下）

女　人　……伢子，早点回来，娘等你！

〔收光。

〔哑剧。

〔一群女人叽叽喳喳的声音。

〔一群女人上，是一群年轻的女人。

〔随后抬上一顶灰蓝色的轿子，轿夫已经老了，吃力地抬着。女人们叽叽喳喳地议论着，是一组慢动作的哑剧舞蹈过场。

〔女人们下场后，一群男人叽叽喳喳地上，簇拥着丈夫。

〔最后是吹唢呐的上，他手上仍拿着那支唢呐。

〔众人渐渐隐没。

〔特写光照着吹唢呐的，他狠命地吹了起来……

〔一切都安静了。

〔光也是慢慢地升起。

〔舞台后区约两米高处，出现一座横贯舞台的村舍。

〔从村舍两边走出了女人和丈夫，二人远远地望着，女人手中拿着包袱。

女　人　家来喽？

丈　夫　家来喽！

女　人　家来了好，外面太辛苦，家来就不用再辛苦了。

丈　夫　是啊，叶落归根嘛！

女　人　家去吧，锅里煮有姜汤，喝一点好驱驱风寒。

丈　夫　……你是？

〔丈夫走向女人，女人也走近丈夫，打开包袱，递给他。

〔丈夫看见了辫子，抬眼看了看女人。

丈　夫　这辫子……

女　人　娘说，这是你离家时剪掉的辫子。

〔丈夫抬头仔细辨认女人。

丈　夫　你是？……

———黄梅戏《徽州女人》 〉〉〉〉〉

女　人　（指着照片）你家伢子呢，怎么没有和你一同回来？

丈　夫　他在外面做事噢！

女　人　唉，又要辛苦一辈子……

丈　夫　你是谁呀？

　　　　〔女人没有回答他，沿着台阶走下。

丈　夫　（追问）你究竟是谁呀？……

女　人　（站住）我是你伢子的姑姑。

　　　　〔女人一步一步走下台阶。

　　　　〔面幕落下，高屋一直顶到沿条。

　　　　〔收光。

　　　　〔剧终。

精品提名剧目·花鼓戏

秋天的花鼓

编剧　赵凤凯　彭铁森　康建民

秋天的北京

————花鼓戏《秋天的花鼓》

引　子

　　〔幕启。枫树村的村姑们在奔走相告——

村姑们　　有喜事哒！

村姑们　　（唱）山尖尖太阳露脸早，

　　　　　　　　树桠桠喜鹊叽叽叫。

　　　　　　　　村长喜得县城跑——

一村姑　　去做么子？

一村姑　　村里希望小学要开工。

一村姑　　去请县里花鼓戏班来庆贺。

一村姑　　邀请名角红冬梅。

一村姑　　主演拿手戏《刘海砍樵》！

一村姑　　那就过瘾啦！

村姑们　　（接唱）几年没看红冬梅唱戏，

　　　　　　　　咯回硬要看个饱看个饱！

村姑们　　乡亲们咧——红冬梅会来唱花鼓戏哒——

　　　　　　〔舞台转景，嬉笑的村姑们隐去——

第一场

　　〔剧院售票处，挂有陈旧的"剧院售票处"招牌。

　　〔红冬梅与张四海在发生争执。

张四海　　冬梅，冬梅……

红冬梅　张团长，你就算是磨烂嘴皮我也不会再唱花鼓戏哒！

张四海　你，你怎么这样不听劝！

　　　　（唱）你执意改行卖米粉，

　　　　　　　我违心同意又伤心。

　　　　　　　唱戏的人爱戏如爱命，

　　　　　　　难割舍那种花鼓情。

　　　　　　　你是名角莫负观众，

　　　　　　　盼你再登台再扬花鼓名！

红冬梅　团长吔，你再莫提花鼓戏哒！

　　　　（唱）你睁开眼睛看个准，

　　　　　　　这剧团还有多少影子还剩多少形？

　　　　　　　这边足道馆，那边录像厅，

　　　　　　　外面咖啡座，里边娱乐城，

　　　　　　　票房冷落少人问，

　　　　　　　舞台寂寞我寒心。

　　　　　　　再是名角又有什么用？

　　　　　　　不如早改行来另谋生！

　　　　〔黑皮带剧团演职员送桌椅招牌上。

众　人　冬梅姐——老板！

红冬梅　哎！

众　人　椅子也送来哒。

红冬梅　放在这里。

豆　子　桌子送来哒。

红冬梅　放在那里。

黑　皮
妙　儿　牌子也送来哒。

红冬梅　挂在那里。

众　人　放到哪里啰？

红冬梅	就放到你们脚下。
众　人	蛮好!
红冬梅	是有蛮好啦!
张四海	好个鬼!
黑　皮	粉店开张,老板上任,把旧牌子取下来,把新牌子挂上去!
众　人	把旧牌子取下来!
黑　皮	(望着旧牌念)取旧牌子,售票处呀售票处,你怪不得冬梅姐,也怪不得我们大家,无人来买票,挂着你也没有用——对不起哒。

〔众人望着被黑皮取下的售票处牌心绪复杂,静场。

周秋容	(发泄地)呃呃呃,旧的不去,新的不来,快把新牌子挂起来呀!
红冬梅	(决然地)挂起来!
众　人	对,挂起来!
黑　皮	(如梦初醒地)啊,挂新牌子——
张四海	等等!等我走了,你们再挂。(欲走)
红冬梅	张团长!剧团的人好不容易聚在一块,我已经准备了饭菜,大家热闹热闹,吃了饭再走吧?
众　人	吃了饭再走啰?
红冬梅	好啵?
张四海	说实在的,想吃你做的饭菜,我想了好多年,想不到是在这种情况下,吃这样的饭……
黑　皮	(对众人示意)哎,张团长和冬梅姐有事商量,我们懂味,暂时先撤。

〔众人避下。

红冬梅	(婉转地)四海,今天是我店子开张大喜的日子,你莫在这里跟我怄气好不好?
张四海	(叹口气)我跟你怄气干什么?我是在跟自己怄气!我们县里又多了个老板,少了一个艺术家,还是县里唯一的一个国家二级演

员……

红冬梅　（爆发地）我，我也是自己跟自己怄气！

〔李向阳西装革履上。

李向阳　（见两块牌，口念）米粉店……售票处……这是剧团，还是粉店？

红冬梅　这是粉店！

张四海　这是剧团！

李向阳　（大声地）老同学！

张四海　（不知所以地）老同学？……我？

李向阳　不是你，是她。（向红冬梅）初中同学，忘记哒？在班上我们两个的成绩都是第一，不过你是顺数第一，我是倒数第一。

红冬梅　（认出来了）李向阳。

李向阳　记起来了吧，哈哈……（使劲与红握手）

红冬梅　（手疼）哎哟。

李向阳　对不起，老同学见面太高兴了。

红冬梅　没想到，真没想到，你是？

李向阳　我是专程来请你去唱戏的！

红冬梅　（愣住）请我去唱戏？

李向阳　请老同学挂头牌，到我的新家唱场寿戏。

红冬梅　（犹豫地）这……

张四海　（趁机接话地）请她唱戏？找我谈。

李向阳　找你？

张四海　我是剧团团长。

李向阳　团长贵姓？

张四海　免贵，姓张。

李向阳　啊，张免贵团长。

张四海　我不叫张免贵。

李向阳　那，贵姓？

张四海　免贵，姓张。

李向阳　还不是张免贵团长！

张四海　（苦笑）好好好，张免贵就张免贵！请坐！

红冬梅　老同学，我已经……

张四海　（支开欲解释的红冬梅）老同学来哒，快去泡杯茶唦。（冬梅只得去泡茶下）请红冬梅去唱戏可以，不过如今是市场经济，是有偿服务。

李向阳　张免贵团长，你这就有些看人不起了，相公看帽子，老爷看轿子。你看我这身行头。（拿出名片）喋，这是我的名片。

张四海　（念名片）中华人民共和国湖南省梅山县樟树乡枫树村基建公司总经理李向阳，哎哟，我的崽呀……

李向阳　啊，你骂人……

张四海　不，不，我是讲你咯头衔一口气还念不完。

李向阳　哦，以后可能还会加点内容。

张四海　那李总出好多钱一场戏？

李向阳　你开口，一言堂。

张四海　我们平时是八百块钱一场，不过你只演一场，又是专请红冬梅挂牌……

李向阳　干脆得很，包吃住，包接送，给你们一千。

张四海　好！那时间……

李向阳　后天下午。

张四海　好，就是后天下午。

李向阳　听说红冬梅离了婚是的吗？

张四海　这跟演戏没得关系吧？

李向阳　张团长！

　　　　（唱）我从小就把冬梅爱，
　　　　　　俨像哒梁山伯爱哒祝英台。
　　　　　　爱来爱去爱不成，
　　　　　　爱不成我的相思不改。

　　　　　听说她现在离了婚，
　　　　　　幸福的大门又对我开。
　　　　　　借着请戏来牵手，
　　　　　张兔贵团长，这件美事——
　　　　　请你帮忙搓拢来！（递钱给张）

张四海　你这是干什么？

李向阳　这是我预付的红娘费，事成之后，我再送你一条全毛呢子裤——短裤！

〔赵启贤边喊边冲上。

赵启贤　我的个爷，总算找到哒。（拾起已取下的售票处牌子）

张四海　哎，你找哪个？

赵启贤　请问，目前剧团团长在这里吗？

张四海　目前？目前我就是团长。

赵启贤　贵姓。

张四海　兔——啊，姓张。

赵启贤　张团长，你们这县剧团真的难得找。我是七寻八寻好不容易才在这地下看见这块售票处的牌子，这个牌子怎么放在地下？目前要挂起来才对！（他将售票处的牌子又挂上）

张四海　挂起来！

红冬梅　（端茶上见状喊赵）挂错了，挂错了——（欲去取牌）

赵启贤　错哒？

张四海　（拦住红，支使赵）没错，没错。

红冬梅　错哒，错哒。

张四海　没错！（拖椅至牌下支使赵）你坐到咯里，（转对红冬梅悄声地说）给个面子挂两天，喝茶！（顺手取红冬梅的茶给赵）

赵启贤　（指红冬梅）这位是团长夫人吧？

李向阳　（急了）你莫乱讲，她是我的……老同学，县里最有名的大明星红冬梅小姐。

———花鼓戏《秋天的花鼓》

赵启贤　红小姐，你台上的戏我看得多，台下看你目前我还是头一回，真的，你还是我们上边柳树村红满奶奶的孙女子！

红冬梅　是的，我们还算是老乡。

赵启贤　是的唦！我们那里出了你这个角色，我们也光荣呀。

红冬梅　过奖，过奖哒。（瞪了张四海一眼，无奈再去续茶。下）

赵启贤　哎，向阳伢子，目前，你在这里做什么？

李向阳　我来接红冬梅小姐去唱戏。

赵启贤　你一不结婚，二不起屋，三不做寿……

李向阳　我就是唱寿戏。

赵启贤　你上个月做过寿哒！

李向阳　那是做阴历年的寿，这回是做阳历年的寿。

赵启贤　你一年到底做几次寿？

李向阳　我钱多了爱热闹，一年做三次，除了阴历年的寿、阳历年的寿还准备做闰月的寿！

赵启贤　你……（语塞）

张四海　赵村长，你找剧团是……

赵启贤　张团长，我们那个枫树村，是老、少、边、穷的地方，这次搭帮省里威力公司，帮我们村里建希望小学，乡亲们心里好高兴，开工那天，想请戏班子去热闹热闹，这是我的介绍信。

张四海　赵村长，那你们的时间是……

赵启贤　后天下午。

张四海　哎呀，你们撞了车！

李向阳　张团长，要讲个先来后到吧。

赵启贤　向阳伢子，目前……

李向阳　有话就讲，少说几个目前好啵？

赵启贤　这是我的口头禅。目前，个人服从集体，全党服从中央，我是村长有权作决定，先为村里演出，目前……

李向阳　现在——要按经济规律办事。是这样，要是村里的钱出得比我多，我就没话讲。

赵启贤　张团长，目前他出好多钱一场？

张四海　包接包送，一千块。

赵启贤　（旁白）哎呀，向阳伢子把价抬得这样高，我也不能服输呀！张团长，我出一千零八十，也包接包送。

李向阳　（两人无形中赌起来并吸引出黑皮等人）张团长，我出一千五。

赵启贤　张团长，我出一千五百八。

李向阳　我出两千。

赵启贤　我出两千零八十。

李向阳　我出三千。

赵启贤　加八十。

李向阳　我出四千。

赵启贤　加八十。

李向阳　我出六千。

赵启贤　我再加八十。

〔众惊呆，红冬梅激动。

红冬梅　（唱）请戏价格往上飙，
　　　　似看到往日观众热情高。
　　　　排队买戏票，
　　　　入场喜眉梢。
　　　　台上演得妙，
　　　　台下打红包。
　　　　美妙情景眼前绕，
　　　　令人陶醉神思飘！

〔红冬梅脱口叫出一声"好"！引发众人齐声叫"好"！

李向阳　好，你狠。六千零八十，你去演。

张四海　李总……

李向阳　张团长，他要是拿不出钱来，你就打我的手机，号码是一三八零

七三八七七八八。（欲下撞上粉店招牌）哎哟，背时。（气下）

张四海　（故意地）六千零八十块钱一场戏，划得来。赵村长，我们来签合同。

赵启贤　（打恭作揖地）团长，我是为了把向阳伢子比下去才和他抬杠的，六千零八十，我就是拆屋嫁娘也请不起呀。张团长，一定要高抬贵手，优惠，优惠，再优惠。

张四海　赵村长你放心，凭着你们对花鼓戏这份热情，我们也不忍心收太高的价，一千零八十到你们村里演出。

赵启贤　（一把抱住张四海）张团长——

　　　　（唱）你真是做了好事积了德，

　　　　　　　人不晓得天晓得。

　　　　　　　菩萨也会保佑你，

　　　　　　　再生一个胖崽——

张四海　（插白）咯我至今婚姻未动还打单身……

赵启贤　（接唱）那就保佑你找一个像红冬梅同志这样大方漂亮、贤惠温柔、能唱能做、人见人爱的戏子师傅做堂客。

赵启贤　目前……

张四海　（不好意思地看着红冬梅）目前，莫乱讲。

赵启贤　哦，对了，红小姐，你是著名的戏子师傅……

张四海　赵村长，你莫戏子、戏子的喊啰，我们听了不舒服呢！

众　人　是的啰！

赵启贤　我看，蛮好。过去有大文化的都叫子，孔子……孟子……戏子。（众人笑）我明天就开拖拉机来接你们啊。哦，红冬梅小姐就一定要去，我们那有个快八十岁的彭娭毑，她说只要你去演出，她准备了一样宝贝送给你……

张四海　秋容去召集大家准备好，明天要下乡演出了。

周秋容　团长放心，我会挨家挨户去通知。

黑　皮　团长，我要多带一个人去——（推出妙儿）

张四海　（见妙儿，不认识）这个妹子是……

黑　皮　她叫妙儿，按现在的时髦话讲，她是我的利咯啷。

〔众笑。

张四海　（有些感叹地）黑皮，唱戏我是你的师傅，可这谈爱呀，你可是我的师傅。

黑　皮　互相学习，互相学习……

张四海　不过恋爱虽自由，但作风要正派，莫搞坏了我们县剧团的名声。

黑　皮　（委屈地）团长，你这是什么话？我是认真准备讨了她做正式堂客的。

张四海　我告诉你，一、黑皮是个聪明伢子，灵泛得很；二、就是嘴巴子有点油，没有几句正经话。

妙　儿　他这两样我都爱。

〔众笑。

张四海　明天上午八点三十出发。大家作好准备啊！

黑　皮　哎，我那把镰刀要赶快修好啊！

张四海　冬梅，你也赶快准备一下。

红冬梅　我准备什么？

张四海　准备随团下乡演出呀！

红冬梅　我改行开米粉店哒……

张四海　你忍心看着剧团开不了锣？

红冬梅　我……

〔红冬梅矛盾地处在两块招牌之间。

〔灯暗。

引　子

〔舞台灯亮，枫树村的村姑们为迎接戏班而忙碌着——

众村姑　哈哈……哈哈……哈哈……哈哈……

村姑们　（唱）石板缝里开红花，

　　　　　　　枯树逢春发新芽，

　　　　　　　戏班子来唱花鼓戏——

　　　　　　　村里搭台、开铺、淘米、煮饭，忙里忙外忙上忙下。

　　　　　　　累得男女老少个个笑哈哈！

一村姑　等戏班子去哦！

一村民　曼莲婶子，我们的事都做完了，我们先走哒。

　　　　〔舞台转景，村姑们隐去——

第二场

〔枫树村赵启贤家，刘曼莲在收拾前院准备接客。

刘曼莲　哎呀，你们就走了，我何时搞得赢啰。

　　　（唱）清早起我就搞不赢，

　　　　　　手忙脚乱连没停。

　　　　　　地上我是扫了两遍，

　　　　　　桌椅我是擦了三轮，

　　　　　　热水我是烧了四缸，

　　　　　　凉茶我是泡了五桶。

　　　　　　斑鸠子说我成癫婆，

　　　　　　喜鹊子笑我发神经。

　　　　　　都只为老倌子请来的戏班子，

　　　　　　午时三刻要进村。

　　　　　　你们说我不忙行不行？

　　　　〔传来鸡叫声。

刘曼莲　呵伙，我那宝贝鸡婆还没招呼得赢。

　　　　莫叫，莫叫，来哒——（忙下）

　　　　〔五驼子边照镜边梳头上。

五驼子　（唱）花鼓戏班子要进村，
　　　　　　我会计兼任接待主任。
　　　　　　头发梳得光头油抹一层，
　　　　　　蚂蚁子上去脚也站不稳。
　　　　　　三分人才七分打扮，
　　　　　　这人一收拾起来蛮精神。
一村姑　哎呀，五驼子，在做什么啰？
　　　　〔众村姑围上。
众村姑　做什么，做什么呢？
五驼子　做么子做么子，我刚洗了头。
一村姑　你几根咯样的癞子毛，还有什么洗场？你未必还想在戏班子里找个"小蜜"？
五驼子　莫开咯样的玩笑，只怪我爹妈没把我设计好，才做成这个样子。人丑了，也要打扮一下，我五会计不大不小，也是个三把手——（接唱）戏班子面前对我不尊重，
　　　　　　三把手伸手要打人！
　　　　〔刘曼莲捉鸡上。
刘曼莲　五会计，快帮我捉鸡……
五驼子　我有重要任务，村长唢呐叫，就要排队迎接戏班子。
　　　　〔鸡叫，赵跑上吹唢呐——
刘曼莲　来啰，先捉哒这只鸡婆子啰。
五驼子　（听到唢呐）村长，戏班子呢？
赵启贤　跌，都到屋门口哒。
　　　　〔张四海、红冬梅及众演员上。
张四海　（唱）真高兴久停的演出锣鼓又敲打。
红冬梅　（唱）理不清心中有一团乱麻。团长，我的米粉店……
张四海　（打断红冬梅）人都来了，就当是到乡里散散心啰……
　　　　〔村姑们发现红冬梅，叫喊着围住了她。

———花鼓戏《秋天的花鼓》 〉〉〉〉〉

一村姑　哎呀，那是红冬梅。

五驼子　（拉开众人自我介绍）我是村上的会计叫伍——

一村姑　五驼子。

五驼子　哎，你不开口，人家不会当你是哑巴，还望哒做什么，快把被子给戏子师傅——

（唱）戏子师傅莫嫌差，

　　　她们是尽心尽力往外拿。

村姑甲　（唱）这个枕头我换了新的荞麦壳。

村姑乙　（唱）这床被子我弹的是新棉花。

村姑丙　（唱）毯子是毛妹子从广州带回的外国货。

村姑丁　（唱）这床床单虽旧，我洗得青纱变白纱。

村姑戊　（唱）踏花被让给旦角师傅盖，

　　　莫让那恶花脸蹬烂它。

刘曼莲　（唱）城里人既爱卫生又讲究，

　　　我给你把香水洒一洒。

张四海　（唱）乡亲们让我们好感动，

　　　我代表剧团，

　　　谢谢大家。

　　　谢大家！

赵启贤　婆婆子，铺位子怎么安排的？

刘曼莲　（有点紧张地）都是按你的指示安排的。男的睡女的下边，女的睡男的上边。

赵启贤　（急了）你……你这是讲的什么话？

刘曼莲　（也急了，更紧张）我……我讲的是你的话……

赵启贤　算哒，女的睡后面的楼上，男的睡前面的楼下。

张四海　女的睡楼上，男的睡楼下，快点啊！

〔男女演职员分头下。五驼子、村姑下，豆子上。

刘曼莲　（对豆子）你睡楼上。老倌子，红冬梅的戏真的唱得蛮好？

赵启贤　（神往地）那就是的啦，那真是个好戏子，文的武的都来得。特别是那双媚眼一扫，哎呀，不得了……

刘曼莲　（关切地）为什么呢？

赵启贤　勾翻一片男人家，厉害，厉害。

刘曼莲　你没被勾翻吧？

赵启贤　（开玩笑地）那就有蛮危险，就差那么一粒米。

刘曼莲　（打赵一下）你这个老花心。

〔内传来女演员的轰笑声，豆子狼狈地上。

一女演员　你想乱砣呀！

〔张四海下。

豆　子　村长娘子，你开什么玩笑咯？楼上睡的都是女的哒。

刘曼莲　你不是女的？

豆　子　我何解是女的啰，我是正宗的叫鸡公！

赵启贤　睡楼下，睡楼下。

〔豆子下。

刘曼莲　留起这长的头发，又穿得这样花花绿绿，鬼晓得你是男是女？

赵启贤　是呀，到目前，我也没分出公母。哎，婆婆子，准备酒吗？

刘曼莲　（边喂鸡边答）戏子师傅喝了酒，还唱得戏呀？

赵启贤　外行吧，你没看见那些花脸师傅，不呷酒，能跺得台板子响？（学样）

刘曼莲　算哒，莫吓到我的鸡婆子。

赵启贤　婆婆子，饭菜怎么安排的，讲出来听听。

刘曼莲　老倌子，那菜就有蛮多啦。

　　　　（唱）小炒豆角炖冬瓜，
　　　　　　　坛子辣椒拌豆腐渣。
　　　　　　　南瓜切丝细又嫩，
　　　　　　　外加一碗韭菜花。

赵启贤　净是些小菜，这又怎么对得客住？

刘曼莲　老倌子，还有啦！

|||||| 花鼓戏《秋天的花鼓》 〉〉〉〉〉

（唱）粘了板油的猪肠子有两副，

巴掌大的鲫鱼子有二斤八。

赵启贤　算哒，荤菜质量太差，分量又太少。

刘曼莲　老倌子哎。

刘曼莲　（唱）分量太少我心有数，

炒菜时做死的把盐加。

赵启贤　（唱）蠢婆娘办事实太差，

坏我的大事要挨骂。

目前我把方案改，

抓紧时间把鸡杀。（欲抓）

刘曼莲　（护鸡）老倌子，你说为了减轻村里的负担，让戏子师傅在我屋里吃住，我没意见。你为什么还要杀我的鸡婆子？

赵启贤　以后我赔你一只鸡婆！

刘曼莲　不行。

赵启贤　两只？

刘曼莲　要不得。

赵启贤　五只？

刘曼莲　不行。

赵启贤　十只？

刘曼莲　要不得。

赵启贤　目前时间紧急，我懒得跟你讲。（抓鸡，拿刀，欲杀）

刘曼莲　（唱）我的这鸡——

我这金黄毛衣的、高脚杆子的、会生蛋的、又长肉的、逗人爱的、蛮听话的、几好玩的、声喊声应的、我的心肝宝贝桃源良种鸡！

我出门你送我过田垄，

回家时你接我下阶基。

城里人养狗我喂鸡，

都是痛在脋心里。

我的这桃源良种鸡……

〔张四海听到哭声急上。

张四海　什么事？

刘曼莲　他要……

赵启贤　是，我要——切菜，我切菜。

〔刘曼莲趁机抢鸡。

赵启贤　（护鸡，对刘曼莲低声地）戏子师傅来哒，要给我留点威信。

刘曼莲　狗屁威信。

赵启贤　（忙大声地）你是三天不挨打，上屋掀得瓦。是骨头痒还是皮痒？（对刘曼莲挤眉弄眼地）我才出去两天就不听调摆哒？

刘曼莲　（小声嘀咕）好嘞，今天晚上你莫上我的床……

〔五驼子一个踉跄上，回身堵住随着涌上的村民。

张四海　（紧张地问）五会计，什么事啰？

五驼子　他们要听红冬梅的清唱。

张四海　这好办咯。黑皮拿大筒来。冬梅，冬梅……

红冬梅　哎……

张四海　碰头彩，你就来段花鼓清唱啰。

红冬梅　（有些激动地）好，我就唱段《刘海砍樵》。

〔在村民掌声和合唱声中，张四海口念锣鼓、手拉大筒伴奏，红冬梅带着表演清唱了一段《风和日丽好春光》。

红冬梅　（唱）风和日暖好春光，

　　　　　　桃红柳绿百草香。

刘曼莲　（唱）百是百草香啊……

村　妇　冬梅，来，来，喝口红糖水，润下喉咙。

红冬梅　等我唱完了再喝吧。

村　妇　是我特意为你熬的呢。

红冬梅　好，谢谢……

————花鼓戏《秋天的花鼓》

红冬梅 （唱）大傩神仙我不爱,
　　　　　　要学织女配牛郎。
刘曼莲 （唱）配是配牛郎啊……
　　　〔红冬梅唱完,刘曼莲第一个叫好起来。
刘曼莲 唱得好,好得不得了。我要把舍不得杀的鸡婆子,杀了给你呷。（杀鸡）老倌子钳毛去。
妙　儿 黑皮,看到你们当演员的这样受欢迎,我真想亲你一口,（欲吻黑皮,众人发笑）讶什么讶啰?你们就不谈恋爱的啵?……过来噻!（吻黑皮）
黑　皮 这么多人……
　　　〔众人笑下,彭娭毑走近红冬梅递上个小包包。
彭娭毑 妹子咂,唱得好,送样东西莫嫌差。
赵启贤 冬梅,这就是彭娭毑。
红冬梅 彭娭毑!
赵启贤 把她送给你的宝贝打开看看!
红冬梅 （打开包包）扇子?胡秀英用的扇子!
彭娭毑 头回看你唱胡秀英,我还年轻,只有七十二岁,看你用的扇子有点旧,于是我就凭记忆做了这把扇子,等你二回来拿着它唱,没想一等等了七八年,总算等到哒你,妹子,明天唱《刘海砍樵》,你就拿它用,行啵?
红冬梅 （深受感动地点头）行……行……
彭娭毑 那就好……（下）
红冬梅 （唱）一把彩扇多少情,
　　　　　　好似春风暖我心。
　　　　　　连年县城经风雨,
　　　　　　一天老去一年春,
　　　　　　怕听花鼓声。
　　　　　　没想到走进小山村,

　　　　　　半日复活十年春，
　　　　　　　又唱花鼓音……
张四海　冬梅，你哭哒？
红冬梅　我，我是高兴……
张四海　我，我也高兴……（递手帕）
刘曼莲　老倌子，为安排戏子师傅的吃住，累得腰酸背痛，你帮我捶下子背。
赵启贤　好喽好喽。（为刘捶背揉肩）
张四海　（见状感叹地）有堂客的味道真是不同。
红冬梅　（见状感叹地）有男人的女人真好，累了痛了有人帮着揉……
张四海　（有所指地）没有堂客，再会揉，也是空的。
红冬梅　（回避地）我们走吧，莫在这里当电灯泡。
　　　　〔张四海、红冬梅悄悄下。
　　　　〔五驼子急上。
五驼子　你们两公婆还在这里韵味呀，戏只怕唱不成哒！
赵启贤　（一惊）你莫吓我呀！
五驼子　昨天李向阳伢子催要希望小学的工程款，把村里的资金都抽走了，接戏班子的钱也没有了……
赵启贤　这我知道，所以要你一户一块钱收钱看戏。
五驼子　我没有去收。
赵启贤　（大怒）五驼子，你对工作这样不负责，这干部你怕是不想当了吧？
五驼子　村长呃，我就是想当干部才没有每家每户去收钱。
赵启贤　那是为什么呢？
五驼子　李向阳讲，中央强调减轻农民负担，每户收一块是硬性摊派，不符合上面政策。
赵启贤　难道上边的文件说了，每户收一块钱请戏班子就算摊派？
五驼子　难道上边的文件说了，每户收一块钱请戏班子就不算摊派？

〔两人相对无语。

〔灯暗。

引　子

〔舞台灯亮，枫树村的村姑们在月光下偷看演员们练功练戏。

村姑们　（唱）借只月亮看新鲜，

　　　　　　　戏子的斤斗翻下田。

　　　　　　　为何两人脸对脸？

　　　　　　　啊吔！

　　　　　　　快闪开，莫拢边……

〔舞台转景，村姑隐去——

第三场

〔村外，桥头。

〔张四海在拉大筒。演员们在月光下练功练戏。

妙　儿　黑皮哥，你们唱戏好辛苦的。（为黑皮按摩）

黑　皮　那就是的，台上一分钟，台下十年功。妙儿，你要慰劳慰劳我。

妙　儿　我在按摩慰劳哒！

黑　皮　按错地方哒！

妙　儿　要按哪里啦？

黑　皮　咧。按这里。（努努嘴）

妙　儿　（犹豫了一下）那你把眼睛闭上。

〔黑皮听话地闭上眼睛，妙儿几次欲吻又止。

黑　皮　怎么啦？

妙　儿　再来啰！

黑　皮　（睁开眼）你逗我的啵？

妙　儿　不是的，你听——团长这只大筒，拉得好伤感，影响情绪！

黑　皮　（同情地）唉，你不晓得，团长想冬梅姐十几年，始终不敢开口，冬梅姐结了婚他都没找堂客。现在，冬梅姐和贵伢子离婚两三年了，他还是不敢开口。

妙　儿　（感动地）好感人的故事，好伟大的爱情！

黑　皮　不晓得什么鬼，只要一见了冬梅姐，团长满溜的嘴巴就像贴了封条，一句谈爱的话都讲不出来，急死人哒！

妙　儿　急有什么用？帮忙噻！

黑　皮　帮忙，怎么帮啰，我帮他去谈？

妙　儿　蠢宝！（耳语）

黑　皮　（走近张四海）报告团长！告诉你一个绝密消息，现在好多人瞄准了红冬梅。你还是听得见哦！喋，公安局的赵猛子、国土局的孙胖子、税务局的李长子、邮电局的马矮子，都像蝇子一样围了她转！

张四海　莫乱讲咯。

妙　儿　团长，黑皮讲的都是真的，这些人我都认得，他们配冬梅姐都蛮相配的。当然啰，和冬梅姐最般配的还是你张团长。

张四海　（有些得意地）嘿嘿，不好意思！不好意思！

妙　儿　团长，这谈爱就跟买东西一样，好东西人人都想要，下手就一定要快，慢一步，就要悔一世。

黑　皮　这就不是妙儿吓你，你碰到的都是些强有力的对手。先下手为强，后下手遭殃。再说，你以为我不晓得你心里的小算盘？保住了冬梅姐也就是保住了剧团。

张四海　那倒是真的。

黑　皮　要想保住红冬梅，你必须从爱情入手。

妙　儿　对。

黑　皮　因为爱情的力量是不可阻挡的。

妙　儿　对。

——花鼓戏《秋天的花鼓》

张四海　好倒是好，可是她现在要改行，我去向她求爱，留她在剧团，这是土地老倌讲梦话——神志不清哒！

黑　皮　我看是你神志不清哩！今天下午冬梅姐就有了变化，她还唱了清唱啦！

张四海　变化是有还没到火候啦。

妙　儿　你就加油添柴、发动攻势。

张四海　我又没把握。

黑　皮　现在形势逼人，有条件要上，缺一点条件也要挺起上。俗话说，堂客们心里痒，就望男人开口讲。你要开口啦。

张四海　怎么开口？

黑　皮　这样蠢，不晓得这个团长怎么当的。妙儿，你站到那里，（对张四海）她就是红冬梅，我就是你……看哒。（示范地）冬梅，有一句话我憋在心里十几年哒……

妙　儿　什么话？你说呀。

黑　皮　（一把抱住妙儿）冬梅，我爱你。

妙　儿　四海，我也爱你。

黑　皮　喋，速战速决。

张四海　我没有你那样的水平，"我爱你"三个字，看见冬梅我就讲不出口。

黑　皮　你真是没药救。槟榔是嚼出来的，胆子是练大的。妙儿，帮忙帮到底，送佛上西天，为了团长的爱情，你就再当一回冬梅姐。

妙　儿　好，为了张团长，两肋插刀。

黑　皮　照我刚才那样子做一遍。

妙　儿　团长，我准备好哒，你来咯。

张四海　（闭目酝酿情绪后，走向妙儿，突然又回头）我照你一样的啊？

黑　皮　一模一样，一板一眼。

张四海　那我就会抱妙儿啦。

黑　皮　（一愣）妙儿，抱啊？！

妙　儿　黑皮，不要想不开，就等于这是在台上演戏。

黑　皮　（一跺脚）好，我就吃了这个亏，抱咯。

妙　儿　团长，你来咯。

张四海　（对妙儿）冬梅，有一句话我憋在心里十几年了……

妙　儿　什么话，你说呀。

张四海　（一把抱住妙儿）冬梅，我爱你。

妙　儿　四海哥，我也爱你。

张四海　哎呀。有味，是有味。

黑　皮　那又怎么没味呢！

张四海　妙儿，我们再来一次。

黑　皮　（急拦指内）哎，算哒，喋，冬梅姐在那边练功，你要韵味到那里去韵味。

张四海　那我怎么讲？

黑　皮
妙　儿　照刚才那样讲。

〔红冬梅执扇练身段上。

〔张四海欲进又退被黑皮一推一个趔趄——

红冬梅　团长？

张四海　（遮掩窘态）这地溜滑的。

红冬梅　我看蛮好的啊。

张四海　冬梅，你蛮敬业啊。

红冬梅　不来则罢，来了就要对得起观众。

张四海　要是大家都像你这样，那工作就好办了。

红冬梅　那就谢谢团长的表扬。

张四海　我们是科班兄妹，你这样讲，叫我有话怎么开口？

红冬梅　你想讲什么？

张四海　我想讲我们两个还有没有搞头？

红冬梅　什么东西有没有搞头？

——花鼓戏《秋天的花鼓》

张四海　你没有听懂？

红冬梅　（感觉到了）我没听懂。

张四海　冬梅，有句话憋在心里好久哒，今天我硬要对你讲出来。冬梅我，冬梅我——（几次欲讲，却始终不敢开口）我们两个——谈工作？

红冬梅　（不无失望地）谈工作？那就谈工作咯……

张四海　冬梅我们两个——还是谈工作。讲起工作，你有句话最伤我的心。

红冬梅　哪句话？

张四海　你讲你再不唱花鼓戏哒！

红冬梅　我，我是讲过……

张四海　冬梅！

　　　　（唱）剧团确实不景气，
　　　　　　　没人买票来看戏。
　　　　　　　两张桌子三条凳，
　　　　　　　一个铁皮盒子锁住了电话机。
　　　　　　　可我天天上班时还去坐一坐，
　　　　　　　不坐这心里好像没有底。
　　　　　　　擦擦桌子扫扫地，
　　　　　　　剧团的工作日志我也霸蛮写几笔。
　　　　　　　虽说日子越过越憋气，
　　　　　　　我还是爱着花鼓戏！

红冬梅　（唱）说到剧团不景气，
　　　　　　　心中暖意变凉意。
　　　　　　　可怜我们这些戏剧迷，
　　　　　　　爱的也是戏，恨的也是戏，
　　　　　　　成的也是戏，败的也是戏，
　　　　　　　喜怒哀乐都是为了花鼓戏。

张四海　没错，是花鼓戏使你成了名，也是花鼓戏使你安了家。

红冬梅　（苦笑）可现在，是花鼓戏让我落的魄，也是花鼓戏让我毁的家。这也没错吧？

　　　　（唱）想当年——

　　　　　　贵伢子演戏有蛮光彩，

　　　　　　一出场就压住了半边台。

张四海　（唱）他压半边台，你压半边台。

红冬梅　（唱）我演胡秀英，他演小刘海，

　　　　　　他演梁山伯，我演祝英台。

张四海　（唱）他也有光彩，你也有光彩。

红冬梅　（唱）一来二去假成真，

　　　　　　花鼓戏把我们捏拢来。

张四海　（唱）他也把你爱，你也把他爱。

红冬梅　（唱）没想到花鼓戏冷舞台凉，

　　　　　　我还在梦里他就换了招牌。

　　　　　　他离开剧团去深圳做生意，

　　　　　　不大不小也发了财。

　　　　　　我不肯随他去深圳，

　　　　　　就因为花鼓戏情结解不开。

　　　　　　到如今夫妻离异事业无望，

　　　　　　你说我对花鼓戏是该恨还是该爱？

〔黑皮与妙儿隐上。

黑　皮　（提醒地）乘胜追击哟！

张四海　照我讲，还是该爱！

红冬梅　可你说这日子越过越憋气啦。

张四海　那你就莫一个人过日子哟？

红冬梅　我想了很久，我得两个人过。

张四海　（紧张地）跟哪个？

————花鼓戏《秋天的花鼓》 〉〉〉〉〉

红冬梅　我的女儿眯眯。

张四海　难道你就不想再找个丈夫？

红冬梅　不着急哩。

张四海　（脱口而出）我着急啦！

红冬梅　这就有味啦，你急什么？这么多年了，你不是一直没有结婚吗？

张四海　我是在等……

红冬梅　你等哪个呢？

张四海　我等……

黑　皮　讲哟。

张四海　我等……

黑　皮　讲啰。

妙　儿　（急得直跺脚）我会躁死去！

张四海　冬梅，我……

〔无论怎样努力，张四海始终不能把"我爱你"三个字说出来。情急之下，用大筒拉起模仿"我爱你——"三个字的音符，红冬梅又喜又羞地跑下。

黑　皮　有戏哒！！

张四海　人呢？

黑　皮
妙　儿　去追噻。

张四海　我还是讲不出口。

黑　皮　用它讲。（指大筒）

张四海　那我会咯。

〔张四海边拉大筒边追下。赵启贤上，五驼子追上。

赵启贤　团长，团长——

黑　皮　（拦）莫打岔。

赵启贤　我有急事。

妙　儿　他的事比你还急些。

〔黑皮、妙儿下。

五驼子　村长，村长，这钱何式搞？

赵启贤　（没好气地）你找我，我找谁？五驼子吔，你也要开动脑筋帮我想办法呀！

五驼子　村长，办法我倒有一个，不知道行不行？

赵启贤　都什么时候了，你还卖关子，快讲。

五驼子　打张欠条再说。

赵启贤　碰哒鬼咧，当初接剧团的时候我是六千零八十才把李向阳比下来，如今剧团只收一千零八十你还打欠条，哪对得人住？

五驼子　那就找李向阳拉赞助……

赵启贤　你做梦！就是为了请戏班子他憋了我的气才抽走工程款，故意卡我，这个时候我去找他，这真是阎王老子开布店，鬼扯咧。

五驼子　哎哟，我们请一个名角出面，他就会卖面子嚯？

赵启贤　名角？！

〔灯暗。

引　子

〔舞台灯亮，枫树村的村姑们在焦急议论——

村姑们　（唱）溪水拐弯起漩涡，

　　　　　　　看场好戏麻烦多。

　　　　　　　　村长着急直跺脚——

一村姑　听说五驼子想出个驼子办法。

一村姑　要请红冬梅出面找向伢子出赞助。

一村姑　你晓得她肯不肯出面啰？

一村姑　人家是唱戏的。

一村姑　又不是讨钱的。

众村姑　只怕不得肯呢？

————花鼓戏《秋天的花鼓》 〉〉〉〉〉

（接唱）冬梅不出面，

　　　　看戏开不了锣！

一村姑　　哎呀那是红冬梅来哒。

〔舞台转景，村姑们隐去——

第四场

〔赵启贤和五驼子霸蛮推红冬梅上。

红冬梅　　（为难地）村长，这拉赞助的事我从来没做过，不行，不行。

五驼子
赵启贤　　冬梅同志，我们的戏子明星呀，

五驼子　　（唱）亲不亲，故乡人，

赵启贤　　（唱）你为故乡办事最热情。

五驼子　　（唱）戏子师傅的一句顶一万句。

赵启贤　　（唱）明星的面子值千金。

五驼子　　（唱）你出马，定成功，

五驼子
赵启贤　　（唱）麻烦你再当一次活雷锋。

红冬梅　　（唱）我虽不是活雷锋，

　　　　　　见困不帮不忍心。

　　　　　　为了乡亲爱戏爱得深，

　　　　　　我应该——

　　　　　　耐又耐点烦，霸又霸点蛮，

　　　　　　去找老同学套交情。

五驼子　　村长，你陪她去，我去招呼戏班子准备开锣。（下）

红冬梅　　赵村长，李向阳如今情况到底怎么样？

赵启贤　　前几年在外边搞基建发了点财。只是这个人爱说大话也爱听奉承话，最看不惯的就是摆起那臭格。

红冬梅　这拉赞助本来就是热脸挨冷脸的事。我们记住两项原则，他爱奉承我们就放肆"吹"，他爱架子，那就只好"忍"哒啰。

赵启贤　好。

红冬梅　他住哪里？

赵启贤　不远，喋。（指）

〔李向阳家。李向阳正在以酒敬财神。

李向阳　财神菩萨，这杯是你的，这杯是我的，你要是显灵，我们就干杯。

（唱）财神菩萨请听清，
　　　保佑向阳如意称心。
　　　我去县城把剧团请，
　　　一心想和冬梅联络感情。
　　　又谁知赵启贤打一闷棍，
　　　我一招回马枪抽回资金。
　　　如今他请来神仙没钱上供，
　　　请财神显显灵——
　　　让他上门求我这个活财神。

李向阳　干杯。（门铃响）哪个？

赵启贤　我是上屋里赵启贤。

李向阳　灵，显灵哒！赵村长，那我连没得空。

红冬梅　（大声地）赵村长，李老板只怕有蛮忙，我们回去算哒咯。

李向阳　外头还有谁？

赵启贤　县剧团的红冬梅小姐。

李向阳　（惊喜地）她也来了？！就来哒，（心慌地）我从来没有在红冬梅面前抻抻抖抖说过一句话，看见她我就打冷战。原先还有一说，她是明星，我是农民。我现在有钱了，为什么还这样怕她呢？是不是我缺了一点文化味，自己也看不起自己？搞不清白。先喝杯酒壮一下胆……好点哒。（喝酒，开门）开门哒！欢迎，欢迎。

———花鼓戏《秋天的花鼓》

　　　　　这真没有想到老同学光临寒舍，真使我家墙壁生辉。

红冬梅　是蓬荜生辉咯。

李向阳　蓬荜生辉啊，我讲了墙壁吗？哦，请坐。

红冬梅　呃，老同学……（示意赵还站在一旁）

李向阳　（正眼也不瞧赵启贤）他坐那里。（指吧台凳）

赵启贤　（不熟悉吧凳）这坐得啊！我情愿站着。

李向阳　老同学，碰上的酒，哪里有。先敬你一杯。

红冬梅　我不会喝酒。今天是赵村长找你有事。（对赵做吹状）

李向阳　啊，村长也有找我的时候？

赵启贤　（强装笑脸）李老板，还在为接剧团的事生我的气？李向阳啊……

红冬梅　哎，说哪里话喂，我老同学不是这样的人咧。

赵启贤　对，对。（忍气吞声地）李老板——

　　　　（唱）枫树村里人挤人，

李向阳　没错！

赵启贤　（唱）数来数去你最行。

李向阳　没错！

赵启贤　（唱）首先致富做榜样，

李向阳　也没错！

赵启贤　（唱）好比那叫鸡公站在麻雀中。

李向阳　错哒，我是叫鸡公？

红冬梅　哦，他是"鹤立鸡群"的意思。

赵启贤　对，对。

　　　　（唱）家里样样现代化，

李向阳　对的。

赵启贤　（唱）手上的戒指有半斤。

李向阳　对的。

赵启贤　（唱）英俊潇洒人人爱，

李向阳　也是对的。

赵启贤　（唱）已经离了四次婚——

李向阳　（不耐烦地）你莫讨嫌，有话你就讲。

赵启贤　（唱）到目前接剧团经济困难，

　　　　　　　想请你无私援助留美名。

李向阳　当初你当领导的只图嘴巴子快活，少了钱又来找我呀？没有。

赵启贤　李老板，我已经为你们全家在操坪前面准备了贵宾席看戏……

李向阳　沙发？

赵启贤　没有。

李向阳　包厢？

赵启贤　那也没有。

李向阳　莫来这一套。老同学，我敬你一杯，你随意。（一口干，略呈醉意）这一喝了酒胆子就大。老同学，今天有几句心里话要对你讲。

红冬梅　有话就讲啰！

李向阳　你晓得不，读书的时候我就爱上了你，我跟你写过一回条子，记得不？

红冬梅　不记得哒。

李向阳　这也难怪，当时你是全校第一美女，追你的人多，收的条子也肯定多。

红冬梅　没有这样的事啰……

李向阳　你让我把话说完，等下酒劲一过，我就都讲不出哒。你当时看都不看我一眼，我好伤心。正准备写第二张条子的时候，你就招到剧团去了。那天晚上我躲在操坪角上哭了一场死的……

赵启贤　你会哭？鬼信。

李向阳　莫打岔。以后你出了名，成了家，可我心里还一直想念你。听说你已经离了婚，是吗？

〔红冬梅点头。

——花鼓戏《秋天的花鼓》 〉〉〉〉〉

李向阳　（旁白）关键时候了，再喝一杯酒。（喝酒）老同学，对我还有一点意思吗？

红冬梅　（回避地）老同学，莫开这样的玩笑，我已经有对象了。

赵启贤　向阳伢子，你灌多了猫尿吧。

李向阳　莫打岔啰！

红冬梅　（示意赵要"忍"）老同学，我今天是想请你帮忙来的。

李向阳　只要你开口，什么困难我都帮你解决。

红冬梅　剧团到村里来演出，村里现在确实拿不出这么多的钱，要是让乡亲们出，又怕就是你那句话，搞新的摊派。老同学你财大气粗，是不是支持村里一点钱？

李向阳　还是为了村里……（不语，喝酒）

赵启贤　我早就晓得他不得肯。冬梅，我们走。

李向阳　（酒意更浓）哪个讲我不肯啊？老同学开了口，作数。我赞助一千块！

赵启贤　李老板，我就代表乡亲们谢谢——

李向阳　不过，拉赞助可是讲究回报的。

赵启贤　李老板，你讲有什么条件，只要我赵启贤能办得到的，绝不打折扣。

李向阳　这条件嘛，首先，请老同学陪我喝杯酒。

红冬梅　（为难地）我确实不会喝酒。

赵启贤　我代冬梅喝。

李向阳　我又没请你。这样一个条件都达不到，还谈什么赞助喽。

红冬梅　好咧。我喝！

李向阳　好，老同学喝酒要喝好酒，喝洋酒。

红冬梅　（勉强喝酒）还有什么条件？

李向阳　这第二个条件更是你的饭碗里，我们两个来一段《刘海砍樵》中的比古调。

红冬梅　那要得啰，赵村长，你的唢呐呢？

689

赵启贤　喋，准备好哒。

红冬梅　那就吹起来啰。

赵启贤　好嘞。（吹唢呐）

李向阳　收起。噪音！我有卡拉……OK！

〔赵欲发作，红冬梅示意"忍"。

红冬梅　卡拉 OK 就卡拉 OK！

李向阳　开始吗？

红冬梅　开始啰！

（唱）我这里将海哥好有一比，

李向阳　（唱）红小姐，

红冬梅　哎——

李向阳　我的妻——

红冬梅　啊！

李向阳　（旁唱）我喊她一声妻，

　　　　　　　我心里甜蜜蜜。

　　　　　　　她含羞带笑应一声，

　　　　　　　我云里又雾里……

李向阳　（自我陶醉地）红小姐，我的妻……

赵启贤　停下，是"胡大姐我的妻"嘞。

李向阳　我没呷几杯酒呀。

赵启贤　喋，酒也呷哒，戏也唱哒。这你未必还有条件啊？

李向阳　赵村长，我钱赚多哒，就是缺少点文化品位。我只想在希望小学的领导班子里挂个名，做个儒商，和老同学站在一起，就不胆怯，不脸红。

赵启贤　（为难地）这挂名的事情那搞不得——

李向阳　我知道名誉校长肯定是援建赞助单位的领导，搞个名誉副校长怎么样？

赵启贤　我们暂时不设名誉副校长……

———花鼓戏《秋天的花鼓》

李向阳　除了办伙食的司务长外,只要跟文化沾点边的职务,比如说,教导处的名誉副主任?

赵启贤　那有蛮大的困难……

李向阳　我再退一步,开工仪式上,在主席台领导席的最边上给我个位子,也让我在父老乡亲们面前露露脸,要得啵?

红冬梅　村长!这……

赵启贤　更发搞不得!

（唱）主席台位子重千斤,

　　　　坐的都是重要人。

　　　　为人师表数第一,

　　　　德才兼备莫看轻。

李老板——

　　　　你虽对村上有贡献,

　　　　但是离了四次婚。

　　　　倘若学生都学你——

我这村长以后就什么事情都不要搞,专门给年轻人开离婚证明我还搞手脚不赢——

（接唱）枫树村就改名离婚村,

　　　　那就有蛮丢人。

红冬梅　老同学,你莫让村长为难啰。

李向阳　(有些恼火,但还是忍住了)好,看冬梅的面子,我再再再退一步,只要求在正戏开始之前,和冬梅表演刚才这段比古调。你村长只报个幕:下面,请希望小学的名誉副教导主任李向阳和红冬梅小姐演出《刘海砍樵》。接着,我们就演起来了,接着,就没有你老赵什么事了,接着,我的名誉副教导主任,以后就不再提哒。

赵启贤　(犹豫着)那样大的场合一宣布,黄泥巴跌到裤裆里,不是屎也是屎了呀!

李向阳　（火了）你这是什么话？我怎么就成了一堆屎了？

赵启贤　（连忙解释）你不是屎，你当然不是屎，你是黄泥巴哟，你是黄泥巴要得啵？

李向阳　你莫胡扯，你讲答应不答应！

赵启贤　这个——

红冬梅　老同学，我们这次来，不是和乡亲们联欢的。

赵启贤　没错。

红冬梅　是为庆祝希望小学奠基典礼演出的。

赵启贤　对的。

红冬梅　我们要对艺术负责，要对乡亲们负责……

李向阳　说白了，就是你也看我不起噻！不就是讲我到不了你们这个层次嘛！好咧，再喝杯酒哒，（又喝了一杯酒，已有几分醉意了）什么对乡亲们负责？乡亲们对钱又不负责！什么对艺术负责？我看艺术也是钱的崽！我要不是有了钱，我敢跟你提亲？你们要不为了钱，你们会到我这里来？你以为我就真的宝里宝气……

红冬梅　李向阳，你……

李向阳　分不清东西南北了……

红冬梅　你做人真是——没有文化！（欲走回头）

赵启贤　没有文化！（也欲走回头）

红冬梅　你以为没有钱，我们就演不成了？你做梦哩！（欲走又回头）

赵启贤　你做梦哩！（也欲走又回头）

红冬梅　李向阳，对你这样不尊重艺术没有文化的人，演出的时候不准你进场！

李向阳　干杯！

赵启贤　不准你进场！

〔赵启贤与红冬梅同下。

李向阳　（似醒非醒地）又讲我没得文化？看来我李向阳真的配不上红冬梅？我要想清白着……

————花鼓戏《秋天的花鼓》 〉〉〉〉〉

〔灯暗。

引　子

〔舞台灯亮，枫树村村姑们正争先恐后赶去看戏——

村姑们　快跑！

村姑们　（唱）快些跑哟快些跑，

　　　　　　　花鼓戏就要开锣了！

　　　　　　　天老爷保佑莫迟到——

　　　　彭嫁驰、秋姊子、赵堂客、李嫂子、夏姑子、细妹子吔——

　　　　（接唱）帮我占个位置，

　　　　　　　好看清旦角师傅的细眉毛！

　　　　快跑！

〔舞台转景，村姑们隐去——

第五场

〔枫树村内临时舞台的后台，演员们在化妆。

〔五驼子提喇叭筒跑来跑去，紧张地张罗着。

五驼子　三伢子，这台口由你把关啊！……哎呀，这硬跟打仗一样哒。

　　　　（唱）不晓得哪来的人这多，

　　　　　　　黑压压挤满了一面坡。

　　　　　　　拖娘带崽扶公婆，

　　　　　　　一来就是一大窠。

　　　　　　　好久没这样热闹过，

　　　　　　　五驼子喜欢得背都没得那样驼。

　　　　　　　说不驼又更驼，

　　　　　　　村长搞不来钱就会烂场伙。

〔刘曼莲上。

五驼子　（连忙迎上去）村长娘子，你到这里来干什么？

刘曼莲　我到台上来看戏。

五驼子　看戏，请你到台下去好不？

刘曼莲　你看台下几千人人挤人人挨人哪里还挤得什么好位子咯。

五驼子　村长命令，台上不准站人。要是让村长看见，我们两个都会挨骂咧。

刘曼莲　咂，戏子师傅在我屋里吃住，我到台上寻个好位子看戏都不行？

五驼子　这个例破不得。张三来得，李四也来得，社会主义大家都吃得。那会搞不成的，我跟你作揖，要得啵？

刘曼莲　作揖都是空的。

五驼子　（指台下）你看是这样，我侄儿子占的那个位置要他让给你。

刘曼莲　他要是不让呢？

五驼子　笑话，你拿我的旱烟袋去，就说圣旨到，保证他二话不说就会下来。

刘曼莲　五驼子，那他要是不让，我就还是要到台上来看戏。

五驼子　你去了再说。

刘曼莲　圣旨到，五驼子的侄儿子听旨让位啊——（下）

五驼子　歇口气哒！

〔红冬梅与赵启贤急上。

红冬梅　秋姐。

周秋容　哎呀，冬梅，你到哪里去了？团长找你急得直冒烟！赶快化妆，就要开演了。

赵启贤　冬梅——

红冬梅　村长，你莫着急，等下我们和团长一起想想办法，我先化妆着。

赵启贤　好，好，我不着急——是假的！

〔五驼子将赵启贤拉到一旁。

五驼子　村长，赞助拉到手了吗？

——花鼓戏《秋天的花鼓》

赵启贤	都是你出的咯驼子主意。你害了我没有关系,害得冬梅丢尽了面子,下不得台!
五驼子 赵启贤	这又怎么办?(急得团团转)
赵启贤	五驼子,我们只有懒婆娘吊颈自吊自解了。我们两个凑下数,看解得这个难啵。
五驼子	我也只有一百二十块。
赵启贤	我凑底子都在这里,有一百四十块。
五驼子	留十块钱应急。
赵启贤	好。
男村民	不准上来!
张四海	我是团长,(找上)赵村长,总算找到你哒!喋,一千零八十块钱发票,按规矩,演出前结账。
赵启贤	(不好意思地)张团长,演出费……五驼子,还是你来讲。
五驼子	怎么讲?
赵启贤	目前——照直讲。
五驼子	好,照直讲。团长,我五驼子文化没得水平高,村长经常批评我,我都虚心接受,百分之三百地打收条。
张四海	我没听懂啊!
五驼子	关于演出费的事,原先想每户收一块钱,可又怕是搞新的摊派,说我们干部水平低,不贯彻上边的政策……
张四海	那你们的意思是……
五驼子	(递钱)我和村长自愿赞助,一共是二百五十块。
张四海	(着急地)把我当二百五啊?!
五驼子	(忙从口袋里拿出那十块钱)还有十块,二百六,二百六……
张四海	村长,你这是过河拆桥哒!
	〔演员们围了过来,议论纷纷。
赵启贤	各位……戏子师傅,对不起,请吃烟……

黑　皮　我们不吃你的烟！

演员们　（唱）无火不吸这支烟，

　　　　　　　无秧不插这丘田。

　　　　　　　无钱怎把剧团请，

　　　　　　　拆台装箱快下山。

一演员　团长，一分钱一分货，他们没有钱就莫看戏。

一演员　张团长，叫村长把拖拉机开来，我们马上拆台。

一演员　拆台，那不好吧！

黑　皮　哎，我们大家听团长的。

红冬梅　团长，看来枫树村情况特殊。

余惠琼　秋容姐，我现在就走，免得晚上误我的场子。

豆　子　对，免得扁担没扎，两头失塌。

张四海　我看，出钱看戏，天经地义。可枫树村的情况有些特殊，请大家理解，不要说拆台走人……

余惠琼　团长，理解又吃不得玩不得穿不得用不得，没钱我是不得演的。豆子，你走不走？

豆　子　我？我当然走——

黑　皮　豆子，我是你师傅，团长没开口，你要敢走，老子打断你的腿。

豆　子　我？我当然不走——

余惠琼　你不走我走！

张四海　你要考虑不参加演出的后果。

余惠琼　什么后果？大不了罚我的款吵！我在歌厅唱一场比在剧团半个月的工资还要多……

张四海　老子开除你。

余惠琼　开除我啊……（哭）

豆　子　莫哭啰……

〔在乱糟糟的吵闹声里，刘曼莲急上。

刘曼莲　怎么搞的，老倌子？台下的人都开锅了咧，快开演吵。

——花鼓戏《秋天的花鼓》

赵启贤　（大吼）演你的尸！你再讲一句……
　　　　〔刘曼莲委屈地哭了。
赵启贤　团长同志，求你莫开除这位女戏子，如今找个正式工作也不容易。本来嘛，没得钱是什么东西都买不到的，只怪我这个老家伙吹牛皮……各位戏子师傅，我们枫树村是穷，我赵启贤是穷，你们生气发火我完全能够理解，你们也要钱买米买菜买油盐，也要养老养小，家家有本难念的经。五驼子，去万富老倌那里赊十斤肉，提两副猪肠子。婆婆子，莫哭哒，把炒菜的好手艺拿出来，今天我赵启贤要请客赔礼，这场戏不唱哒！吃完饭，我送大家回县城，等我们枫树村发了财，我亲自开着拖拉机——不，开着汽车，敲锣打鼓再来接你们。张团长，各位戏子师傅，对不起了！（鞠躬）冬梅小姐，真的对不起……（再鞠躬，与刘曼莲、五驼子欲下）
张四海　（劝阻他）赵村长……
红冬梅　大家听我说几句要得么？
　　　　（唱）枫树村请戏为难缺资金，
　　　　　　　众乡亲想看戏几多热情。
　　　　　　　为住的，他们腾出了最好的一张床，
　　　　　　　为吃的，他们拿出了最后的一点荤。
　　　　　　　我们是平凡一演员，
　　　　　　　乡亲们待我胜亲人。
　　　　　　　眼前观众已坐满坪，
　　　　　　　呼亲唤友家家请客人。
　　　　　　　小孩如过年，
　　　　　　　老人笑盈盈，
　　　　　　　翘首瞪眼望，
　　　　　　　只盼锣鼓声。
　　　　　　　此时卸台不演返回城，

    问良心良心何忍？

    问艺德艺德何存？

    怎能够啊——

    怎能够忘了百姓忘了根，

    怎能够忘了父老的情伤了乡亲的心。

    秋姐，请你帮我把妆化完。

  〔红冬梅默默无语开始化妆，众演员也陆续坐下化妆。

黑　　皮　团长，你看——

张四海　　呃，我有个想法！

   （唱）一撇一捺相支撑，

     合成一起是大写的"人"。

     人有困难应该相照应，

     人有感情就该通心灵。

     冬梅挂牌大家唱，

     义演捐助希望小学庆开工！

众演员　　好！！

赵启贤　　不行！如今讲效益，讲市场，我们不能白看戏不给钱……

五驼子　　就是打欠条也要给钱的……

张四海　　我们是特殊情况特殊处理哟……

赵启贤　　不行啰——

众演员　　要得啰——

  〔李向阳上。

李向阳　　村长！

赵启贤　　你又来搞么子鬼？！

李向阳　　我不是来搞鬼的，是来作检讨的！

赵启贤　　我没听错啵？

李向阳　　没听错。本来村里有钱请剧团，是我故意提走的，又多喝了几杯酒为难了村长和冬梅小姐，现在酒醒了，想通了，我决定无条件

―――花鼓戏《秋天的花鼓》 〉〉〉〉〉

　　　　　赞助一千零八十块，表示我的歉意。
五驼子　哎呀！我们不要打欠条了！（欲收）
赵启贤　向阳伢子，你真的没得条件啵？
李向阳　只要求，当着红冬梅小姐念我的检讨书。
红冬梅　检讨书？！
李向阳　题目是：检讨书，破折号，献给县剧团明星红冬梅小姐的诗。
黑　皮　总经理作检讨，我们来听听看。
李向阳　啊――你是天上的一朵好看的白云，越来越漂亮，但飘得越来越远。我是地上的一棵小草，只想跟着白云跑，还幻想着和白云白头到老，啊！可惜文化太少，可怜的小草……
赵启贤　我怕还要昌令昌，牙齿都酸跌咧！
红冬梅　（诚恳地）老同学，你的心事我晓得，但两个人的事一定要讲缘分。
李向阳　（诚意地）老同学，我晓得配不上你，我会发狠向你学习的。（交钱）这是我给希望小学献的爱心！一定要收下。
赵启贤　好，这下解决个大问题。团长，这是交你们的演出费！
黑　皮　我们开始演出！
众演员　好！
刘曼莲　乡亲们咧快点坐好，真的要开演了，有戏看咧――
赵启贤　总算开演哒，我也看戏去。
　　　　　〔众下。五驼子急上。
五驼子　村长，总算熨熨帖帖了，不过我要问一句蠢话，戏子师傅不晓得要解手啵？
赵启贤　你目前真是问得蠢，当然要解手啦。
五驼子　要解手那就没地方？
赵启贤　（大惊）目前是塌了大场！
五驼子　喋――（他变戏法一样从背后拿出一个红漆马桶）
赵启贤　这崭新的红漆马桶是谁家的？

五驼子　李翠花准备陪嫁的。听说戏子师傅要解手，二话没说就让我拿来哒。她屋里娘老子还讲，红漆马桶给戏子师傅开张，光荣。

赵启贤　李翠花，好妹子，目前就要狠狠地表扬。

〔内有人喊："出事了……"几个演员扶红冬梅上，张四海等人随上。

赵启贤　冬梅，怎么了？

张四海　有块台板子没搭平，冬梅崴了脚。

赵启贤　这又怎么得了。

张四海　关幕，快关大幕——

红冬梅　不能关幕，我坚持得住……（站立又跌倒）

张四海　（扶看）冬梅，脚肿得包子一样，这又怎么演出啰，停演——

红冬梅　不能停演，我揉揉就好了。（揉）

张四海　（冲动地）我帮你揉！

红冬梅　你揉？！

张四海　我学过跌打损伤呀！

红冬梅　（点了点头）那就揉哟……

张四海　（唱）一揉揉脚背，
　　　　　　　送出我的情。
　　　　　　　犹如触哒电，
　　　　　　　麻晕了我窝心。

红冬梅　（唱）他揉是揉脚背，
　　　　　　　我动是动了心，
　　　　　　　忘记了疼和痛，
　　　　　　　只记得他的情。

张四海　（唱）二揉揉脚拐，
　　　　　　　送出我的爱。
　　　　　　　推拉按搓，
　　　　　　　保她好得快。

————花鼓戏《秋天的花鼓》 〉〉〉〉〉

红冬梅　（唱）他揉是揉脚拐，

　　　　　　　我红是红了腮。

　　　　　　　轻重缓急，

　　　　　　　无一不是他的爱。

张四海　（唱）三揉揉脚筋。

红冬梅　（唱）接通两颗心。

张四海　（唱）谢谢花鼓戏。

红冬梅　（唱）找回了失去的情。

红冬梅
张四海　（唱）四海呀！冬梅呀！

张四海　（忘情地）我爱你！

红冬梅　（喜悦地）我晓得。

张四海　你晓得我，我不晓得你？

红冬梅　（耳语地）我也爱你哩。

张四海　（兴奋地）有味，是有味啦！冬梅，我背你上台演出——

〔张四海忘情地背起红冬梅在众演员簇拥下登上台去。

〔灯渐暗。

引　子

〔舞台灯亮，枫树村村姑们相聚村口在等待着欢送红冬梅——

村姑们　（唱）花鼓戏看得真过瘾，

　　　　　　　只心疼冬梅脚扭筋。

　　　　　　　顾不得太阳躲进了山顶——

全村的婆婆老老、伢妹细崽、后生堂客、老少男女，伴邀伴，伴唤伴，邀伴唤伴齐伴齐欢送——

（唱）送冬梅加紧赶回城，

　　　诊好了脚筋再来我枫树村。

一村姑　哎，他们来哒。

〔舞台转景——

第六场

〔张四海扶冬梅上，众村民扶冬梅送县剧团演职员上。

彭娱驰　妹子，（对红冬梅）这只黑鸡婆，你带回去杀了，好些炖点汤喝。

一村姑　这包山枣是我屋前树上结的，你带去煮蛋吃。

一村姑　我这里还有点土鸡蛋，你莫嫌弃。

一村姑　这串辣椒最辣最辣，发汗！

一村姑　这把干笋子是我亲自晒的，卫生！

一村姑　这包火焙鱼喷香的！

一村姑　还有我做的桂花糖，蛮好吃的！

红冬梅　（激动地）哎呀，我不能收，不能收……

众村姑　你要是不收我们的东西，就是看不起我们乡下人。

张四海　好，我代表冬梅和剧团的同志谢谢大家。

〔赵启贤急上。

赵启贤　我的个爷，拐哒场，目前是关键时候，拖拉机发不动哒！

张四海　莫作急，这里离公路不远，我们大家轮着背冬梅，背也能背她回去。

李向阳　对的，我李向阳文化少力气多，老同学我背第一个。

黑　皮　李老板，你做别的可以，这背冬梅姐，那就只有我们团长一个背得。

李向阳　那是为什么呢？

黑　皮　有出戏叫老汉驮妻。

李向阳　（恍然大悟地）哦！原来你们两个……恭喜！恭喜！

五驼子　哎，怎么要团长亲自背呢，还是我来背。

〔众笑。

——花鼓戏《秋天的花鼓》

五驼子　莫笑莫笑，我晓得我背冬梅不适合，我也晓得村里的拖拉机质量不稳定，所以我扎了一抬轿子。

〔青年村民抬轿上。

赵启贤　（喜悦大叫一声）五驼子，目前我要给你记一功！冬梅，上轿。

红冬梅　这轿子，我不能坐……

彭娭馳　妹子，你这样的戏子师傅，我们愿意抬。就盼望你们多来这里唱花鼓戏！

众村民　是啊。

红冬梅　来，我一定来。

（唱）我有几句话，

　　　一定要说给你们听。

众村民　（唱）你说你说你只管说，

　　　你说的和唱的我们都爱听。

红冬梅　（唱）在家里常有些不顺心的事，

　　　心里烦躁没精神。

　　　下得乡来，天宽地阔心情好，

　　　进得村来，山亲水亲人更亲。

老村民　（唱）那是的那是的，

　　　家家有本难念的经，

　　　妹子呃——

　　　气不顺时是要散散心。

赵启贤　（唱）只要你能顺心，

　　　天天欢迎你来游田垄。

彭娭馳　（唱）只要来时把个信，

　　　我们把田垄扯扯草整整平。

红冬梅　（唱）没想到乡亲们如此看重我，

　　　实在感动得热泪淋。

一村妇　（唱）莫感动莫感动，

703

　　　　　　　一感动就容易脚扭筋。

众村民　（唱）快上轿快上轿，

　　　　　　　我们送你翻过这条垄。

红冬梅　（唱）莫送莫送……

众村民　（唱）要送要送……

红冬梅　（唱）我能走啊，

　　　　　　　我们会再把花鼓戏送上门。

　　　　　　　莫送莫送……

众村民　（唱）要送要送……

红冬梅　（唱）我能走啊，

　　　　　　　我的父老乡亲。

众村民　（唱）一定要送哟，一定要送，

　　　　　　　送送我们乡里人自己的明星。

红冬梅　谢谢乡亲们。

赵启贤　起轿！

　　　〔众人把红冬梅抬到轿子上，青年们抬起轿子，村民们向村外去——舞台转景。

刘曼莲　（唱）好妹子莫逞能，

　　　　　　　让后生伢子抬起你送一程。

一村姑　（唱）回家后你要好好地养身体，

　　　　　　　遇到麻烦都要想得通。

一村妇　（唱）晚上睡觉莫要蹬开了被，

　　　　　　　再热也莫吹穿堂风。

刘曼莲　（唱）该吃时你莫省，

　　　　　　　该歇时你莫撑，

三　人　（唱）身体那是最要紧。

　　　　　　　莫以为我们说了些没有文化的话，

　　　　　　　我们都是过来人。

————花鼓戏《秋天的花鼓》 〉〉〉〉〉

众村民　（唱）妹子，妹子，你要记在心！
　　　　〔赵启贤的唢呐吹起了《常回家看看》的旋律。
张四海　冬梅，这次下乡感觉还好吧？
红冬梅　好，就像做了一次美好的梦，也像回了一次久别的家。
张四海　讲得好！
　　　　〔唢呐的旋律还在延续，山路上的小轿还在颠簸，渐渐扩张着的霞光斑斓壮丽，唢呐的旋律随之变奏为浑厚的交响……
　　　　〔大幕徐落。
　　　　〔剧终。

精品提名剧目·评剧

凤阳情

创意　盛和煜　张曼君

编剧　翟宏为　盛和煜

时间

元末明初。

人物

马秀英　明太祖朱元璋之皇后。

朱元璋　大明开国皇帝。

太　子　朱元璋与马秀英之子。

刘伯温　义军军师。

田　嫂　乡间民妇。

副　将　义军将领。

义军将士、元兵、护卫、太监、宫女、女伴、卖艺人及百姓等

————评剧《凤阳情》 〉〉〉〉〉

序

〔幕启。

〔初春。

〔风光旖旎的江南水乡，春意盎然，一派生机。

〔一支童谣悠悠地响起：

小小女娃，

赤脚丫丫，

走在田埂上，

噼啪噼啪……

〔天真活泼的童年马秀英身挎背篓出现在田埂上，把自己一双天足踏得噼啪作响，嬉笑着融入到了那一片自然之中。

〔童谣的余韵里，随着"马家大妹子——"的呼喊，"哎——"的一声答应在天际间飘荡开来——那已经是少女马秀英清脆的声音了。

一

〔感应着这片自然，清秀淳朴的少女马秀英从远处婷婷走来。

马秀英　（唱）转眼间十八个春夏秋冬，

嫩芽芽已长到叶绿花红。

篱笆高挡不住芳草天性，

山野里来了我——

　　　　　　　无拘无束、高高兴兴、想哭咧嘴、想笑出声、

　　　　　　　一双大脚、俩小酒窝、又会洗菜、又会烙饼、

　　　　　　　民家的女儿马秀英。

　　　　　　　自幼儿我的亲父母抗元遭劫难，

　　　　　　　郭子兴收养我就留在了红巾军营。

　　　　　　　我义父率将士冲锋陷阵，

　　　　　　　后营内做帮手我可是勤快能干又聪明。

　　　　　　　义父他做元帅军务繁重，

　　　　　　　他顾不上我这些天心事重重——

　　　　〔一群女伴上，偷偷地笑看马秀英。

马秀英　（唱）春风里百草长花相依偎，

　　　　　　　莲蓬下水鸟儿低头和鸣。

　　　　　　　前两年十五六的我啊还啥也不懂，

　　　　　　　可如今这十七八的女儿啊，

　　　　　　　有些事儿不想啊不想都不行。

　　　　　　　去年做的胸衣呀今年又窄，

女　伴　（唱）窄了窄了怎么那么窄呀。

马秀英　（唱）男兵们直愣愣的眼神叫我脸红。

女　伴　（唱）红啊红啊怎么能不红。

马秀英　（唱）见人家娶媳妇那个花轿颤颤，

女　伴　（唱）呜哩呜哩呜哩哇。

马秀英　（唱）新娘子挪挪步我的心也跳咚咚，

女　伴　（唱）扑腾扑腾扑腾腾。

马秀英　（唱）有军师刘伯温热心一片，

　　　　　　　要为我选夫婿好事说成。

　　　　　　　和那人初见面在这桥边约定，

　　　　　　　小溪水哗啦啦就好像现在我的心情。

　　　　〔田嫂背粮袋上，见状好奇地驻足。

女　伴　（悄声问）那个他是谁呀？

马秀英　（唱）他本是义父帐前一员将领，

女　伴　（悄声问）哦，他哪儿的人啊？

马秀英　（唱）他和我是同乡——

　　　　　　　凤阳方圆几十里都知道他的名。

众女伴　（议论）哎，我们怎么不知道啊？那这个人……

田　嫂　咳！就是朱元璋啊！

　　　〔田嫂带女伴们围着马秀英唱起"凤阳花鼓"。

田　嫂　（唱）说凤阳，道凤阳，

　　　　　　　凤阳是个好地方。

　　　　　　　自从出了个朱将军，

　　　　　　　英勇杀敌美名扬……

　　　〔马秀英不好意思，脱下鞋子追赶四处躲藏的女伴，大家闹成一团。

　　　〔田嫂笑下。

　　　〔刘伯温上，冷不防被马秀英手里的鞋子碰着了脑袋。

刘伯温　哎哟！

马秀英　哎哟……军师！都是她们——

　　　〔众女伴嘻嘻哈哈围上来。

女伴甲　刘军师，那个朱元璋他长得什么样儿？配得上我们秀英吗？

女伴乙　都说人这一辈子要是能牵成五对儿姻缘就可以上天当神仙，您可就差一对了。

刘伯温　要是没你们捣乱我早就成神仙了！快走！快走！

　　　〔女伴们嬉笑着逃散。

　　　〔马秀英顿时紧张起来。

马秀英　军师，他——来了吗？

刘泊温　哪个他呀？来了，来了。

　　　〔朱元璋上。

朱元璋　（唱）投义军驱鞑虏沙场征战，
　　　　　　　　先有国后有家才是男儿。
　　　　　　　　刘军师好心为我牵红线，
　　　　　　　　说什么动姻缘就在今天！（看到二人，停步）
朱元璋　军师。
刘伯温　你来了，人家早就在那儿了，还不快过去！
朱元璋　这——
刘伯温　（将二人拉到一起）你要好好瞧瞧，你也要好好看看，啊！哈哈哈……
　　　〔刘伯温躲到一旁。
　　　〔马秀英和朱元璋二人含羞带怯慢慢靠近，抬头各自一愣，对视呆住。
　　　〔静场，女伴们又悄悄上。
　　　〔马秀英和朱元璋都半晌才回过神来。
马秀英　（唱）哎呀我的妈！
朱元璋　（唱）哎呀我的天！
马秀英　（唱）大字儿头斜楞眼。
女伴们　（唱）翻翘鼻子对着天。
朱元璋　（唱）大脚丫儿赛门板，
　　　　　　　　大红的脸儿像磨盘。
马秀英　（唱）脸上是坑坑洼洼都布满，
女伴们　（唱）好似那风干的橘子灰不溜丢皮儿干。
朱元璋　（唱）模样虽俊手脚粗，
　　　　　　　　扯着那衣襟左拽右拽，
　　　　　　　　神情慌乱心不安。
马秀英　（唱）我这时才知道啥叫做三人成市虎！
朱元璋　（唱）我这里已经是进退两难。
马秀英　（唱）站不是走不是这可咋办？

———— 评剧《凤阳情》 》》》》

朱元璋　（唱）她冷淡更叫我没法儿搭言。
马秀英　（唱）怪只怪老眼昏花的刘伯温他害人不浅。
朱元璋　（唱）我早对军师讲不想把这高枝攀。
二人合　（唱）悔不该当初答应来见面，
马秀英　（唱）到现在啊……
女伴合　（唱）她笑得咋像哭一般?!

〔刘伯温上前，故意高声咳嗽。

女　伴　军师，军师。
刘伯温　（对二人）我说你们这看也看了，谈也谈了，给军师我说说，觉得怎么样啊？……不说话？……（大喜）不说话就是答应了，来、来、来，我们一同去见元帅。

〔刘伯温手拉二人要走，不想却被两人同时甩开。

马秀英　军师，您军务繁重，以后秀英的事你就别操心了。
朱元璋　（听罢来气）哼！元璋操练正忙，这婚事还望军师日后不要再提！
刘伯温　（对观众）得！今儿这事儿，没戏！看来他们俩啊——
　　　　（唱）是成心不想让我当神仙！
　　　　嗨！想我刘伯温，运筹帷幄，妙算如神，天上的事儿猜对一半，地上的事儿全都摆平！难道说这保媒拉纤反倒不行？（仔细看看二人）怎么看他们也是夫妻相啊！……哦，我明白了！我呀，来早了，不信你们瞧着，我一走他们准好。（转身对二人）哎！我说你们俩，这河还没过怎么就想拆桥啊！不让管，我还真就不管了！（故作生气地下）

马秀英　军师！
朱元璋　军师！

〔马秀英和朱元璋各自赌气背身。
〔此时，四周突然喧闹声四起。
〔副将带领肩扛粮袋的士兵上，一群老百姓哭喊着追上，田嫂跟上，抓住粮袋不放。

众百姓　军爷，军爷，我的粮食呀！

田　嫂　军爷，使不得！这是我一家老小活命粮啊！

　　　　（唱）借来这半斗米靠它活命，

　　　　　　　求军爷开开恩手下留情。

　　　　　　　待来日度过灾荒风雨顺，

　　　　　　　全家人定把你敬为神灵。

副　将　（推倒田嫂）去你的吧！

〔朱元璋和马秀英同时上前。

朱元璋　（大喝）住手！你们为何到此骚扰百姓？

副　将　（睨他一眼）噢，是朱将军。我们可比不上你啊！你是军中先锋，粮草自然充裕，我们后营供给匮乏，自当筹粮接济！

马秀英　筹粮可不是抢粮！

副　将　（躬身）马姑娘，皆因情势急迫，我营才奉命筹粮，筹粮不到——可不就得抢！

马秀英　你……

田　嫂　大妹子，朱将军，你们快救救我一家的性命啊！

〔众百姓叫喊：救救我们吧！

〔朱元璋欲上前拿回粮食。

副　将　朱将军，大路朝天，各走半边——你可别管得太宽了！

〔朱元璋闻言，犹豫驻足。

马秀英　这是什么话？大路朝天，不平自有人铲！眼下正值春荒，乡亲难度饥寒。倘若你的妻儿老小同遭此难，莫非你也要搜刮他们不成么？！

众　人　对！说得对呀！

〔副将并不纠缠，夺粮欲走。

田　嫂　大妹子，朱将军！

马秀英　站住！难道你的良心被狗吃了？！

朱元璋　你还是把粮食还给人家吧！

——评剧《凤阳情》 〉〉〉〉〉

副　将　朱元璋！别以为做了将军、攀上个高枝儿就忘了自己是个什么东西？！一个当过和尚的穷叫花子还敢来教训我！狗仗人势！

朱元璋　你待怎讲？

副　将　一个当过和尚的穷叫花子——你狗仗人势！

朱元璋　（被激怒）把粮食给我留下！

〔朱元璋上前与副将抢夺粮袋，二人交手。

〔朱元璋夺过粮袋回身交与田嫂，副将挥刀偷袭朱元璋。

〔朱元璋躲过偷袭，夺刀将副将砍伤，掷刀在地。

马秀英　（拍手）打得好！

副　将　你他妈是不想活了，来人，给我宰了他！

〔众士卒持刀剑将朱元璋团团围住。

〔马秀英见情势危急，挺身上前。

马秀英　我看你们谁敢？！

副　将　（拿出令牌）马姑娘，他阻挠筹粮可是贻误军机！要知道，今日我奉的可是元帅的军令！

朱元璋　元帅军令可违，俺朱元璋——不可辱！

副　将　好！好你个朱元璋，这话可是你说的，你就等着吧！

〔副将带士卒狼狈下。

田　嫂　多谢大妹子和朱将军的搭救，才保住了我们家里的这点儿救命粮啊！

众百姓　二位真是大恩大德啊！

朱元璋　言重了！父老乡亲快快请起！

田　嫂　大妹子，朱将军，我们回去了。

马秀英　田嫂，大伙儿都赶快回家去吧！

〔众依依不舍离去。

〔朱元璋随众准备离去。

马秀英　喂！

朱元璋　（站住）有事儿？

马秀英　我……我看你好像顺眼了！

朱元璋　（心里一动）你……

　　　　〔伴唱：悄没声儿吹来一阵小南风，
　　　　　　　哎呀呀，有个东西它就在心田拱啊拱——
　　　　　　　小苗儿破土绿茸茸！

　　　　〔马秀英和朱元璋的目光久久交织在一起。

　　　　〔刘伯温急上。

刘伯温　朱元璋啊朱元璋！你这回可惹了大祸喽！元帅说要治你的罪，你快跟我走吧——（发现二人在对视）哎，他们这是怎么了？（对观众，惊喜地）哈哈！看来我就是做神仙的命！瞧瞧，瞧瞧，就这么一会他们就这样了——没想到吧？

　　　　〔切光。

二

　　　　〔夜，明月皎洁。
　　　　〔军营内磨房、厨房。
　　　　〔磨房内。

朱元璋　哎！是没想到啊！

　　　　（唱）没想到相亲相出个大祸端，
　　　　　　　没想到抗令落得坐牢监。
　　　　　　　逞英雄大鹏未起翅折断，
　　　　　　　强出头蛟龙也无奈困浅滩。
　　　　　　　饥肠辘辘我自己听得见，
　　　　　　　昏沉沉往事走马灯似在眼前……

　　　　〔厨房内，一支银烛悄然点亮，马秀英潜身而来。

　　　　〔哨兵巡逻，叫喊声——元帅有令，朱元璋因阻挠征粮，被罚禁食三天！闲人不得靠近，违者军法处治！

——评剧《凤阳情》

〔待哨兵远去，马秀英急忙回身紧闭房门，小心翼翼放好灯盏后，又开始轻手轻脚地收拾灶台。

马秀英　（唱）义父他严军法将人拘管，
　　　　　　　马秀英心牵挂仗义儿男。
　　　　　　　口粮中省下这三升白面，
　　　　　　　我为他冒风险把饼来摊。

朱元璋　（唱）朱元璋我本来出身贫贱，
　　　　　　　当和尚做乞丐打工耕田。
　　　　　　　遍尝了人世间凄风苦雨，
　　　　　　　酿就了心胸中滔天波澜！

马秀英　（唱）一瓢水，三捧面，
　　　　　　　水面搅和在一团。
　　　　　　　我是水，面是他，
　　　　　　　混在一处分辨难。
　　　　　　　揉一揉，捻一捻，
　　　　　　　朝前一抻面板上摊。
　　　　　　　油盐放齐打成卷，
　　　　　　　揪成三节揉成团。
　　　　　　　团一团，转一转，
　　　　　　　团团转转滴溜溜的圆。
　　　　　　　擀面杖儿擀三遍，
　　　　　　　擀一个八月十五月儿圆。

〔二人各怀心事徘徊在窗前，对唱。

二　人　（唱）望窗外八月十五月儿圆，
　　　　　　　愿人间家家户户都团圆。
　　　　　　　突然间想起了那天情景，
　　　　　　　此时刻顿觉得情意绵绵。

朱元璋　咦？

　　　　　（唱）忽闻到烙饼香我更加饥饿！

马秀英　哎——

　　　　　（唱）三张饼足够你饱吃一餐！

　　　　〔烙饼烫手，马秀英嘘着气将烙饼包在手帕内，转身出门，直奔磨房而来。

　　　　〔守门士兵咳嗽一声，马秀英一惊。

马秀英　（唱）磨房正门不能进，
　　　　　　　　回身绕道寻后窗。

　　　　〔马秀英回身，绕到后窗。

马秀英　（唱）后窗高高离地一两丈，
　　　　　　　　哎呀呀，这墙怎就这么光？

　　　　〔马秀英叼住手帕，几次攀爬不行，不小心弄出声响。

士　兵　有人！谁？我可看见你了！

马秀英　（唱）哎呀呀，亲娘啊这咋办？
　　　　　　　　一着急忙将烙饼胸前藏——
　　　　　　　　我只觉得一块烧红的烙铁烙在胸口上！
　　　　　　　　不能叫不能嚷出气短吸气忙，
　　　　　　　　要出声音口难张。

士　兵　谁？

马秀英　我。

士　兵　谁？

马秀英　我、我……

　　　　　（唱）我忍痛护着他的口粮。

　　　　〔士兵渐渐逼近，身受煎熬的马秀英束手无策。

　　　　〔此时，刘伯温忽然现身。

刘伯温　（唱）紧要关头我来了，
　　　　　　　　活神仙也能帮助佛跳墙！

　　　　〔刘伯温单腿跪地，弓起脊背。

——评剧《凤阳情》 》》》》

刘伯温　秀英，快上！

〔马秀英脱掉鞋子，光脚踩其背跳入磨房……

〔士兵赶上前去。

士　兵　谁呀？

刘伯温　我！

士　兵　哦，刘军师，怎么是您呀？

刘伯温　（揉着后背）哎哟！

（唱）我刚巧路过这地方，

猛然间后脊梁岔气疼得慌！

士　兵　来、来、来，我给您揉揉。

刘伯温　哎！好了，你们巡营去吧，巡营去吧，没事了。

〔二士兵搀扶刘伯温离去。

马秀英　朱将军！

朱元璋　是你？……

马秀英　（从怀中取出烙饼）朱将军，给你……

朱元璋　（大喜）烙饼！（急忙接过，被烫得直嘘气）啊！这么烫呀！

〔马秀英忍不住呻吟一声。

朱元璋　怎么了？

马秀英　没什么，你快吃吧……

朱元璋　哦。（大口吃饼）

〔马秀英背身解衣看伤，倒吸一口冷气。

马秀英　呀——

（唱）我猛瞥见一片燎泡晶晶亮，

妈呀！妈呀！

这烙饼它将我的胸口烫伤……（孩子样地哭起来）

朱元璋　你，你怎么啦？

马秀英　烙，烙饼……它将我烫伤了……（抽泣）

朱元璋　啊？我看看！

马秀英　不！（本能地一捂上衣，触到痛处，忍不住又叫出声来）啊……
〔朱元璋顿时惊呆。
朱元璋　（唱）眼见得女儿家深情一片，
　　　　　　　融化了朱元璋铁打的心肠。
　　　　　　　人世间百样苦我都尝遍，
　　　　　　　今夜晚甘泉水流入心房。
　　　　　　　难得你深夜冒险来探望，
　　　　　　　难得你情真意切好心肠。
　　　　　　　拳拳心缱绻意终身不忘，
　　　　　　　推金山倒玉柱我跪倒磨房！
〔朱元璋跪在马秀英面前。
马秀英　哎、哎，快起来、快起来呀！
朱元璋　重情难酬，誓当报答！
马秀英　（一笑）报答？你怎么报答？
朱元璋　我要为你打下一座江山！
马秀英　（轻轻摇头）秀英不要江山……
朱元璋　那、那你要什么？
马秀英　（唱）我呀——
　　　　　　　我只为你缝衣烧饭铺床叠被，
　　　　　　　我再为你生好多好多的儿郎！
〔二人情意缠绵。
〔切光。

三

〔一阵婴儿的啼哭声传来——
〔数年之后。
〔野外，义军后营大帐，帐外"朱"字大旗高悬。

——评剧《凤阳情》 〉〉〉〉〉

〔刘伯温喜颠颠地上。

刘伯温 （唱）听一声婴儿哭我心花怒放，

　　　　　　他们俩生了个八斤六两白白胖胖的小儿郎。

　　　　　　小家伙大字儿头和元帅长的一个样，

　　　　　　眉清目秀活脱脱像煞了他的娘。

　　　　　　他二人得贵子未把我媒人忘，

　　　　　　教子的重任硬要我来担当。

　　　　　　刘伯温精通八卦会看相，

　　　　　　这孩子天庭饱满地阁方圆与众不同非寻常。

　　　　　　但愿他随义军快快成长，

　　　　　　成英才铸大业早做栋梁。

〔战鼓声急切响起。

报子甲 （急上）报！敌军趁夜色兵分两路，一路偷袭我虎头山前哨，一路直奔我后营杀来！

刘伯温 啊！朱元帅呢？

报子甲 朱元帅孤军在前与敌人重兵鏖战，被围难以脱身！

报子乙 （急上）报！后营右面发现敌情！

报子丙 （急上）报！后营左面发现敌军！

报子丁 （急上）报！敌军现已将我后营团团围困！

〔马秀英携孩子上，女兵们随上。

〔敌军喊杀声突起。

刘伯温 元帅夫人啊！今夜敌军偷袭两路夹攻，想必有备而来；如今元帅被困后营危急，恐怕凶多吉少。

马秀英 以军师之见——

刘伯温 （果断地）与其全军覆没，不如冒险分兵！

马秀英 此计可行！军师，我知营后有一条羊肠小道直通山外，你可带精锐由此趁着夜色速速增援，以解元帅之围。

刘伯温 那你——

马秀英　我留后营虚张声势，且战且退，迷惑敌军！

刘伯温　夫人……此计万万不可！

马秀英　军师啊，义军要有元帅方可重举义旗，百姓要有义军才能拨云见天！如今元帅被困，十万火急，事不宜迟，还请军师速速动身。

刘伯温　那这孩子……

马秀英　你走山路驰援，行进多有不便；孩子随我突围，也许能侥幸生还。

〔刘伯温意定欲走。

马秀英　慢！（含泪）还请军师告诉元帅——秀英要他好好保重，我……我、我拼死也会保住他朱家这一脉香烟！

刘伯温　（深施礼）夫人放心！（急下）

〔喊杀声逼近。

使女们　（惊慌地）夫人……

马秀英　（果断地）如今敌军是来势迅猛，你我已身陷重重危难。为救元帅安然脱险，我等必须巧妙周旋，杀贼兵人人要刀剑高举，闯敌阵个个当奋勇争先！叫梅香你把"朱"字大旗高高举起——随我一同拼死向前！

〔火光四起，杀声阵阵。

〔马秀英背孩子率众突围，身边的女兵一个个倒下……

〔伴唱：银枪折，雕翎断，

"朱"字大旗血斑斑。

怀抱娇儿殊死战，

一泓碧血映长天。

〔沙场上夕阳如血，映照出一幅无比悲壮的场面……

〔荒原上。

〔身负重伤的马秀英终于冲出重围，晕厥倒地。

〔大雨倾盆，马秀英苏醒，见孩子啼哭，马秀英便用嘴接雨水喂孩子，复晕厥……

〔背着孩子的田嫂上。

田　嫂　（唱）这世道战事乱百姓遭难，

　　　　　　　　充饥肠挖野菜来到荒原。

〔孩子啼哭，田嫂给孩子喂奶。

田　嫂　（唱）为娘我身体弱奶水稀少，

　　　　　　　　我的儿恨不得一口吸干。

〔田嫂忽又听得婴儿啼哭，以为是错觉，四周望去，才发现晕倒的马秀英，连忙跑去。

田　嫂　哎呀，你是大妹子？

马秀英　（苏醒）田嫂，快、快救救我的孩子。

〔马秀英又虚弱地倒下，身边的孩子又哭起来。

〔田嫂急忙将孩子抱起。

田　嫂　（唱）造孽啊……

　　　　　　　　大妹子浑身伤痕奶水断，

　　　　　　　　这孩子只饿得哭声奄奄。

　　　　　　　　小脸儿黄瘦小腿儿蹬，

　　　　　　　　实实叫人疼啊实实叫人怜。

　　　　　　　　来不及细想忙给他喂奶，

　　　　　　　　我的儿不松口将奶紧紧含。

　　　　　　　　狠下心将我儿一边放下，

　　　　　　　　这边哭声止那边哭声撕心肝。

　　　　　　　　儿啊儿啊你休怪为娘心肠狠，

　　　　　　　　娘怎能看着恩人的孩子饿死在眼前。

　　　　　　　　呀——忽看见奶水里边血色染，

　　　　　　　　止不住泪水流淌心儿酸……

〔田嫂为孩子哺乳的背影宛若一尊圣洁的雕塑。

〔"说凤阳"女声哼鸣起。

马秀英　（醒来发现，震惊地）田嫂——

〔马秀英含泪抱起田嫂的孩子，动情地跪在了田嫂面前。
〔切光。

四

〔金碧辉煌的皇城宝殿。
〔朱元璋登基大典——恢弘的乐声中，身披黄袍的朱元璋在众人簇拥下登临皇位。
〔伴唱：金钟敲玉磬响气瑞云祥，
　　　　凤鸟鸣鸾鸟唱普奏华章。
　　　　八方定九州同四海归一，
　　　　朱洪武坐天下国运永昌。
〔朱元璋威严端坐，太监上前宣旨。

太　监　奉天承运、皇帝诏曰——册封马氏夫人秀英为皇后娘娘，皇子为当朝太子。刘伯温为太傅。钦此。
　　　　〔群臣恭贺，山呼"万岁"！

太　监　奉天承运、皇帝诏曰——吏部尚书温昆宁收受贿赂，卖官鬻爵，斩！
　　　　〔群臣肃然，山呼"万岁"！
　　　　〔准备起身离去的马秀英驻足静听。

太　监　奉天承运、皇帝诏曰——翰林学士高易茗以《咏橘》诗影射万岁容貌，私议万岁出身，斩！
　　　　〔群臣愕然，山呼"万岁"！
　　　　〔马秀英诧异回身，迷惑不解。

太　监　奉天承运、皇帝诏曰——御膳房总管刘顺屡次办膳咸淡不适，斩！
　　　　〔群臣悚然，山呼"万岁"！
　　　　〔马秀英左右难顾，十分焦急。

——评剧《凤阳情》

太　　监　奉天承运、皇帝诏曰——户部侍郎阎天德借上奏凤阳灾情擅闯皇宫，推搡宫门侍卫，斩！……斩！斩！斩……

〔群臣木然叩拜。

〔马秀英惊愕之余欲行阻拦，不想胸疾复发，被侍女扶下。

〔太监们的声音久久回荡——

〔金殿前的文臣武将一个个消失，最后只剩下端坐龙椅上的朱元璋一人。

五

〔皇宫内苑。

〔众太监簇拥下，朱元璋得意洋洋。

朱元璋　哈哈哈……

（唱）穿龙袍登龙位高高在上，

　　　坐金殿执朝政可非同寻常。

　　　凡走路禁军开道仪乐响，

　　　连说话都要用"朕"字开腔。

　　　坐车不叫坐车那叫"乘辇"，

　　　除了我普天下姓朱的都要改姓杨。

　　　锦衣卫御林军万千兵将，

　　　要谁生要谁死只需我嘴一张。

　　　似这般皇家威严谁人不想？

　　　难怪那秦始皇、汉刘邦都想要长生不老永远掌朝纲。

〔宫女们上。

众宫女　叩见皇上！

朱元璋　近来皇后的病好些了吗？

〔宫女退后禁声……

朱元璋　哼！真是没用！传太医了没有？

宫　　女　　太医院的太医全都来了。

朱元璋　　宣！

太　　监　　太医晋见哪！

〔四名太医战战兢兢地上。

太医甲　（念）皇后的心口痛是个老毛病；

太医乙　（念）拿脉开方子咱们可是尽了心；

太医丙　（念）忙乎大半天还是找不着北；

太医丁　（念）听得一声宣吓得汗淋淋。

四太医　（跪拜）叩见皇上！

朱元璋　　皇后的病怎么样了？

太医甲　　禀皇上，臣等望闻问切，八纲辨证，发现皇后此症乃因多年前火毒攻心，郁积劳累而起……

太医乙　　起沉疴非用猛药，然则皇后凤体恐难承受……

太医丙　　因此臣等先用舒缓疏散之药，辅以凉苦味平方剂……

太医丁　　虽说不能立竿见影，却可固本正源……

朱元璋　（打断）朕只问你们一句话，皇后的病好了没有？

太　　医　　这个……

朱元璋　（怒）啰唆了老半天，无非是敷衍于朕！斩！

〔幕后侍卫齐应一声。

〔"慢！"——雍容端庄的马秀英出现在众人面前。

朱元璋　（惊喜地）梓童啊，你好了？

马秀英　　好了，多亏了太医们。

朱元璋　　饶你们不死，去吧！

太医甲　（念）这事儿可真叫人纳闷；

太医乙　（念）皇后的病好得让人吃惊；

太医丙　（念）你真是榆木脑袋不开窍——

太医丁　（念）娘娘是瞒了病情救咱们。

四太医　　叩谢皇上！（重重地）叩谢皇后娘娘！

——评剧《凤阳情》

马秀英　起来吧，起来吧。

〔四太医下。

〔马秀英咳嗽。

朱元璋　梓童，你真的好了？

马秀英　我没事儿，怕是在这皇宫里住得久了，心里有点闷。

朱元璋　梓童啊，眼看就到元宵佳节，朕已命各地安排下盛大灯会，到时候你随朕游玩赏灯，一则排忧解闷，舒散心胸，二则与民同乐，昭告天下太平。

马秀英　天下太平？（想起什么）说起这个我又想起——万岁，我托付你给问的咱那家乡凤阳的灾情……

朱元璋　（不耐烦）哎呀，算上这次，你都唠叨了八遍了！什么凤阳灾情？那是他们在借故邀功……咳！跟你说你也不懂！

马秀英　皇上近来脾气大得很啊！

朱元璋　朕正说元宵观灯，可你偏要谈论朝政。梓童，你如今病体初愈何苦再操那份闲心？（气不语）

马秀英　我——（转念）那好！都依着你，咱们就说元宵观灯。

朱元璋　哎，这就对了。

马秀英　万岁，要说起这元宵佳节依我看还是咱家乡最热闹！记得小时候啊，元宵夜里家家户户是张灯结彩，大街小巷是灯火通明，那花灯也好看，花鼓调也好听。如今好多年过去了，想必咱那家乡景致更是与众不同……哎，不如咱们全家就此——

朱元璋　回凤阳？

马秀英　回凤阳！

朱元璋　好主意，那咱们即刻启驾动身！

马秀英　慢着，皇上既是与民同乐，何不便装前往呢？

朱元璋　哦，梓童言之有理。

马秀英　皇上，既然便装前往，你就别再梓童梓童的了，要叫秀英！

朱元璋　秀……英——好久没叫，都有些拗口了！

〔暗转。

〔凤阳城内。

〔十里长街，灯火寥落，行人踟躅叹息。

〔伴唱：凤阳月圆灯未满，
　　　　难寻当年不夜天。
　　　　有道是膏脂将尽强欢颜，
　　　　尺绡寸火隐饥寒。

〔一群叫花子在当街流浪乞食。

〔刘伯温上，见乞食者摇头叹息，随行护卫急忙上前将乞食者遣散。

〔朱元璋、马秀英、太子一行人上。

朱元璋　（唱）圣天子微服回了凤阳县——
马秀英　（唱）多少年梦里的故乡就在眼前。
太　子　（唱）与京师迥相异备觉新鲜！
刘伯温　（唱）居朝堂哪晓得民生辛酸。
朱元璋　（唱）入城来只觉得浊气阵阵，
　　　　　　　听到的全都是俚语村言。
马秀英　（唱）一路上多留意草房瓦舍，
　　　　　　　无笑语少生气减了炊烟。
太　子　师傅，这里的灯呢？我怎么没看见灯啊？
〔远处锣鼓响起。
太　子　（唱）忽听见锣鼓响左顾右盼，
〔太子兴奋地跑过去看灯。
刘伯温　（唱）左右眼皮一块跳啊、跳啊——今晚可别惹麻烦！
朱元璋　（唱）实可笑观灯人有来有往，
　　　　　　　浑不知幸临了赫赫龙颜！
马秀英　（唱）人观灯灯映人一脸菜色，
　　　　　　　定然是遭饥馑度日如年。

——评剧《凤阳情》 >>>>>

太　子　（唱）这样灯这般人前所未见，

刘伯温　（唱）免灾祸我干脆少语寡言！

〔马秀英心事重重。

〔太子一旁发现了什么，兴奋地跑过来。

太　子　父皇……（自知失言）爹，你快给我讲讲——这都是些什么灯啊？

朱元璋　哈哈！好啊！

（唱）这"龙凤呈祥"气象瑰丽，

　　　这"松鹤延年"吉兆长生！

　　　这七宝灯保佑我江山永固，

　　　这五福灯祝大明物富年丰。

太　子　哎！那小孩手上拿的是个什么灯啊？

朱元璋　这个么——

（唱）上边明下边青……清明灯喻当今朝堂清明。

马秀英　（接唱）其实就是小蜡头插在那萝卜丁！

〔朱元璋略显不悦。

太　子　娘，他怎么拿这个也当灯啊？

马秀英　穷人家的孩子，吃还吃不饱呢，能有这个玩儿就不错了。这样的灯啊，为娘小时候也玩过。

朱元璋　（忍不住）秀英，你现在贵为娘娘，怎么说话还总像个乡下人啊？！

马秀英　（笑）咳，咱们本来不就是乡下人嘛！

〔太子四周看看，没了兴致。

太　子　怎么满城里就稀稀拉拉的这几盏灯啊？一点儿都不好玩！娘，你不是说咱们凤阳元宵有好多的花灯吗？

马秀英　是啊，那个时候年景好，（回忆）我和你爹爹也都还年轻，元宵节的时候咱们这儿是真的热闹啊！你出门一看，整条街上那灯还连着灯哪！

（唱）黄瓜灯，绿莹莹，

　　　茄子灯，紫丁丁，

　　　还有那——

　　　柿子灯，葫芦灯，

　　　韭菜灯，白菜灯，

　　　冬瓜灯，南瓜灯，

　　　豆角灯，菱角灯，

　　　菜花、葵花、大葱、辣椒、芹菜、菠菜、油菜、

　　　香菜都是灯，

　　　灯啊灯啊都通明，

　　　照得这大街上到处红彤彤！

　　　适如今凤阳城这般凄清，

　　　灾荒年可苦了咱的乡亲。

　　〔朱元璋不满地。

朱元璋　（唱）逛灯会还不忘闲操心，

　　　　　哪壶不开提哪壶你害得人没心情！

马秀英　（唱）没心情我自己说话自己听，

　　　　　有心情你去看你的灯！

刘伯温　（急忙上前）哎！好了，好了！（示意太子）拉上你爹你娘，咱们再到那边看看去——

　　　　〔突然，一阵熟悉的"花鼓调"传来。

众百姓　花鼓调！

马秀英　凤阳花鼓！

朱元璋　凤阳花鼓！

太　子　爹呀，什么是凤阳花鼓啊？

马秀英　咱家乡人自编的小曲，可好听了。

　　　　（唱）说凤阳，道凤阳，

　　　　　　凤阳是个好地方……

——评剧《凤阳情》

朱元璋　（接）自从出了个朱将军，
　　　　　　　英勇杀敌美名扬！

太　子　这小曲是唱父皇……俺爹的？

朱元璋　（笑）哈哈——

太　子　那咱们快去看啊！

刘伯温　几个唱花鼓的有什么好看？依我看咱们还是……

太　子　我要看，我要看嘛！

马秀英　也好，（对刘伯温）就去请他们过来。

　　　　〔刘伯温无奈退后，挥手示意艺人近前。

太　子　看花鼓喽！

　　　　〔双目失明的田嫂与卖唱村姑上。

田　嫂　县城里的父老乡亲请了！我们乡下今年遭了灾，实在没办法，我带着这几个孩子出来卖唱。唱得好了，请各位开恩赏口饭吃，唱得不好，还请多多担待……

　　　　〔鼓儿咚咚，村姑唱——

村　姑　（唱）说凤阳，道凤阳，
　　　　　　　凤阳是个好地方。
　　　　　　　自从出了朱皇帝，
　　　　　　　十年倒有九年荒。

　　　　〔马秀英怔住了，朱元璋颜色大变，刘伯温一旁忐忑不安。

村　姑　（唱）大户人家卖田地，
　　　　　　　小户人家卖儿郎。
　　　　　　　我家无有儿郎卖，
　　　　　　　身背着花鼓走四方。

田　嫂　别哭、别哭，谢谢，谢啦谢啦，谢谢大恩大德呀！

　　　　〔马秀英流下泪来。

　　　　〔围观者唏嘘，纷纷向田嫂小竹筐里投铜钱。

太　子　（一掌打翻田嫂伸到面前的竹筐，怒不可遏地）大胆贱民，竟敢在光天化日之下，辱骂当今，亵渎皇威！

村　姑　奶奶！

〔围观的人群不平地——"你这个人怎么不讲道理啊！""亵渎皇威？你管得着吗，你以为你是当今皇上？"……

朱元璋　（厉声）呵呵！你说对了，朕就是当今天子！

〔锦衣卫冲上。

〔众人大惊。

田　嫂　（惊恐地护住村姑）孩子，孩子！

朱元璋　来呀！把这些个刁民给我绑了，斩！

田　嫂　（跪下）……皇上！不怪他们，只怨我……求您放了他们吧！

马秀英　（上前）老人家，凤阳遭灾可是实情？

田　嫂　是呀！

一村姑　俺村里都饿死好多人了，我娘就是前两天饿死的……

太　子　（拔剑上前）大胆刁民，还敢胡言？！

马秀英　退下！（转身对刘伯温）太傅可曾知道此情？

刘伯温　禀娘娘，这位老妇所言属实……

朱元璋　（怒喝）刘伯温！你大胆！

刘伯温　看来今儿个不大胆也不行了！（转身跪倒）禀皇上，不独凤阳，周遍各州各县也是连年荒旱、寸草不生！老百姓的日子都要过不下去了……

朱元璋　（冷笑）各州县上报奏折为何从未提起此事？

刘伯温　禀皇上，他们都不敢说出实情呀！

朱元璋　呵呵，看来他们也是活得不耐烦了！哼！将凤阳县令打入死囚牢！

兵　卒　遵旨！

太　子　父皇，这个老乞婆如何处置？

朱元璋　择日斩首，以儆效尤！

〔众人大乱，惊恐万分。马秀英心如刀割，上前跪倒。

马秀英　直言无罪,望皇上放了他们!
太　子　母后,这些人当街辱骂皇上,你怎么还帮他们讲话?
马秀英　皇上,皇上!
朱元璋　(怒火中烧,一脚踢去)可恼!
　　　　〔马秀英呻吟一声,捂胸倒地。
　　　　〔切光。

六

　　　　〔深夜,凤阳行宫。
马秀英　(唱)这一脚踢得我疼痛难忍,
　　　　　　　老病未愈又添新伤痕。
　　　　　　　元璋他自登基性情多变,
　　　　　　　仿佛成陌路客令人痛心。
　　　　　　　同生共死的结发妻尚且不顾,
　　　　　　　待他人更不如草芥灰尘。
　　　　　　　今夜晚凤阳花鼓多凄恻,
　　　　　　　换不回当年赤诚心。
　　　　　　　罢罢罢!
　　　　　　　摘下头上金钗凤,
　　　　　　　褪掉手上碧玉珉。
　　　　　　　脱去锦绣苏州氅,
　　　　　　　着我昔日旧衣裙。
　　　　　　　收拾包裹乡下去,
　　　　　　　春播夏种勤耕耘。
　　　　　　　他当他的朱皇帝,
　　　　　　　我当我的马秀英。(下)
　　　　〔转场。

〔朱元璋提着食盒上。

朱元璋　（唱）这一脚踢得我后悔不尽，
　　　　　　　怕人笑御膳房偷一盒元宵来陪请，
　　　　　　　却为何清宫内人影纷乱灯火晃。

〔刘伯温慌乱上与朱元璋碰个正着。

刘伯温　万岁，大事不好！
朱元璋　何事惊慌？
刘伯温　娘娘走了。
朱元璋　啊？去哪了？
刘伯温　回乡下。
朱元璋　回乡下做甚？
刘伯温　他不想当皇后了。
朱元璋　她不当谁当？
刘伯温　爱谁当谁当！
朱元璋　她说的？
刘伯温　我说的。
朱元璋　胡说！
刘伯温　万岁圣明。
朱元璋　她走多久了？
刘伯温　如果要追还来得及。
朱元璋　废话！什么叫如果要追，朕一定要追！
刘伯温　皇上圣明。
朱元璋　哎呀，追！
刘伯温　呵！
　　　　（唱）皇帝月下追皇后这可算得上今古奇闻！（随下）

〔马秀英挽着包袱上。

马秀英　（唱）马秀英离宫门要回家乡，
　　　　　　　走田埂过沟渠脚步匆忙。

——评剧《凤阳情》 〉〉〉〉〉

     田野静泥草香风清月朗，
       却为何心里头反觉凄凉。
   〔朱元璋追上。

朱元璋 （唱）高一脚低一脚跌跌撞撞，
       皇冠歪龙袍敞朝靴穿帮，
       这模样谁知道朕乃是当今皇上。
   〔刘伯温上。

刘伯温 （唱）都会说这厮可不就是当年的朱元璋。
   〔溪水流淌。

马秀英 （唱）忽听见小溪流水"哗哗"响，
       这可是到了我当年相亲的地方，
       小溪水呀你还是那样清清凉凉，
       照不见清清亮亮我的郎。

朱元璋 （唱）小溪水照出我狼狈模样，
       辜负了家乡好一片月光，
       抖擞起精神再往前赶。

刘伯温 （唱）公鸳鸯赶母鸳鸯这算啥名堂？
   〔田垄荒寥。

马秀英 （唱）田垄旁已不复昔日景象，
       那时节油菜花金灿灿地黄，
       那时节我和他心心相印多美好，
       今日里夫妻们却隔了肚肠。

朱元璋 （唱）赶至在田垄旁举目四望，
       看不见人影儿我心里发慌，
       几十年她为我身染重病。

刘伯温 （唱）真出了事直叫你悔掉肝肠。
   〔石桥屹立。

马秀英 （唱）猛看见小石桥心潮激荡。

朱元璋 （唱）一个人影可不就在正前方。
　　　　秀英！
马秀英 （唱）听喊声禁不住回头张望。
　　　　啊！他追来了！（顿了一下又加快了脚步）
朱元璋 秀英，秀英……哎哟！（摔倒）
　　　　〔马秀英一惊。
马秀英 站住。
　　　　〔刘伯温赶快上前。
刘伯温 皇上……
朱元璋 哎哟，我的眼怎么什么都看不见啦！
刘伯温 皇上根本没什么事！
朱元璋 （小声地）我要不这么说她不理我……哎哟！
刘伯温 还是皇上聪明……哎呀皇上的眼什么都看不见了！再这样下去弄不好皇上的眼会瞎的！
　　　　〔马秀英从桥上奔下来。
马秀英 让我看看。
　　　　〔朱元璋一把抓住她的包袱。
朱元璋 （唱）看你还能跑到哪方？
马秀英 放开！
朱元璋 不放！
马秀英 你放不放？放开！
朱元璋 我就不放，不放！
马秀英 放开，放开！
朱元璋 不放不放！
马秀英 我就……（哭泣）
朱元璋 哎呀别哭……（为她擦泪）
刘伯温 如果我还继续呆在这儿，那可真有点不识相。（下）
朱元璋 秀英，别哭了！来吃元宵，还是热的，待朕亲自喂你。

            （唱）先吃碗热元宵我把话讲，

　　　　　　　　观灯事莫再要挂肚牵肠。

马秀英　（唱）难得他情真意切赔不是，

　　　　　　　　小石桥洒下一片月光。

二人同　（唱）看故乡的月亮照在小石桥上，

　　　　　　　　十多年前的情景一样的月光。

朱元璋　（唱）吃元宵想起了磨房送饼，

　　　　　　　　没有你就没有大明天子朱元璋。

马秀英　（唱）吃元宵勾起了心事一件，

　　　　　　　　不知救子的恩人田嫂她在何方。

朱元璋　（唱）这件事你不说真迹还遗忘，

　　　　　　　　待明日朕下旨遍查凤阳。

马秀英　（唱）只怕是她逃过连年战乱，

　　　　　　　　只怕是她难逃过了战乱逃不过灾荒。

朱元璋　（唱）提起灾荒事我心灰意乱。

马秀英　（唱）放不下凤阳的乡亲深陷牢房。

朱元璋　（唱）陷牢房那叫做咎由自取，

　　　　　　　　哪一个叫他们借花鼓辱骂孤王！

马秀英　（唱）同一曲花鼓调也把你传唱，

　　　　　　　　那时间声声是赞扬！

朱元璋　（唱）辱骂孤王罪难赦！

马秀英　（唱）句句实言又何妨？

朱元璋　（唱）严惩刁民正法纪！

马秀英　（唱）滥杀无辜理不当！

朱元璋　（唱）朕错杀几个又怎样？

　　　　　（将她的包袱一扔）朕不要你管，你还是回乡下种田去吧。

马秀英　（一愣，拾起包袱）我偏不回乡下！

　　　　（唱）我偏要做一个管你的皇后娘娘。（拎着包袱冲下）

朱元璋　哎哎……追下。

〔切光。

七

〔凤阳街前，法场。

〔法鼓咚咚。

〔太子率锦衣卫押田嫂、村姑等上。

田　嫂　（唱）遭饥荒凤阳城乞讨卖唱，

　　　　　　　　求活命反遭来杀身祸殃。

　　　　　　　　年迈人死不足惜无他想，

　　　　　　　　只可惜这几个孩子小小年纪——

　　　　　　　　遭此惨祸，再也见不着爹娘。

　　　　　　　　对着苍天我悲声大放，

　　　　　　　　皇上啊皇上啊——

　　　　　　　　难道你对乡亲这样地狠心肠？

太　子　（一脚将田嫂踢倒，挥鞭打去）大胆老乞婆，死到临头，还敢辱骂皇上？！

田　嫂　（唱）几皮鞭打得我鲜血直淌，

　　　　　　　　天哪！天哪！

　　　　　　　　你睁眼看一看咱穷人的哀伤！

太　子　（更加凶狠地毒打田嫂）叫你喊天！叫你喊天！……

〔马秀英内声："住手！"内唱：

　　　　　　　　闻急报顾不得病体踉跄——

〔侍女引马秀英急上。

侍　女　皇后娘娘驾到！

马秀英　（唱）我不能眼看着凤阳城变作法场。

　　　　　　　　见太子挥皮鞭把老人毒打……（夺过皮鞭，掷地）

　　　　　　（唱）小小年纪你怎么这样狠心肠！

太　子　母后！

　　　　　　（唱）非是孩儿狠心肠，

　　　　　　　　　这个老乞婆太张狂。

　　　　　　　　　痛恨她不把皇家威严放眼里，

　　　　　　　　　杀一儆百我正朝纲。

马秀英　住口！

　　　　　　（唱）说什么杀一儆百正朝纲，

　　　　　　　　　分明是你依仗权势欺压善良。

　　　　　　　　　可怜这年迈人伤痕累累多凄怆……

　　　　〔马秀英近前扶起田嫂，察看伤势。

马秀英　老人家！老人家……（看到对方容貌，不由一惊）

　　　　　　（唱）眼前依稀是故人模样。

　　　　　　　　　你……你是田嫂？！

田　嫂　（摸索着）你是谁呀？

马秀英　我——是秀英啊！

田　嫂　马家大妹子？

马秀英　田嫂？！

田　嫂　大妹子！

马秀英　（失声地）田嫂——

　　　　〔"说凤阳"音乐回响——

　　　　〔朱元璋率众上，见此情景，一惊，止步。

太　子　母后，你怎么会认识这个老乞婆？

马秀英　（气急，狠击太子一掌）畜生！

太　子　（捂脸）母后，你……

马秀英　跪下！

　　　　　　（唱）我未曾开言泪如断线，

　　　　　　　　　小畜生你给我跪倒在恩人面前。

水有源头树有根,
且听为娘说根源。
想当年你父皇南北征战,
举义旗驱鞑虏解民倒悬。
随大军烽火征途奔波辗转,
为娘我腊月生你在马鞍。
那一日敌军偷袭时势峻险,
后帐内妇孺们慌成一团。
我怀抱着娇儿与敌接战,
拼死要保住朱家一脉香烟。
这一仗只杀得风云惨淡,
姐妹们一个个倒在我身边。
我浑身上下鲜血浸染,
突出重围昏厥在荒原。
荒原上无生路你嘶声哭喊……
娘醒来眼含着泪水口含着雨水
口口喂儿你吞咽难。
陷绝境娘曾想一死了断,
挖野菜田嫂她来到荒原。
她见你嘶哭声命悬一线,
要给你喂奶水把你的命救还。
怎奈她也有孩儿三月不满,
一口奶水难救两条命她就左右为难受熬煎。
田嫂她抱起这个放下那个看了又看,
真是为难!
眼含热泪颤颤抖抖——
她就把你紧紧地抱在胸前。
她把你用胸口暖了又暖,

    你将她乳汁拼命吮含。

    她的儿在旁边一声声哭喊，

    我的儿怀抱里一口口甘甜。

    我的儿吮乳汁脱离危险，

    她的儿只饿得气息奄奄……

田　嫂　我那苦命的儿啊！（哭）

太　子　（含泪）母后！

马秀英　（唱）有道是滴水之恩涌泉报，

    你却将她当做蝼蚁肆意摧残！

    我那年老体衰、哭瞎了双眼、身背花鼓、手拿破碗、

    一路卖唱、一路讨饭、一路风尘、一路辛酸、

    惨遭毒打、险遭冤死的田嫂啊……

    我朱家对不起乡亲父老，

    忘记了哺乳恩情大如天！

〔众深为震撼。

朱元璋　（百感交集）老嫂子！

  （唱）好似那一声惊雷把我震撼。

    老嫂子救皇儿义薄云天，

    哺乳恩舐犊情真心一片。

太　子　（唱）又感动又羞愧眼泪水涟涟。

刘伯温　（唱）这才是煌煌青史都翻遍——

  〔伴唱：从来圣贤在民间。

太　子　（扑在田嫂怀里）娘！……

田　嫂　儿呀……

  〔马秀英露出欣慰的笑容，手捂胸口缓缓倒下。

  〔众惊："母后！""娘娘！"

朱元璋　（扶着马秀英）快传太医！

马秀英　不用，我这病好不了了，何必连累他们再搭上性命……

朱元璋　（流泪）我不杀他们就是了。

马秀英　元璋，你怎么了？你哭了？别这样，元璋啊，夫妻几十年，我还是头一次看你流泪呢……（站立不稳）

马秀英　（唱）别难过，莫哭泣，
　　　　　　擦去泪水话别离。
　　　　　　临别时容为妻再唠叨几句，
　　　　　　元璋啊！
　　　　　　从凤阳到京城何止千万里，
　　　　　　莫忘记，
　　　　　　咱们是怎样一步一步走出去的。
　　　　　　万世之本——
　　　　　　百姓是根基！

朱元璋　秀英——

田　嫂　马家大妹子——

尾

〔"哎——"远处荡漾开了童年马秀英的应答声。

〔悠悠地，一支童谣再次响起：
　　　小小女娃，
　　　赤脚丫丫，
　　　走在田埂上，
　　　噼啪噼啪……

〔童谣声中，马秀英再次回到了她儿时的田园……

〔幕合。

〔剧终。

精品提名剧目·花鼓戏

老表轶事

编剧 赵凤凯 彭铁森

时间

新中国刚刚成立。

地点

江南某古城。

人物

文有章　五十岁左右，毛泽东的老表。

文大嫂　四十多岁，文有章的妻子。

文汉成　二十来岁，文有章的儿子。

郑玲玲　二十岁，文汉成的女朋友。

郑大妈　四十多岁，郑玲玲的母亲。

张干部　四十来岁，新政府的干部。

毛岸英　二十多岁，毛泽东的儿子。

街坊多人

―――花鼓戏《老表轶事》 〉〉〉〉〉

一

〔在合唱声中幕启。街头。红旗飘飘、鼓乐声声。"文有章代写书信、讼状、祭文、对联"的布招牌孤独立于舞台一角显得格外醒目。

〔在张干部的带领下腰鼓队、秧歌队缓缓过场。郑玲玲亦在腰鼓队中。

〔文汉成、文大嫂和众街坊拥上看热闹。

张干部　解放了,天亮了!

　　〔幕后合唱:天亮了!

　　　　锣鼓喧天震古城,

　　　　万人空巷喜盈盈。

　　　　欢庆翻身得解放,

　　　　从此当家做主人。

　　〔众欢呼雀跃,呼口号。

文汉成　妈,你看,玲玲在那儿打腰鼓。(喊)玲玲——

郑玲玲　(从游行队伍中出来)汉成,快来参加游行吧。

文汉成　我……

文大嫂　还我什么,玲玲喊你还不去?

文汉成　我是怕等下爹爹看到我没在家里读书,又会啰里八嗦念我。

文大嫂　哎哟,两爷崽一样的死板。

　　〔众笑。

郑玲玲　你那爷老倌我还不晓得,(摇头晃脑地学文有章的模样)咯大的

	人还只晓得玩，古人云，"有田不种仓廪虚，有书不读子孙愚……"
文大嫂	汉成，去哟。只要和玲玲在一起，妈就高兴。
文汉成	哎。（对玲玲）啊，要是被你妈妈看见又怎么办？
郑玲玲	告诉你，你怕我妈妈，我妈妈怕我。走啰。
	〔郑玲玲与文汉成兴高采烈地下。
街坊丙	打起来哟！
文大嫂	真是天生的一对……（突然看到招牌下无人）呃，这个书呆子跑到哪里去哒？（四顾）老倌子——文有章。（下）
	〔文有章手拿一张毛主席像跟跟跄跄上。
文有章	（唱）猛看到毛主席画像心如鼓冲， 　　　　他过硬俨像——俨像我的表老兄。 　　　　数十年未见面不通音信， 　　　　只闻知共产党的领袖是毛泽东。（仔细看毛主席像） 　　　　你看他天庭饱满显富贵， 　　　　地角方圆有威风； 　　　　当年的轮廓还认得出， 　　　　下巴上那颗痣我记忆犹新。 　　　　又是惊来又是喜—— 　　　　事关重大，非同小可， 　　　　我还要仔仔细细默清神。（沉思）
	〔文大嫂喊"文有章——"上。
文大嫂	（不满地）呃，文有章，你挂块空招牌又不做事，坐在咯里发宝气？
文有章	发宝气？哼哼，我只怕来哒运气。姜子牙七十遇文王，说不定我也能遇贵人……
文大嫂	你要是能遇贵人，只怕那叫鸡公都会把蛋生。
文有章	常言道得好，"黄河尚有澄清日，岂有人无得意时。"（拿出毛主

———花鼓戏《老表轶事》〉〉〉〉〉

席像）婆婆子，你看，咯是哪个？

文大嫂　毛主席啦。

文有章　是呀。毛主席真是一副好福相。

文大嫂　嗯。能当主席当然是有福之人。可惜就是离我们太远哒。

文有章　远呀？嘿嘿，要说远是远，不过要说近呀，婆婆子，只怕也蛮近呀……

文大嫂　唉，远也好，近也好，只要他老人家能帮我讨哒玲玲妹子做媳妇，我就天天给他烧高香。

文有章　玲妹子好是好，就是说起话来高声大叫、走起路来猫弹鬼跳，要成为贤妻良母，那还要发狠读《女儿经》，调教调教。

文大嫂　我也没有读过《女儿经》，不照样的给你生崽做堂客？我担心的是我家里太穷，玲妹子的妈妈看我们不起。

文有章　你莫提起咯个母夜叉，提起咯个母夜叉我心里就有气。她一没学过"三从四德"，二没读过《增广贤文》，三没……

〔郑大妈抽水烟喊"玲妹子——"上。众街坊陆续随上。

文大嫂　你看你看，说曹操曹操到……（笑脸相迎）哎哟，是郑大妈。怪不得屋门口的喜鹊子叫个不停，（见郑不理，复追上）郑大妈，你今天穿得好摩登……

郑大妈　（冷冷地）我玲妹子是和你屋里崽在一起？

文大嫂　这……

郑大妈　这么子啰？

文有章　（有气地）哎，你咯是和哪个讲话？

郑大妈　哪个答腔我就跟哪个讲话。

文有章　客气一点哪，我们也是君子之家哪。

郑大妈　什么，君子之家？只可惜口袋里布沾布，一身尽补疤，没一点本事。

文有章　你……你说我穷我不怕，要说我没本事那就是有辱斯文哪。

郑大妈　斯文，斯文好多钱一斤？

747

〔文汉成、郑玲玲上。

文有章　（拍着肚子）你晓得咯里边都是些什么东西？

郑大妈　什么东西？还不是一肚子草。

文有章　非也，非也。乃一肚子好文章。

郑大妈　当得饭吃还是当得衣穿？呸，文章有个屁用？！

文有章　常言道得好，"万般皆下品，唯有读书高。"

郑大妈　（大笑）高，实在是高，高得天天在马路边上捉刀代笔写祭文，天天喝饱西北风。

文有章　差矣，差矣。常言又道得好，"人不可貌相，海水不可斗量，蓬蒿之下，或有兰香；茅茨之屋，或有王公……"为人不可嫌贫爱富。

郑大妈　嫌贫爱富？老娘就是嫌你屋里穷又怎么样？文有章，我喊应你，叫你的崽莫打我屋里妹子的主意。

（唱）你没有靠山又无背景，

　　　　一日三餐米桶空。

　　　　天生一副穷酸相，

　　　　嘶起喉咙还爱"之乎也者"带夹生……

　　　　帮我提鞋嫌你慢，

　　　　拍我的马屁嫌你轻。

　　　　倘若我俩把亲家结，

　　　　除非你封侯拜相、

　　　　当上国戚与皇亲。

文有章　（气极）这真是龙遇浅水遭虾戏，虎落平阳被犬欺，气死我也……（忽见毛主席像）谁说我文有章没靠山没背景？说出来只怕要吓死你。

郑大妈　哈哈……吓死哒，我自己去找师公子冲锣收吓。你讲，你的靠山是局长？县长？还是省长吧？

文有章　你莫逼我，我真的会讲啦。

———花鼓戏《老表轶事》

郑大妈　你讲。

文有章　他……他比省长还要大得多……

文大嫂　郑大妈,你晓得他是个书呆子,莫听他胡说八道。

郑大妈　各位街坊作证,只要你文有章有靠山,我玲妹子就嫁给你家汉成伢子。

众街坊　文先生,讲噻!

文有章　(犹豫再三,下定决心)好,我就告诉你。我的背景和靠山就是……(拿出毛主席像,底气不足地)……就是毛主席。

〔众人都没听到。

众街坊　是哪个呀?哪个?

文有章　(重复地)毛主席!

众街坊　(众人一惊,随后大笑)哈哈,毛主席!

文有章　你们笑什么,他是我老表——

〔静场片刻。

文大嫂　老倌子,你开咯号玩笑是要掉脑壳的哪。

文汉成　爹爹,你莫在大街上出丑啰。

郑大妈　毛主席是人民的大救星,是全国人民的背景和靠山。谁人不知,哪个不晓?文有章呀,你好大的胆子,假冒官亲,罪加三等。假冒毛主席的亲戚,肯定是罪加六等……不,是九等,搞不好还要株连九族。(拖玲玲)玲妹子,这号人家你不能够嫁,走回去。

郑玲玲　不,如今解放了,政府提倡自由恋爱,婚姻自主。我看,文伯伯肯定是被你气糊涂了。

郑大妈　什么,被我气糊涂了?青天白日,当着众位街坊他这是胡说八道!快跟我回去。

〔郑大妈强拉玲玲下。

文有章　(气极)哪个胡说八道?毛主席是我的亲戚哒……

文大嫂　老倌子,(摸他的额头)没发烧哒?我的活爹呃,你别的话讲不得,硬要把毛主席扯哒干什么?

文有章　他是我嫡嫡亲亲的表老兄……

文大嫂　（连忙捂住他的嘴）你不要命了，我们还想活哩。

文有章　我，我找政府去——

文汉成　（忙拖住文有章）爷老子，搞不好会要坐牢哩。

文有章　啊，会坐牢呀？！

〔话外音：文先生，张干部要你赶快到他办公室去……

〔灯暗。

二

〔灯渐明。街道办公室。张干部在接电话。

张干部　好，好。我们一定提高警惕，严防敌人造谣破坏……

〔文有章上。

文有章　（听到张干部的话吓了一跳）难道我说毛主席是我老表的事咯快就让他晓得了？

张干部　（对着电话）我们一定严厉打击，决不留情。（放下电话）老文，我正好有件事找你咧——

文有章　（吓得浑身发抖）张干部，其实我也只是猜……并没有肯定哩……

张干部　（奇怪地）你何解一身筛糠一样……？

文有章　没……没什么……只是有点冷……

张干部　啊，你上次要我帮你找工作，如今我帮你联系好了……

文有章　（长吁一口气）原来是咯个事哟……

张干部　文先生——

（唱）你家生活困难担子重，

　　　这事我一直记在心，

　　　这回真是机会好，

　　　轮船码头上正好需要人……

——花鼓戏《老表轶事》 〉〉〉〉〉

文有章　要我到码头上去做事？考虑考虑……

〔郑大妈急上。

郑大妈　张干部，现在我就向你报告一个情敌……

张干部　情敌？是敌情吧？

郑大妈　是，是，是敌情。（见文在场，便将张拉到一旁格外神秘地凑到张的耳边）

张干部　（连连后退）呃，呃，莫隔咯近要得不，别个看哒影响不好。

郑大妈　（还步步逼近）我要报告的咯个敌情特别特别重要……（硬拉着张与他耳语）

张干部　（大惊）啊——有人竟敢冒充毛主席的亲戚——是真的？

郑大妈　张干部，画虎画皮难画骨，知人知面不知心呀。咯大的事开得玩笑？我赌咒要得不？我郑秀英要是讲了半句假话，遭雷打火烧，红炮子穿心……

文有章　（过来拉着张干部）张干部，要我去装船卸货扛麻袋，这是明明白白有辱斯文，那我不去。

张干部　文先生哎——

　　　　（唱）晓得你是饱读诗书的斯文汉，

　　　　　　　不是要你去肩扛麻袋做苦工，

　　　　　　　码头上请你把大秤掌，

　　　　　　　挥毛笔、记码子、算算账目把货称。

文有章　张干部，常言道得好，"文不经商，士不理财"。我一听哒讲什么算账啦、称货啦我就不爱，太俗哒。

郑大妈　真是猪婆子上称，不识抬举嘛！（将张拉至一旁）你看，轻视劳动，典型的资产阶级地主思想。（跃跃欲试地）喊人把他抓起来——

张干部　你怕是细伢子玩官兵抓强盗。乱弹琴！好好好，这里没你的事哒，快回去吧。

郑大妈　那不，我要留在咯里跟坏分子斗争到底。

张干部　好好好，那你莫乱插嘴插舌。

〔张干部与郑大妈都用一种警惕的目光上下打量文有章。

文有章　（极不自在地）呃，你们何解咯样看着我？

张干部　文先生，听人家讲你有一个蛮威武的亲戚……

文有章　（紧张地）咯……有……没有哩……我不是故意造谣……

郑大妈　张干部，要是有个威武亲戚，找工作就容易得多吧？

张干部　文先生，不要有顾虑，晓得什么就讲什么吧。

文有章　其实我……我也没有蛮大的把握。

郑大妈　（按捺不住地）什么？你还没把握？你当着众街坊讲你有一个蛮威武的亲戚，说讲出来要吓死我哒。

张干部　莫插嘴。（对文）讲！讲错了也不要紧嘛。

文有章　好。只要政府不怪罪我，那我就讲……

张干部　呃，对，不要怕嘛，到底是哪个？

文有章　（犹豫再三后下定决心）就是毛主席。

张干部　（故作惊讶地）啊——毛主席？没搞错吧，咯样的玩笑就开不得啦。

文有章　张干部，不是开玩笑。我有个老表也叫毛泽东，好多年前就听说他离家出去闹革命，从此杳无音讯。前几年听说中国出了个毛泽东，神通广大，飞檐走壁，能文能武，智慧超群，领着共产党和蒋介石争天下。昨天我在游行时看到毛主席的画像，越看就越像我的表老兄毛泽东咧！

张干部　啊——（突然地）那你讲一下看，毛主席是哪里人啰？

文有章　那当然就是我们湖南湘潭人。

张干部　（喜形于色地）哈哈，我一试就晓得你在骗人！我们伟大的毛主席明明是北方延安人嘛，你怎么说他是湖南湘潭人咧？

郑大妈　对，听说毛主席武高武大，肯定呷的是北方馍馍长的。

张干部　（严肃地）老文，党的政策是坦白从宽，抗拒从严——

郑大妈　文有章呀文有章，你还不跪下认罪——

文有章	常言道得好,"士可杀不可侮"。堂堂君子没有下跪的习惯。
郑大妈	张干部,抓起来算了。你看你看,反革命火焰几多嚣张。
张干部	(不高兴地对郑)火焰火焰,是气焰,抓起来抓起来,到底是听你的还是听我的?乱弹琴!老文呀,乱讲乱说,罪名不轻啊。
文有章	张干部,只有国民党喜欢冤枉好人,未必共产党也会如此呀?我一没肯定毛主席硬是我老表;二没到处宣扬,更没有招摇撞骗,我何罪之有?再说要是毛主席真是我老表呢?张干部,我想请政府帮我查证一下。
张干部	查,肯定要查的。只是在没查清之前,你要注意莫乱说乱动——
郑大妈	(紧接)对,我们革命群众的眼睛是放亮的啦——
张干部	把你晓得的情况跟我们谈一谈。
郑大妈	这干部椅子给他坐呀!
张干部	为我们多提供一些线索。
文有章	(唱)这个线索呀……
	表老兄大名毛泽东,
	家住湖南湘潭韶山冲。
	清朝光绪十九载,
	癸巳十一月十九日辰时生……
张干部	慢点,让我查查万年历……阴历十一月十九,正好是十二月二十六号。继续讲。
文有章	(接唱)"润之"本是他的字,
	"石三伢子"是他小名。
	两个弟弟我也知晓,
	分别叫泽覃和泽民。
张干部	好,我马上到市政府去请人核对。(欲下)
郑大妈	(追上去)张干部,要是查出了冒充皇亲国戚的坏分子,头等功要算我的哪!
张干部	乱弹琴!

〔郑大妈与张干部同下。

文有章　（神情复杂地瘫坐在椅子上）还要核对核对呀！福兮？祸兮？唉……

〔灯暗。

三

〔灯渐明。街头。文有章忧心忡忡地来回踱步。

文有章　（唱）坐立不宁心发愁，

　　　　　　寝食难安如把魂丢；

　　　　　　一听到腰鼓声心惊肉跳，

　　　　　　一看到解放军就想开溜；

　　　　　　恰似那老鼠掉进米缸里，

　　　　　　不知是喜还是忧？

　　　　　　张干部去调查无有音讯，

　　　　　　是真是假、是好是歹，

　　　　　　我只能暗念弥陀把菩萨求。

〔街坊甲上。

街坊甲　文先生，（见文有章没有理睬，大声地）呃，文有章！（文一惊，欲跑）你跑么子？是我咧，我是想请你代我给我满崽回封信。

文有章　好的，好的。（心不在焉地坐在桌旁写信）

街坊甲　检讨书……尊敬的张干部……

　　　　文先生，你何是写检讨书啰。要你写给我屋里的崽咧！

文有章　我写错哒，错哒！（眼望着天，街坊甲也顺着他的眼望去）

街坊甲　文先生，你今天心不在焉啰？

〔街坊乙满头大汗地跑上。

街坊乙　（跑到文有章跟前）文……文……文先生……下……下不得地……张干部说……你跑……跑……

文有章　（大惊）啊，张干部要我跑呀……（转身便跑）
街坊甲　（紧追几步将他拉住）信还没有帮我写完哒……
文有章　下辈子再给你写。
街坊乙　不是要你跑，是要我跑咧。张干部说，毛……毛……毛主席是……是……是……
文有章　（一把抓住街坊乙紧张地）是么子，你快讲——
街坊乙　毛主席是……是你的老表哩。
　　　　〔文大嫂、汉成、玲玲等人上。
文有章　是真的？
街坊乙　真的。
文有章　啊——（神情极其复杂地手之舞之，足之蹈之）
　　　　（唱）喜从天降——

　　　　　　喜从天降令我三魂震动七魄惊，
　　　　　　毛主席果真是我嫡嫡亲亲的表老兄。
　　　　　　刹那间我恍恍惚惚心意乱，
　　　　　　脚发软手冰凉，
　　　　　　脸发烧胸中倒翻了酸甜苦辣五味瓶。
　　　　　　只想昂头朝天笑，

众街坊　文先生，文先生……
文有章　（唱）泪水满眶难出声……
　　　　〔他目光呆滞凝望远方，嘴唇翕动却说不出话。众人忙扶他坐下。
郑玲玲　文大伯，你怎么啦？（见文有章不答，用手在他眼前轻轻挥动）啊呔，汉成，你爹爹的眼睛都呆哒。
文汉成　妈，咯又怎么办啰？
文大嫂　（认真看文有章，胸有成竹地）莫急。跟他掐两把麻筋就没事哒。（为文有章拉麻筋，但文有章无反应）呃，何解连没反应？（为文有章拉麻筋）老倌子，你用劲咳，把堵在心口上那坨痰咳出来就好了——（文有章仍无反应）

街坊甲　掐麻筋没有用，我看打他几个耳光，保证会打醒的。

众街坊　打噻，打啰！

文大嫂　好！（打文有章一个耳光，文就咳一声）我打！

街坊甲　有效果，好多哒。再打几下，保证会好得快些！

文大嫂　（举手又停）我打不下手了——

街坊甲　你不打，还是我来打。

〔还没等街坊甲打，文有章就咳起来了。

街坊甲　是吧，好啦好啦。

街坊丙　你们看啰，张干部来哒。

〔张干部与众街坊上。

张干部　文先生呀——

　　　　（唱）连道恭喜与贺喜，你所言不虚都是真的。

　　　　　　　毛主席确是你表兄半点不假，

众街坊　（惊喜地）啊——文先生呀——

张干部　（接唱）你一步登天就成了皇亲国戚。

文有章　哈哈哈——

　　　　（唱）这真是泥瓦也有翻身日，

　　　　　　　困龙亦有上天时。

众街坊　（唱）文先生本来是俊杰，

　　　　　　　这一下更胜那朝廷金榜把名题。

　　　　　　　小地方突然拱出个大人物，

　　　　　　　邻里乡亲脸上沾光，

　　　　　　　心里都是蜜甜的。

张干部　来，大家高高兴兴抬起文先生走。

〔众兴高采烈抬文有章下。

〔灯暗。

四

〔灯渐明。文有章家堂屋。

〔众街坊抬文有章边舞边唱上。

众街坊　（唱）前面吆喝声声急，

　　　　　　　后头锣鼓紧相依，

　　　　　　　犹如那新科状元游街转，

　　　　　　　文先生扬眉吐气，

　　　　　　　威武风光笑嘻嘻。

〔众人兴高采烈地簇拥着文有章进屋，并问长问短。

众街坊　文先生，毛主席和你到底是什么亲戚？

街坊甲　告诉你们哒了，讲哒是老表。

街坊乙　我又没问你！

街坊丙　文先生，毛主席小时候也是咯个样子不？

街坊丁　你跟我们讲讲毛主席小时候的故事啰……

张干部　大家静一静，听我的指挥——

　　　　（唱）诸位莫吵莫闹莫动弹，

　　　　　　　恭恭敬敬、安安静静

　　　　　　　围着文先生在中间。

　　　　　　　多接受革命传统教育蛮重要，

　　　　　　　齐鼓掌欢迎文先生把毛主席的故事谈。

　　　　现在请文先生上坐。

〔众人一齐热烈鼓掌。文有章整衣冠，清喉咙，大模大样上坐。众人围坐在文有章身边。

文有章　（矜持而得意地）要说毛泽东——罪过罪过。要讲毛主席小时候的故事呀，那当然是我最清楚不过了，

　　　　（唱）那真是——

　　　　　三天三夜也讲不完，

　　　　　可惜我如今唇焦舌苦口里干。

文大嫂　老倌子，我跟你去筛茶——

街坊甲　呃，要你泡么子茶啰，你是毛主席的表弟嫂，你坐哪。（对街坊丁）满姑娘你快去泡杯芝麻豆子茶，文先生爱吃香的，要记得多放芝麻。

文大嫂　我再帮你去打点酒来。

街坊丙　还是想喝酒哟。（从自己口袋里拿钱对街坊甲）那好说，二伢子拿哒钱赶快到街上去打点酒。

满妹子　文先生，茶来哒。

文大嫂　老倌子，滚烫的水，小心烫了嘴巴。（在一旁轻轻吹茶）

街坊甲　文先生，酒来哒。

众街坊　文先生，酒怎么样啰？

文有章　好酒，好酒。

众街坊　咯下可以开讲了吧？快点讲啰！

文有章　好。毛主席不但是我的表老兄，还是我穿开裆裤的好朋友。他每次到外婆家里来，就和我一起玩。咧，白天到河里打水仗，晚上到田里捉泥鳅……

张干部　呃，文先生，你莫乱讲——

文有章　咯是真的。不信你可以去问毛主席——

张干部　是真的也不要乱讲哪。传出去讲毛主席咯样伟大的人物，细时候还穿开裆裤打水仗捉泥鳅，这不像话嘛！这是对主席的不敬。

文有章　张干部讲得对，大家在咯里听就在咯里止，不要到外边去乱讲。毛主席大名泽东，字润之。不过那时候我就不晓得他会当皇帝，我就直呼他的小名"石三伢子"……

文汉成　爷老倌，现在不叫皇帝，叫主席。你不要老是拿封建社会的事来套如今的事。

文有章　是我讲错哒。为什么叫石三伢子，你们听清楚。毛主席本有两个

|||哥哥,但均在襁褓中不幸夭折。他母亲怕毛主席不能长大成人,便叫他拜龙潭中的巨石为干娘,寄名石头——

张干部|呃,这件事也不要到处讲,传出去会说毛主席还信迷信。文先生,你要多讲些有意义的事咯。

文有章|对,讲有意义的。我虽不敢说自己学富五车,书通二酉,但博闻强记,诸子百家涉猎颇多。但和毛主席一比呀简直是沧海一粟。记得读私塾时,只看见他爱读耍书子,可是一考试他总得头名。

郑玲玲|(调皮地)文大伯你考第几名?

文有章|好多名记不清了。只记得手板心经常被先生打得又红又肿。

〔郑大妈提一些礼物上。

郑大妈|玲妹子呀——哟,好热闹啊!

文大嫂|(吓得忙推郑玲玲)玲玲,你妈妈来寻你,快跟她回去。

郑大妈|(笑逐颜开地)不,她爱在你家里玩就让她玩。今天众街坊都来哒,我也来凑凑热闹。

文有章|郑大妈,你就不怕有失身份?

郑大妈|文先生真会开玩笑,我们有什么身份?倒是你文先生知书识礼,肯定是个大有来头的角色。各位街坊呀——

(唱)我早就看出文先生不是人——

众街坊|(大惊失色)啊?

郑大妈|(接唱)他是那天上的文曲星君下凡尘。

经纶满腹皆奇妙,

言词出口必成文。

近水楼台先得月,

读书人家就如那向阳花木定逢春。

倘若是过去有人来得罪,

那定是鬼懵了脑壳瞎了眼睛。

有眼不识金镶玉,

错把黄金当碎铜。

|||大人不计小人过，

文先生放宽那宰相的肚量菩萨的心。

我带来荔枝、桂圆加红枣，

还有新鲜鸡蛋足一斤，

火上慢慢炖，多放红砂糖，

香喷喷、甜滋滋，

兼凉带补要为你文先生补精神——

补足精神今后还要干大事情。（将礼物硬塞到文大嫂手中）

文大嫂　（受宠若惊地）真是不敢当……真不好意思……

郑大妈　（亲热地）咯有么子不好意思的啰，我们两家是什么关系……众街坊咧你们看啰，汉成和玲玲真是天生一对。我一想起有咯样威武的亲家，咯样好的女婿，晚上做梦都打哈哈……

〔很尴尬的样子，众人都笑郑大妈。

文有章　今天就讲到咯里打止。婆婆子，帮我把招牌拿来。

郑大妈　亲家公，你还要去摆摊子写字呀？

文有章　不摆摊子我吃么子？

郑大妈　哎哟，亲家——

　　　　（唱）尊一声我的好亲家你听端详，

　　　　　　莫随便把皇亲国戚的身份忘。

　　　　　　看街头三教九流、平常百姓忙忙碌碌多混杂，

　　　　　　你怎能再扯招牌，让人说长道短指脊梁。

文有章　（唱）摆摊卖字我咯是为了生计，

　　　　　　凭本事换饭吃理所应当。

　　　　　　一不偷二不抢问心无愧，

　　　　　　怕什么说长道短指脊梁？

郑大妈　亲家，那你就莫怪我讲直话，我问你咯，你在咯里摆摊子，别个会怎么讲呀？大家来看咯，毛主席的亲戚还干这号下等人的事……你的面子不要紧，毛主席的面子要不要紧？

文有章　哎，说得对，有道理。真是"聪明齐颈，要人提醒"。婆婆子，赶快跟我把招牌收起来。

郑玲玲　文伯伯你不摆摊子，一家人喝西北风？

郑大妈　玲妹子你晓得么子。伪政府缉查队王队长你们都还记得吧。他那个人咧是长得长不像个冬瓜，矮不像个南瓜，大字墨墨黑，细字不认得，就因为他表姨夫是警察局长，他就在官场上混得有模有样。你们看文先生论文才有文才，论人才有人才，按你的本事当个什么长、什么主任之类的官那是绰绰有余……

文有章　（得意地）那又不是我吹牛皮呀，要我当官呀那我还是当得像的啦。虽然如今身坯单瘦一些，吃得一向大鱼大肉就胖哒，那镇得台住。

郑大妈　亲家，就是嘛。凭你这一肚子文章，何不向毛主席写封信，也要个官当一当啦。

文有章　（一愣）这……古人云，"不自是而露才，不轻试以幸功"。我虽然是毛主席的亲戚，这伸手要官恐怕非正经读书人所为。

郑大妈　亲家，那我又要讲你一句直话，你的书是读得好，不过不要读迂哒。莫说你有一身的本事，就凭毛主席咯块招牌，你去当官哪个敢讲空话？保证豆子屁都没一个放得。

街坊庚　是呀，平日你常说，读书人即使"不名一文"，也要"心忧天下"。你要个官就可以一展你修身齐家治国平天下的抱负呀。

郑大妈　对呀，你就可以施展抱负呀！

众街坊　对呀！

文有章　（心有所动）这样说向毛主席的信写得？

众街坊　写得。

文有章　这个官要得？

众街坊　要得。

文有章　好。婆婆子，赶快给我磨墨。

〔文大嫂略显愁容在想心事，未理。

郑大妈　磨墨呀,我最会磨哒。我来磨。

〔郑大妈使劲地磨墨。文有章坐于桌旁。

文有章　毛主席的文章写得好,字也写得漂亮,我就不能马马虎虎。(运气提神欲写,忽停)

（唱）手提羊毫又沉吟,

　　　只觉得底气不足心里空……（略思,放下笔站起来）

众街坊　你何解不写哒啰?

文有章　写不得。

众街坊　文先生,文先生!

文有章　略封信还是写不得——

（接唱）还是常言道得好,

　　　"达人须知命,君子要安贫",

　　　"见官莫争先,做客莫在后",

　　　我如此要官是枉读圣贤不正经。

　　　一生道德山丘重,

　　　二字"功名"草芥轻。

　　　处世为人要守根本,

　　　文有章要做清清白白、

　　　正正派派的读书人。

〔静场片刻。

郑大妈　（嘲讽地独自鼓掌）玲妹子,走回去!

郑玲玲　妈妈何解咯?

郑大妈　哎呀!文先生就真的了不起。只是毛主席的亲戚天天在这里摆摊子,住的是烂屋子,经常饿肚子,过的是苦日子,那个媳妇收不收得进屋就难讲哪……

郑玲玲　妈妈,你何解又扯到收媳妇去哒啰。给毛主席写不写信是文伯伯他自己的事,他说不好,就不要勉强吧。

郑大妈　玲妹子,我只是一想到要你在文家吃苦,我做娘的窝心就痛哩。

———花鼓戏《老表轶事》〉〉〉〉〉

（捂住胸口）哎哟……哎哟……

文汉成　爹，为了我和玲玲，你就给毛主席写封信啰。爹爹，我求求你——（见文有章犹豫未理，将文大嫂拉到一旁）妈——

文大嫂　好好好，文有章！你今天给毛主席写封信什么都好说，你要是不写呀……我就跟你散伙！

文有章　婆婆子，好商量好商量啰。

郑大妈　街坊们咧，文先生到底是不是毛主席的亲戚？何解连封信都怕写得？

〔众街坊议论纷纷。

文有章　（生气地）哪个讲我不是毛主席的亲戚？你要是咯样讲我就偏要写。

众街坊　写！

郑大妈　是的咯。我说你文先生还不如那目不识丁的王队长。就叫毛主席也封你一个缉查总队长。

街坊乙　总队长配得上文先生？我看起码要个局长。

〔众人议论纷纷。

文有章　莫争莫争，要个什么官我心中有数。

郑大妈　要个什么官？

文有章　省建设厅厅长。

张干部　你何解硬要当省建设厅厅长？

文有章　哈哈，此乃天机。磨墨！（摇头晃脑挥笔疾书）

"润之仁兄先生大鉴：

暌违风采，数十春秋。每忆丰标，无日不神驰左右也。兄本龙门俊品，凤阁仙才，丰神岳峙，气度渊澄，终成千秋伟业，人之至尊。自愧庸愚，无所建白，学惭窥豹，业愧囊萤。然尘缘未了，俗冗纷来，望兄成全逾格，鼎力提携，赐荐省建设厅长一职，俾得枝栖有托，玉我以成，倘蒙俯允，自当永铭心版。

　　　　　　　　湖南表弟文有章顿首"

众街坊 （一齐凑过来同时念）北京，中央人民政府，毛泽东主席大启。

〔灯暗。

五

〔毛岸英上。

毛岸英 （唱）奉父命回家乡难按激动，

　　　　岸英我踏上归乡路心绪难平。

　　　　在外多年常有梦，

　　　　梦中常涌故乡情。

　　　　今日归来天地变，

　　　　唯有不变是乡音。

　　　　临行父亲多叮嘱，

　　　　一份真情抵万金。

毛岸英 表叔，你到底是个什么样子？

〔灯渐暗。

〔文有章家。

文大婶 什么样子？如今我老倌子的样子就不蛮好看了。唉！

　　（唱）书信一封往京城捎，

　　　　老倌子闭门在家如坐牢。

　　　　茶不思，饭不想，

　　　　晚上失眠到通宵。

　　　　有时沉思多忧虑，

　　　　有时狂喜笑声高。

　　　　手拿书本读不进，

　　　　砚台笔墨一边抛。

　　　　脸上明显瘦，

　　　　身上掉了膘。

————花鼓戏《老表轶事》 〉〉〉〉〉

    家中百事都不管，

     只听得邮差来了就往外飙……

  〔文有章头戴帕子从里屋急匆匆出来到门口看看。

文有章　刚才是不是邮差来了？

文大婶　哪里有么子邮差？

文有章　我在里边实在听到脚踏车的铃声……（有些失望地坐到躺椅上）

文大婶　你是想邮差想得咯样吧？唉！

   （旁唱）平淡本是常人福，

    何苦为求官受煎熬。

文大婶　老倌子，我给你煮两个荔枝蛋吃好不好？

文有章　（不耐烦地）不吃，不吃。如今就是人参燕窝也吃不进。

文大婶　老倌子，我看自从给毛主席写了信以后，你就没有真的快活过，咯是为么子？

文有章　为么子，为么子，跟你何解讲得清？

文大婶　你说讲不清，其实我心里明。你就是怕毛主席不给你回信，不要你当官。是啵？

文有章　你……

文大婶　男人家就要拿得起，放得下，你几十岁了从来没有当过官不也活得蛮好？没有官当就不当官啵。老倌子，

   （唱）看世上人来人往如穿梭，

    毕竟是做官的少来百姓多。

    做了官也只是穿衣吃饭把日子过，

    老百姓同样吃饭穿衣过生活。

    做官的未必没有皱眉日，

    老百姓有时也会笑呵呵。

    一棵草总有一粒露水养，

    你要看得清，你要想得通，切莫烦恼把自己磨。

文有章　道理我何解不懂啰，不过这读书人的心呀……你不晓得。

〔郑大妈急上。

郑大妈　亲家，街上有一个干部模样的年轻人在到处找你……

文有章　啊……快请他进来了。

郑大妈　有请干部。

〔毛岸英上。

毛岸英　请问文有章先生是住在这里吧？

郑大妈　咯就是文厅长的府上。

文有章　（对郑）八字还没一撇就叫么子厅长啰。（对毛岸英）在下就是文有章。干部贵姓——

毛岸英　免贵姓毛。（将文有章拉至中堂坐下）你请坐——
　　　　（唱）恭恭敬敬一鞠躬，
　　　　　　　再奉上礼品两个纸封。

文有章　（唱）文某无功不受禄，
　　　　　　　非亲非故、萍水相逢你行此大礼为何因？

毛岸英　（唱）我是代表父亲来看你，
　　　　　　　祝表叔贵体康泰福满门。

文有章　（唱）云里雾里我不清白，
　　　　　　　你父亲是哪个？你又是何人？

毛岸英　（唱）家父便是毛主席，
　　　　　　　我是你的表侄叫岸英。

〔宛若晴天霹雳，文有章、文大婶和郑大妈都惊呆了。郑最先清醒。

郑大妈　（"扑通"一声跪下）原来是太子驾到……（毛岸英正要拉她，她却突然跳起来跑到门口看了看，转对毛岸英）呸，你咯个伢子胆子不细呀，竟敢冒充毛主席的公子……亲家公，太子出行，没有几十百把个跟班也要有几台乌龟车吧？你看外头啰，冷清得打得鬼死。我倒要看看送的咯两个纸封子里是些什么人参燕窝……（打开纸封）嗬哟，一斤桃酥，一斤油炸麻花，咯也拿得出手呀？

———花鼓戏《老表轶事》 〉〉〉〉〉

　　　　　跟我到公安局去……

文有章　（拦住郑大妈，对毛岸英）年轻人，看你眉清目秀，一表人才，应该要学好，不要在外头招摇撞骗……

毛岸英　表叔，我没有骗你。你听我说得对不对——

　　　　（唱）老家韶山好风光，

　　　　　　　父亲的外婆家就在湘乡。

　　　　　　　我母亲名叫杨开慧，

　　　　　　　为革命早牺牲葬在板仓。

　　　　　　　你与我父亲一起长大，

　　　　　　　同读书同玩耍情深谊长……

文有章　（激动地扯下头帕）婆婆子，咯真是我老表的崽哩……（一把紧紧抱住毛岸英）

郑大妈　（忙过来拉文有章）你咯成何体统？太子荣归，快行大礼。（又欲跪）

毛岸英　（急拦）要不得，要不得。我爸爸不是皇帝。（拉住文有章和文大婶亲热地）表叔、表婶，你们就叫我岸英，或者叫小毛伢子吧。这次父亲叫我回湖南看外婆，就特意嘱咐我来看看表叔。

郑大妈　嘿嘿，首长，我自我介绍啰，我姓郑，是他们的亲家。

文有章　请坐，请坐。

〔毛岸英坐下，众人仍恭敬地站着。

毛岸英　哎，你们长辈都站着，我怎么能坐，那我也站着吧。

文有章　好，好。都坐，都坐。婆婆子，快去杀鸡称肉……

文大婶　（面有难色地）咯……

毛岸英　不要客气。美不美，家乡水，喝一杯茶就可以了。

文大婶　好，我帮你去倒。

毛岸英　（四顾）表叔，看样子你的生活蛮清苦呀。

文有章　惭愧，惭愧。

毛岸英　表叔在家里做点什么事？

文大婶　过去摆个代写书信的摊子，如今呀，摊子也不摆了……
毛岸英　表叔，既然生活有困难，为什么不摆摊子了呢？
文有章　摆个摊子确也能挣几个钱糊口。不过如今我就不便再摆哒。因为毛主席的亲戚在街头为人捉刀代笔，咯不丢人现眼？要是你父亲晓得哒，不骂我一顿饱才怪。
毛岸英　我看我父亲就不会骂你。自食其力、自力更生这样好嘛。其实他最喜欢的就是劳动人民。
郑大妈　岸英……公子……我亲家给毛主席写了信，收到了吗？
毛岸英　收到了。
文有章　（有些不好意思地）嘿嘿，其实我知道这写信要官也多有不妥……
毛岸英　世界上的事都不能一概而论，毛遂自荐不也是千古美谈吗？
郑大妈　（神秘地小声问）呃，毛主席什么时候派我亲家当厅长？
毛岸英　啊——（对郑）你怎么知道我父亲就一定会委派表叔当厅长呢？
郑大妈　毛主席是文先生的嫡亲老表，朝中有人好做官呀。
文有章　岸英，当不当官我倒是无所谓。不过常言道得好，打虎亲兄弟，上阵父子兵。我与你父亲一块长大，私交甚深。他又是一个特别重情义的人，我想咯点面子他是会给的，当个厅长没问题吧？
郑大妈　莫说厅长，凭毛主席咯块天牌我亲家就是省长部长也当得。
文有章　当不得，当不得。人贵有自知之明，讲实在的，有没有本事当厅长我都没有把握。
毛岸英　是呀，要当好共产党的官也是不容易的。不知道表叔晓不晓得共产党的官都是为人民服务的。
文有章　（新鲜地）啊……为人民服务？咯倒是头一次听哒讲。
郑大妈　亲家，为人民服务咯是讲那些小干部。你看张干部哪天不是为了我们老百姓的柴米油盐东奔西跑忙得一塌糊涂？依我看到了厅长咯大的官，就应该是人民为你服务。首长喝茶。
毛岸英　不知表叔准备当个什么厅长？

〔文有章笑而不答。

———— 花鼓戏《老表轶事》 〉〉〉〉〉

郑大妈　建设厅长。
毛岸英　这么说表叔一定是建设方面的专家，是长于房屋桥梁建筑？
文有章　嘻嘻，非也。
毛岸英　那么就是长于水利建设？
文有章　也不是。
毛岸英　啊……那为什么点名要当建设厅长呢？
文有章　说来话长呀——

（唱）民国三十五年正寒冬，
　　　为借米我顶风冒雨出家门。
　　　突然间一辆小车左弯右拐对着我冲——
　　　将我绊倒在地难起身。
　　　司机伸出头，喝得醉醺醺；
　　　他骂我瞎眼睛，
　　　我据理与他争；
　　　这时候下来一个瘦猴精，
　　　不问情由几个耳光打得我发黑眼晕。
　　　我趴在地上大声喊——
　　　"欺人太甚我要到法院去告你们。"
　　　他趾高气扬连冷笑——
　　他说："你只管去告。就说被告是省建设厅长。你要是告倒了我，我到德国去摆酒席请你坐上头。"
　　（接唱）我只能打脱牙齿往肚里吞，
　　　　　你们看气人不气人？
　　　　　运去金成铁，时来铁似金；
　　　　　到如今我的老表当了主席，
　　　　　我便要当个建设厅长出这口恶气，也摆摆威风。

毛岸英　原来如此——有意思……表叔，共产党和国民党不一样呀。看起来要当好共产党的官，我们还要好好地加强学习……我该走了，

　　　　　　表叔，你多保重。
文有章　（沉思地）啊……
　　　　　〔灯渐暗。只有追光照着沉思的文有章。

六

　　　　　〔灯渐明。文有章踱步苦思。
　　　　　〔毛岸英的画外音：表叔，共产党和国民党不一样呀，看起来要当好共产党的官我们还要好好地学习……
文有章　（沉思自语）不一样？怎么个不一样呢？……
　　　　（唱）盘古开天到如今，
　　　　　　　各朝各代我看得清。
　　　　　　　官是官，民是民，
　　　　　　　当官自然不相同。
　　　　　　　民是脚下草，
　　　　　　　官是人上人。
　　　　　　　共产党有何不一样？
　　　　　　　心如磨墨转不停……
　　　　　还要好好学习。我向哪个去学？共产党的官我只认得张干部……对，就向张干部学。
　　　　　〔灯渐暗。
　　　　　〔灯渐明。街道办公室。一些群众围着张干部，张干部正忙着为大家办事。桌上还放着他没有吃完的饭。文有章进屋。
张干部　……大家莫挤，莫闹，莫急，莫躁，一个个来。（对群众甲）你拿了这张介绍信到搬运队去找李队长……（马上摇电话）喂，请帮我接湘绣厂……
群众甲　（高兴地）谢谢张干部。（欲下时见到文有章）啊，文先生来了。你找张干部？

文有章	是呀。咯样子张干部连搞不赢啰。
群众乙	毛主席的老表来哒，优先。有么子事你先找张干部。
文有章	那还是要讲先来后到，我不急，先办你们的事。
张干部	（打电话）……湘绣厂刘厂长吧？我是老张……我们咯里有几个湘绣手艺蛮好的师傅，家庭生活比较困难，你能不能做点好事帮忙安置一下，我给你作揖要得不？……叫她们来试试？哎呀，太好哒，今年你屋里堂客硬会给你生个胖子崽（放下电话，对群众乙等人）你们到湘绣厂去找刘厂长。
群　众	张干部，你真是做了好事，谢谢你。
张干部	不要谢，这是我应该做的，为人民服务嘛。

〔群众下。

张干部	文先生，你来了，快请坐。找我有什么事吧？
文有章	一点小事。张干部，你还没吃饭，先吃饭啰。
张干部	我是真的饿了。那就对不起，我边吃边听你讲。（吃饭）
文有章	（有些不好意思地）我只是……只是想问问咯共产党的官应该如何当？
张干部	（唱）共产党的官容易当，
	以民为本不能忘。
	多为群众勤跑脚，
	百姓就是亲爹娘。

〔一老者上。

老　者	张干部，我来领救济粮。
张干部	贵满爹，我讲了给你送去，你还来做么子？
老　者	我是看你工作太忙哒……
张干部	（赶紧扒了几口饭放下碗）走，贵满爹，我送你回去。文先生，你先坐一下，我马上就回来。

〔张干部背上一袋米和老者下。

文有章	（沉思自语）百姓就是亲爹娘？……这当官的不就是崽女？十载

寒窗无人问,一举成名天下知。倘若是当了官要去服侍别人,这太划不来了吧?……

〔郑大妈和文大婶同上。

郑大妈　亲家,亲家。你何解到这里来哒?害得我们到处寻。

文有章　我……我是想来问问张干部,咯共产党的官该如何当?

文大婶　他何解回答的?

文有章　他说的意思和岸英讲的差不多……

郑大妈　亲家,我不是讲了,小干部是为人民服务,到了厅长咯大的官就是人民为你服务啦。来,来,试试咯件中山装,看也合身不?

文有章　中山装?咯是……

文大婶　亲家母说如今当干部的时兴穿中山装,她就帮你定做了一件。

文有章　亲家,还麻烦你,真不好意思。

郑大妈　莫讲客气,亲家亲家,亲如一家啦。我是怕毛主席要你当厅长的任命一到,就做手脚不赢,到时候连件出客的衣服都没有,那好没面子。快来试试。

文有章　这……还是回去试吧……

〔又有一些群众喊"张干部"上。

文有章　张干部刚才出去哒。

〔群众欲下。

郑大妈　哎,你们是不是找张干部有事?

群众丙　是的。我们都有些困难想请张干部帮哒解决。

郑大妈　找别个就不行呀?难道在咯里就只有张干部是当官的?

群　众　还有哪个?

郑大妈　远在天边,近在眼前,还有文厅长啦。

　　　　(唱)有眼不识珠和宝,

　　　　　　见了姑娘喊大嫂。

　　　　　　堂堂厅长在眼前,

　　　　　　何必还东奔西走满街找?

——花鼓戏《老表轶事》 〉〉〉〉〉

群　　众　对呀，我们何解不找文厅长呢？

文有章　（唱）哎呀呀，不得了，

　　　　　　　脚底抹油我赶快跑。

　　　　〔文有章欲下，众人拦挡。

群　　众　文厅长，你帮我解决咯个问题啰……

文有章　不行，不行，毛主席的任命没来，再说我也只怕没有咯个本事……

郑大妈　亲家，你莫慌，先锻炼锻炼也有好处。（对群众）文厅长是大干部，一些么子柴米油盐、鸡毛蒜皮的小事就不要麻烦他，有大事才能找文厅长。

群众丙　大事？（将文有章拉至一旁）文厅长，我家祖宅那件官司到时候只怕还要请你出马打打招呼……

群众丁　（也来拉文）文厅长，我舅子是泥水匠，以后有工程还要请你多多照顾……

群众甲　（也来拉文）今后要麻烦你多关照，多提携……

郑大妈　其实文厅长上任的头一件事就是为汉成和玲玲安排一个好工作。亲家公，是的啵？你的崽和媳妇暂时当不得大官，你放他们一个小官也要得……

　　　　〔众人又争吵着来拉扯文有章。

文有章　（捂头）哎哟，我的脑壳又痛起来哒……

文大婶　（推开众人）你们做点好事，让他清静一下，莫围哒吵要得不？

　　　　〔众人见状不妙，纷纷悄悄下。

文大婶　老倌子，我看你是没官当想得脑壳痛，当了官又烦得脑壳痛。今后呀，只怕还有脑壳痛的日子来呀……

文有章　唉，真是贫穷自在，富贵多忧……苦啊……

　　　　〔灯渐暗。幕后男声独唱：

　　　　　　知我者谓我心忧，

　　　　　　不知我者谓我何求……

七

〔灯渐明。文有章家。

〔锣鼓声由远而近,由弱渐强。张干部内呼:"文先生,北京来信哒……"

〔张干部和众街坊欢快激动地上。

张干部 (让自己平静了一下,提高声音)文先生,北京来信哒。

〔静场片刻。听到屋内重重地一声咳嗽,文有章头缠手帕上,他努力想走得庄重一些,但还是在门槛上碰了一下险些跌倒。

郑大妈 亲家,快接圣旨。

众　人 文先生,恭喜,恭喜!

〔文有章洗手,擦拭,双手恭敬地从张干部手里接过信封。

文有章 (念)"文有章先生启。北京毛寄。"(神情复杂地将信贴于胸前)来哒,终于来哒!

郑大妈 张干部,放不放鞭炮?

张干部 等文先生念完信再放。文先生,拆信吧。

文有章 (正欲拆信,又停)我想请大家猜一猜,毛主席到底是要我当官还是不要我当官?

众　人 (除张干部和文大婶外,皆异口同声地)肯定是要你当官。

文有章 真的?我只怕你们都没有猜准哟。

郑大妈 不可能。亲家公,到了咯时候你何解还咯样心虚啰。

街坊甲 文先生,我们打个赌。你要是当不成厅长,我们送三斤好酒给你喝。你要是当了厅长,就摆酒席请我们吃一餐。

文有章 君子一言,驷马难追。(小心将信封启开,抽出信慢慢展开)啊,这不是毛主席写的。

众　人 (一惊)是谁写的?

文有章 毛岸英,我的大表侄。

张干部　岸英写的也是一样。文先生你就念给大家听听吧。

〔文有章开始读信，众皆肃立。灯光渐暗，只有追光照着文有章。

〔随着毛岸英上场念白：

"有章表叔：

您在给父亲的信中提到赐荐省建设厅长一事。我想告诉您，这种一步登高的做官思想已经极端落后了，而以通过我父亲即能'上任'，更是要不得的想法。翻身是广大群众的翻身，不是个别人的翻身。共产党之所以不同于国民党，毛泽东之所以不同于蒋介石，除了其他更基本的原因以外，正在于此。少数人统治多数人的时代已经一去不复返，靠自己的劳动和才能吃饭的时代已经来临了。

共产党不是没有人情，这便是对人民的无限热爱，其中包括自己的父母子女亲戚在内。但如果这种特别感情超出了私人范围并与人民的利益相抵触时，共产党是坚决站在后者方面的。

父亲嘱咐我向您问好，并寄上三百元聊补家用。有不周之处望谅，并祝您健康。

岸英上"

〔灯光渐明。众皆惊愕静默。文有章略一踉跄，沉重地坐下。

文有章　（喃喃自语般）……不一样……就是不一样……哈哈，我总算弄明白了这不一样。（缓缓解下头帕，并由弱到强，由低到高地笑起来）哈哈哈……

众　　人　文先生——你没事吧？

文有章　（仍旧大笑）哈哈……当然没事，脑壳都不痛哒……哈哈，你们输了，去拿酒来……哈哈……

街坊甲　好，好，我就去买酒。（急下）

郑大妈　亲家，你不是常说命里有来终须有，命里无来莫强求，咯湘江河里没加盖，厨房里的菜刀又蛮快，你该不会……

文有章　哈哈，笑话。新中国刚成立，好日子才开始，我可舍不得去死。

〔街坊甲抱一坛酒上。

街坊甲　文先生，酒来哒。

文有章　（倒酒对着毛主席像）老表呀老表，这是好酒，让我先敬你一杯。

　　　　（唱）虽说我厅长当不成，

　　　　　　　却犹如鸟入丛林，

　　　　　　　鱼归大海一身自在好轻松。

　　　　　　　脑壳从此不会痛，

　　　　　　　还让我赢了好酒足三斤。

　　　　　　　一纸求官往京城寄，

　　　　　　　方寸心从此宛若湘江水，

　　　　　　　起起伏伏涌不停。

　　　　　　　时而是喜喜忧忧难自持，

　　　　　　　时而是痴痴迷迷如发神经……

　　　　　　　知己知彼，

　　　　　　　将心比心。

　　　　　　　我何德何能要当厅长？

　　　　　　　羞愧难当脸通红。

　　　　　　　都怨我"出世""入世"未看透，

　　　　　　　更不知新旧社会本不同。

　　　　　　　老表呀，

　　　　　　　其实我是流水下滩非有意，

　　　　　　　白云出岫本无心。

　　　　　　　这真是相知相识满天下，

　　　　　　　唯你对我最知情。

　　　　　　　看似"得罪"我一个，

众　　人　（唱）实能赢得万民心，

　　　　　　　由此看共产党的江山一定坐得稳，

　　　　　　　难怪毛主席开天辟地建立新中国能成功。

文有章　（唱）饱读诗书懂情理，
　　　　　　不去当官我想得通。
郑大妈　看样子，你咯厅长当不成了啰？
文有章　不当哒，不当哒。哎，那我们这亲家……
郑大妈　哎呀，我又不是细伢子，亲家当然还是亲家。你是毛主席的亲戚，我就是毛主席亲戚的亲戚啦……
文有章　好。婆婆子，赶快帮我把那件新做的中山装拿出来。我要到街上重新开业，自食其力。咯也是……
郑大妈　为人民服务。
文有章　对，为人民服务。
众　人　好！
　　　　〔在欢快的音乐中，众人围着文有章换衣。文有章手执布招牌精神抖擞下，众人热烈鼓掌。
　　　　〔喜气洋洋地合唱起：
　　　　　　穿上新衣好精神，
　　　　　　重执招牌出了门；
　　　　　　一段轶事传佳话，
　　　　　　佩服老表毛泽东。
　　　　〔幕徐闭。
　　　　〔剧终。

精品提名剧目·婺剧

梦断婺江

编剧 姜朝皋

时间

公元一八六一年（太平天国十一年）。

地点

浙江金华。

人物

李世贤　太平天国侍王。

柳彦卿　赵华表妹。

赵　华　儒生。

洪仁宝　太平天国天王洪秀全族兄，封国宗兄提督军务。

根　崽　李世贤亲兵。

根崽娘　百姓。

火　生　太平军老兵。

刘政宏　侍王部将。

尤　雅　洋枪队差官。

百姓、侍卫、兵勇、囚犯

——婺剧《梦断婺江》 >>>>>

第一场

〔公元一八六一年（太平天国十一年）。

〔浙江金华城内。

〔伴唱：婺城揽尽天下秀，

浩荡春风遍江流。

辉煌最是侍王府，

气压江城十四州。

〔伴唱声中幕启，新修的侍王府，雕梁画栋，金碧辉煌。

〔众民工、百姓拥挤在府门外，根崽登高发话。

根　崽　诸位民工父老！王府大厦落成，多亏众位效力，王爷传令，每位民工赏钱五百文，少时账房领取。

众民工　多谢王爷！

根　崽　王爷说，侍王府二期扩建，还少不了要诸位出力。

众民工　我等自当效力。

〔根崽娘手持一盏写有"太平天国侍王李"的大红灯笼兴冲冲喊上。

根崽娘　根崽——根崽！

根　崽　娘！你老人家也来了？

根崽娘　听说侍王爷又打了大胜仗，刀劈了狗提督，乡亲们都高兴得不得了，让我来向侍王恭贺。儿子！快领娘去见王爷。

根　崽　娘！今日可不能进去。

根崽娘　谁说不能进去？侍王亲赐我这大红灯笼，说无论何时，他的王府

		我想进就进。
根 崽		今日不比往常，王爷打了胜仗回来，又赶上这新修的王府落成，双喜临门，宾客满堂，王爷他忙着呢。
根崽娘		哟！这王府可真修得气派！
根 崽		这还是一期工程，等二期修完了，比这更气派呢。
根崽娘		还有二期，那不修成皇帝爷的金銮宝殿？
根 崽		金銮宝殿算什么，王爷说了，皇帝爷有的，我们大家也该有。
根崽娘		好！好！咱们穷苦百姓可有盼头了！（情不自禁地唱起了百姓们传唱的歌谣）

　　　　（唱）侍王四月十九到，
　　　　　　　码头摆下冲天炮。

众 人	（齐和）官府豪绅喊倒灶，

　　　　　　　穷苦百姓哈哈笑。
　　　　　　　太平天国，天国太平……
　　　哈哈……（齐下）

根崽娘		哟，差点忘了，这包东西，你给我呈交王爷。
根 崽		这是什么？
根崽娘		一点乡下土产，义乌红糖加上永康的五指岩生姜，侍王爷鞍马劳顿，给他驱驱风寒。哦！娘还给你做了双新鞋，你穿上在王爷鞍前马后，好好效力。
根 崽		儿子记下了。

　　　〔内喊："王爷送客！"

根崽娘		你快去侍候王爷，娘走了。（反身下）

　　　〔根崽入内迎候。音乐声大作，锦袍绣夹的李世贤在众侍卫的簇拥下，精神抖擞地上，根崽紧随左右。

李世贤	（踌躇满志地唱）

　　　　　　　千里江南驰战马，
　　　　　　　天兵一举克金华。

———婺剧《梦断婺江》 >>>>>

    刀劈提督震华夏，

    春满江城乐万家。

    新修府阁气势大，

    敢笑清妖欠豪华。

  〔内传来一阵呼喊声和呵斥声，随即二兵丁将捆绑的赵华押上。

赵　华　你们放开我！放开我！

李世贤　怎么回事？

兵　丁　启禀王爷，这位不法儒生，私藏孔孟妖书，小的们查抄出来，他不认罪，还恶语伤人。

李世贤　你叫何名字？

赵　华　姓赵名华。

李世贤　我天朝早有明令，一切孔孟妖书，尽行焚除，你为何抗命不遵？

赵　华　读书人收藏诗书经典有什么罪？

李世贤　胡说，你不读我天朝"天条书"，却抱住孔孟妖书不放，还说无罪？带下去从严惩处！

兵　丁　是。

  〔拖赵华下。

赵　华　（大喊）焚书灭儒，天理不容，天理不容啊！（被押下）

  〔刘政宏上。

刘政宏　王爷，外面来了一位少年，要给王爷敬献宝图。

李世贤　敬献宝图！快传见。

刘政宏　献图人晋见！

  〔少年英俊，风度翩翩的柳彦卿大步走上。

柳彦卿　（唱）惊悉表哥入罗网，

    无端获罪好荒唐。

    乔装改扮虎穴闯，

    拼将一死救危亡。

    小生柳彦卿参见侍王千岁！

李世贤　罢了！你就是献图人？

柳彦卿　正是。

李世贤　呈上。

柳彦卿　无有。

李世贤　啊！口称献图，叫你呈上，又说无有，敢是戏弄本藩？

柳彦卿　岂敢戏弄王爷，只因这宝图不在纸上。

李世贤　在哪里？

柳彦卿　在小生胸中，请王爷赐我纸笔，当场描画。

李世贤　你年纪轻轻，有如此本事？纸笔伺候！

　　　　〔侍卫捧纸笔上。

李世贤　你快快画来。

柳彦卿　遵命！

　　　　〔音乐起，柳彦卿泼墨挥豪疾笔作画，旋即一幅掘墓图呈现眼前。

柳彦卿　王爷请看！

李世贤　（惊愕）这是什么？

柳彦卿　掘墓图！

李世贤　掘墓图，为哪个掘墓？

柳彦卿　是你们自掘坟墓。

李世贤　（骤然变色）大胆！与我拿下！

　　　　〔众侍卫拥上，将柳彦卿拿住。

李世贤　你这乳臭未干的小子，竟敢上门恶毒咒骂天朝！快说，是清妖的奸细，还是洋人的恶奴？

柳彦卿　我要是清妖的奸细、洋人的恶奴，就该为你们荒唐之举弹冠窃笑，岂能找上门来？

李世贤　你且说何事荒唐？

柳彦卿　听了！

　　　　（唱）焚书捕儒太荒谬，

　　　　　　　天下书生变罪囚。

千古文章成污垢，

百世经典毁荒丘。

涤荡文明世少有，

怨声载道鬼神愁。

似这等倒行逆施焉长久，

岂不是自掘坟墓自刎头?!

〔刘政宏内喊："不能进！不能进！"

〔尤雅大摇大摆上，刘政宏急跟上。

尤　雅　连差官你们也拦，真不懂规矩！

刘政宏　王爷，这洋人不听劝阻，定要晋见王爷。

李世贤　你是何人所差？

尤　雅　"长胜军"差官尤雅，奉华尔将军之命，前来下书。

李世贤　呈上。

尤　雅　请阁下过目。（呈信）

李世贤　（随手赐给身旁典簿）念来。

〔典簿拆书，不禁一怔。

李世贤　念哪！

典　簿　（为难地）王爷，这……

李世贤　（转目一瞧，见全是洋文）啊！尤雅先生，既来我天朝下书，为何不用我中华文字？

尤　雅　我大英帝国的文字，世界通用，你连这个都不知道？

李世贤　我天朝乃堂堂上国，不接洋书！（将书文抛下）

尤　雅　不接洋书？只怕你认不下来吧？

刘政宏　大胆！

尤　雅　你们中国人哪，真是死要面子活受罪！

李世贤　（拍案而起）放肆！

〔众将士"霍"地拔刀相向。

尤　雅　（昂首傲视）怎么，要动武？有本事到战场上去较量啊！（抖抖手

中的书信，奚落地）你们既然都认不下来，本差官就来给你们宣读吧。（得意洋洋地欲念书信）

〔柳彦卿气恼不过，急冲上前。

柳彦卿 （大喝）住口！把书信给我！

尤　雅 给你？OK，OK。（递书信）

〔柳彦卿接过书信，立即用英语流利地读出，众人惊讶不已。

刘政宏 （急问）上面说些什么？

柳彦卿 （用华语念）"常胜军统领华尔将军，照会太平天国侍王阁下：贵军进驻浙江，骚扰我侨民，阻碍我商务，为维护我们英、美、法各国在华权益，特要求贵军自即日起，停止前进，并撤出通商口岸宁波，否则一切后果自负！"

李世贤 白日做梦！（正气凛然，倾泻而出，唱）

　　　　口吐狂言不自量，

　　　　笑你无知又荒唐。

　　　　我天朝并非清妖奴才相，

　　　　岂容强盗割地分赃。

　　　　哪怕你威胁恫吓耍伎俩，

　　　　我这里同仇敌忾打豺狼。

　　　　霸占宁波休妄想，

　　　　天兵指日下沪杭。

〔李世贤字字句句掷地有声，柳彦卿顿生几分敬意，并被其凛然正气所感染。"哗哗"几下将手中书信扯碎，掷向尤雅。

柳彦卿 （大声呵斥）滚！

众　人 （异口同声）滚！

〔尤雅傲气一扫而光，狼狈离去，险些跌倒。众人哄堂大笑。

李世贤 （注视柳彦卿）你方才为我长脸了！

柳彦卿 我是为了中国人的尊严。

李世贤 好！凭这句话，我敬你三分。来，看赏！

———— 婺剧《梦断婺江》 〉〉〉〉〉

柳彦卿　　我不要赏。

李世贤　　你要什么？

柳彦卿　　我要你放了我的表哥。

李世贤　　你表哥是谁？

柳彦卿　　就是被你们抓来的书生赵华。

李世贤　　传令将赵华连同查抄的书籍一起放回。

柳彦卿　　（喜）多谢侍王！

李世贤　　（诡谲一笑）不要谢早了。传令三军，厉兵秣马，三日以后，与洋枪队开战！

众兵将　　遵命！

〔李世贤转身大步走下，众兵士随下。

〔赵华上。

柳彦卿　　表哥！

赵　华　　你……（一时认不出来）

柳彦卿　　我是彦卿哪！

赵　华　　彦卿！你好大胆，怎么如此打扮，孤身一人闯入这虎穴狼窝？

柳彦卿　　表哥遭难，我心急如焚，赴汤蹈火，万死何辞？

赵　华　　（感动地）难为你了！彦卿，一别多年，魂牵梦绕，你羁身何处？怎得回来？

柳彦卿　　一言难尽，此处不是说话之所，我们回去细谈。

〔柳彦卿、赵华正欲离去，刘政宏上。

刘政宏　　王爷有令，赵华发放回家，柳彦卿留下。

柳彦卿　　（惊）啊！你们要扣留我？

刘政宏　　王爷说，此番与洋枪队交战，少不得有用你之处，这可是王爷抬举你呀！

赵　华　　（急）不，要扣你们把我扣下，放他走！

刘政宏　　留你，你会洋文？少啰嗦，快走！（下）

赵　华　　（喊）不，你们不能扣留他，不能扣留他……

柳彦卿　表哥！不必再费口舌了。

赵　华　不！彦卿，我不能让你留在这虎穴狼窝，你要是留下，我也不走，我俩要活一同活，要死一起死！

柳彦卿　表哥，走出一个是一个。事到如今，只有你先走，日后我再伺机出逃，万一不能逃出罗网，拼死我也要保住这清白之身，与表哥地下相见。

赵　华　（珠泪盈眶）彦卿，叫我如何放心得下？

柳彦卿　（从身上取出一盒砒霜）我来之前，已准备了砒霜一盒，急难之时，我就用它……

赵　华　（紧握柳彦卿双手，难舍难分）彦卿……

〔灯隐。

第二场

〔慈溪战场，幕后杀声震天，枪炮轰鸣，显然是一场恶战。
〔喊杀声渐渐平息，夜幕降临，一轮素月映照着余烟袅袅的战场。
〔柳彦卿内唱："趁夜色盗战马逃离营地——"
〔柳彦卿趟马上，身段表演。

柳彦卿　（接唱）月朦胧星惨淡不辨东西。

　　　　　　一场恶战初停息，

　　　　　　马蹄深浅踏血泥。

　　　　　　耳边又闻腥风起，

　　　　　　挥鞭不识路高低。

〔柳彦卿催马前行，马踏弹坑，顿失前蹄，将柳彦卿掀落马下，战马扬蹄嘶叫起来。

柳彦卿　哎呀！你千万不要嘶叫，让人听见，追赶上来，我们就走不脱了。（俯身向前，拉马前行，脚下却被一物绊倒，起身侧目一看，猛然一惊）你是谁？

———— 婺剧《梦断婺江》 》》》》

百姓甲　我是为太平军送粮的民伕。（支撑起身）

柳彦卿　你受伤了？

百姓甲　没，没有，我是饿昏了。

柳彦卿　送粮的人自己倒饿昏了？

百姓甲　我们家里的米粮大半交了赋税，这一回太平军打洋鬼子，我们家家户户把自己的口粮全都搜罗出来，运送到兵营。一路上全靠菜饼充饥，有好几个兄弟饿倒在路边，就再也没有起来……

〔火生捧一小袋粮食上。

火　生　兄弟！你又饿得走不动了。

百姓甲　啃一口菜饼忍忍就过去了。

火　生　不行，已经倒下了好些乡亲啦！我从粮车上匀了点粮米，你拿去，填一填肚子好上路。

百姓甲　不，军爷老哥，这是军粮，给太平军兄弟们吃了好打洋鬼子，我们饿点不碍事。

火　生　好兄弟……

百姓甲　打走了官府洋人，我们好跟着太平军过好日子。就是饿死也不能动军粮啊！我们上路吧。（颤巍巍地站起欲走）

柳彦卿　（解下身上粮袋）大哥，我这里还有些干粮，你拿去充饥吧！

百姓甲　（接过粮袋，感激万分）多谢，多谢了！

〔火生与百姓甲相依相扶，挺起身子走下。

〔画外音：打走了官府洋人，我们好跟着太平军过好日子，就是饿死，也不能动一颗军粮啊！

柳彦卿　（激动地唱）

听父老一番话感天动地，

顿叫我进退两难心游移。

太平军洒热血奋勇杀敌，

扬国威申正义痛击洋夷。

乡亲们宁饿死不食军粮一粒，

高风亮节壮旌旗。
我虽然惦念表哥思团聚，
也不该血火疆场夜逃离。
罢罢罢掉转马头回营地，（挽起缰绳，牵马返回）
啊！四野茫茫把路迷。

〔柳彦卿牵马辨路，忽然身后一声断喝："不许动！"

柳彦卿　（一惊）谁？

〔一身烟熏火燎的尤雅，举着黑洞洞的枪管上。

尤　雅　把马给我！

柳彦卿　（回头）啊！洋枪队的差官先生！

尤　雅　（认出柳彦卿）太平军的翻译！

柳彦卿　真是幸会，差官先生今日怎么如此狼狈呀？

尤　雅　你少啰嗦，快，把马给我！

柳彦卿　想逃跑？在侍王府你不是说，有本事到战场上较量吗？当初的威风到哪里去了？

尤　雅　再啰嗦我一枪打死你！

柳彦卿　哼！四周都是太平军，你敢开枪？来吧，打呀！

〔尤雅气急败坏，冲上前夺马，柳彦卿紧紧抓住缰绳不放，争夺中，柳彦卿帽子被打落，露出一头秀发。

尤　雅　（惊愕）啊，密斯！好！好！（面露一脸淫笑，步步近前）过来！过来！

柳彦卿　（双手护胸，步步后退）你要做什么？

尤　雅　用你们中国人的话，这叫天赐良缘！（猛地冲上前，双手撕开柳彦卿的衣襟，欲行非礼）

柳彦卿　你这畜牲！滚开！

〔双方扭打搏斗，尤雅把柳彦卿外衣剥去，将其搂抱怀中，柳彦卿急切中狠狠在尤雅肩头咬了一口，尤雅痛得大叫一声，踉跄后退。

尤　雅　（恼羞成怒）臭婊子！我打死你！（拔枪在手，欲开枪射击）

〔危急之际，李世贤飞马上，见状大喝一声，跃下马背，抱住柳彦卿就地一滚，尤雅开枪，击中李世贤腹部，李世贤忍痛抽剑投去，洞穿尤雅心脏，尤雅惨叫一声，倒毙在地。

柳彦卿　（扶起受伤的李世贤）侍王！王爷！

〔李世贤手捂伤口，昏迷过去。

柳彦卿　（唱）他那里血染襟袍昏迷不醒，

　　　　　　我这里败衣瘁貌露胸襟。

　　　　　　夜茫茫单男独女怎好亲近，

　　　　　　抚伤救护找何人……（焦急思索）

　　　　　　到此时怎顾得男女身份，

　　　　　　撕衫袖裹伤口擦干血痕。

〔柳彦卿顾不得男女之嫌，为李世贤宽衣解带，并撕下自己衣襟，为其包扎伤口。

〔伴唱：风儿静，夜无声，

　　　　　月儿悄悄躲进了云层。

　　　　　身儿挨得紧，

　　　　　气息两相闻，

　　　　　心慌嫌手笨，

　　　　　脸红怕月明。

〔赵华背包袱上。

赵　华　（唱）战地追踪把表妹寻访，

　　　　　　连日里餐风露宿血火刀光。

　　　　　　月光下似有人影晃——

柳彦卿　（警觉地）谁？

赵　华　（急应）逃荒的百姓。

柳彦卿　（闻声起身上前）是表哥！

赵　华　表妹！

〔二人惊喜不已，急奔上前，四臂紧握。

〔伴唱：悲喜交集泪盈眶。

柳彦卿　表哥！你怎么也到这战场来了？

赵　华　那日分手之后，我日夜打听表妹的消息，听说你跟他们上了战场，我就一路尾随，跟踪寻访，发誓找不到你，宁死不回。幸亏苍天有眼，终于把你找到了。

柳彦卿　（感动）你受苦了！

赵　华　有道是吉人自有天相，我在外地经商的姨父，已为我们安排好去处，我们速速逃离此地，远走他乡。

柳彦卿　这……

赵　华　天赐良机，你还犹豫什么，快走吧！

柳彦卿　我担心他……（指李世贤）

赵　华　他是哪个？

柳彦卿　侍王李世贤，他身负重伤，昏迷不醒。

赵　华　你怎么同情起长毛来了？他昏迷与你有什么相干？

柳彦卿　他是为救我而被洋人打伤的，我不能不管他的死活。

赵　华　他的死活，自有太平军去管，何用我们操心，不要坐失良机，表妹，快走！

柳彦卿　不，要走也要等他醒来，明明白白地走。

赵　华　你好糊涂，他醒来，还会让你走么？

柳彦卿　此时此刻，就由不得他了。

赵　华　好，那我就在前面村口树下等你，你可要快来呀！

柳彦卿　好。

〔赵华下。

〔李世贤睁眼醒来，急欲起身，忽觉一阵剧疼，踉跄欲倒。

柳彦卿　（趋前急扶）王爷醒过来了。王爷你伤得不轻，不可乱动。（又伸手欲扶）

李世贤　（伸手阻止，自己挣扎坐定）你是个姑娘？

——婺剧《梦断婺江》 >>>>>

〔柳彦卿点头。

李世贤　为何女扮男装？

柳彦卿　一言难尽。

李世贤　何不说来听听。

柳彦卿　说来话长啊！我家祖居金华，世代书香门第，七年前，官府为巴结洋人，强逼我爹为洋人作画，爹爹不肯，一气之下，砍断了自己的臂膀，饮恨身亡！

李世贤　（肃然起敬）好一个有骨气的先生！你娘呢？

柳彦卿　我娘伤心肠断，不久也魂归地府。我孤身一人，流落异乡，被送进了教堂。

李世贤　难怪你学会了洋文。

柳彦卿　几年来，我亲眼目睹洋人对我中国人的种种欺压奴役，我是悲恨满腔，听说你们太平军反清灭洋，攻克了金华，我便毅然女扮男装，潜逃回来，寻找阔别多年的表哥，谁知表哥又被你们捉拿进府，为救表哥，我不顾安危上门献画，死里求生，就这样落在了你手。

李世贤　（感慨不已，唱）

　　　　好一个巾帼须眉豪情壮，
　　　　忠肝义胆恨满腔。
　　　　孤苦伶仃独闯荡，
　　　　正应该跟天兵剿灭豺狼。

柳彦卿　（唱）小女子不会上阵弄枪棒，
　　　　唯存一点翰墨香。
　　　　此身无缘当战将，
　　　　今夜就此别侍王。

李世贤　怎么，你要走？

柳彦卿　我今夜独自出营，就是想逃走。

李世贤　啊！刚才你为何不走？

793

柳彦卿　刚才王爷身负重伤昏迷不醒，我要守护。

李世贤　你可知在我太平军里，当逃兵是要斩首的！

柳彦卿　我正是不想临阵脱逃，才折回来向侍王当面辞行。

李世贤　这么说，你决意要走？

柳彦卿　请侍卫放行。

李世贤　人各有志，要走你就走吧！（挥手起身）

柳彦卿　（急扶）我还是先送你回营。

李世贤　（摇手）不必，我自己能走。（以刀鞘拄地而行）

柳彦卿　王爷保重，柳彦卿拜别了！（施礼转身）

李世贤　回来！

柳彦卿　（止步回身）啊？

李世贤　带上这块令牌，各路关卡，可通行无阻，这斗篷你拿去抵御风寒。（取出令牌，又将斗篷替柳彦卿披上）

柳彦卿　（感动异常）多谢王爷！

　　　　〔刘政宏、根崽领太平军上。

刘政宏　王爷！洋枪队负隅顽抗，贼首华尔又领兵冲杀过来了。

李世贤　根崽，带马！

　　　　〔根崽牵马近前，李世贤抖擞精神夺鞭上马。

柳彦卿　（关切地）王爷，你的伤……

李世贤　（果断下令）根崽，你护送她离开战场，刘将军！随我迎敌！（扬鞭策马下）

　　　　〔刘政宏率众下。

根　崽　（对柳）你……是个姑娘？我家王爷他怎么样了？

柳彦卿　（点头）腹部中弹，伤得不轻。

根　崽　（惊）啊！你怎不早说？（忽然不顾一切地追喊）王爷！（奔下）

　　　　〔随即传来激烈的厮杀和刀枪撞击声。

柳彦卿　（唱）侍王他跃马扬鞭带伤上阵，

　　　　　　　　将士们浴血奋战舍死忘生。

——婺剧《梦断婺江》

　　　　〔厮杀声更紧。

柳彦卿　（接唱）耳听得喊杀声一阵阵，
　　　　　　　我怎能隔岸观火充耳不闻。
　　　　　　　表哥他心切切在村前等，
　　　　　　　喊杀声却牵住了我的心。
　　　　　　　进退两难举棋不定，（思索、为难，喊杀声不断）
　　　　　　　此时刻退缩逃离还算什么中国人？
　　　　　　　纵不能挥刀把贼首刎，
　　　　　　　弹雨中救护伤员一表热血豪情！（冲下）
　　　　〔灯隐。

第三场

　　　〔喜庆的音乐声中，传来洪仁宝宣诏的画外音：
　　"天王诏曰：世贤胞弟，率我天兵，纵横江浙，横扫清妖，又大败洋枪队，击毙贼首华尔，振我天国雄风，功勋卓著，特加封为七千岁，所部将士，一一论功行赏，望诏谢恩哪！"
　　　〔灯亮，侍王府大殿，洪仁宝宣诏已毕，李世贤接诏谢恩。

洪仁宝　恭喜侍王贤弟，加官封赏，如今你是七千岁，这侍王府又该大大扩建了。
李世贤　这里是我天朝在浙江的大本营，二期扩建，我已早作安排，只是一时钱粮还筹集不上。
洪仁宝　浙江是鱼米之乡，何愁没有钱粮？眼下天京也正指望浙江的钱粮去救急呢。
李世贤　啊，天京要从浙江征粮？
洪仁宝　贤弟呀！
　　　　（唱）曾妖头围困天京战事紧，
　　　　　　　天王他论功行赏激励官兵。

　　　　　三十位有功之臣把王位晋，

　　　　　赏锦袍赐玉带再盖那豪宅朱门。

李世贤　啊！一次加封了三十个王位？

洪仁宝　是呀！各王修建府邸，急需钱粮，天王特命愚兄来到浙江，先筹集粮米五十万担，紧急运送天京。

李世贤　（惊）浙江烽火未息，前方军粮，尚且吃紧，再要征粮进京，只怕……

　　　　〔根崽急上。

根　崽　王爷！派往四处的征粮官全都空手回来了！

　　　　〔火生步履踉跄上。

火　生　（双膝一软，跌跪在李世贤面前）王爷！小的奉命下乡征收钱粮，不想四处灾荒严重，乡亲们都无米下锅，我是空手而回呀！

洪仁宝　空手而回？分明是敷衍失责，消极怠工！

根　崽　他都三天没有吃饭了！

火　生　国宗兄，眼下青黄不接，田园荒芜，乡亲们的口粮都拿出来交了军粮，再要催交，叫他们拿什么交呀？

李世贤　就是他们把赋税全部交齐，也凑不满你要的五十万担啊！

火　生　（惊）什么，五十万担？就连百担、十担也没有啊！

洪仁宝　多嘴！贤弟呀！你是天朝的栋梁之臣，可要以大局为重，为主上分忧啊！依我看，乡下刁民，并非真的无粮，而是欺你侍王为人宽厚，故意拖赖，为充盈国库，何妨再提高田亩赋税。

火　生　啊！再提高田亩赋税，百姓就没有活路了！

洪仁宝　大胆！本监军与侍王商议军情，哪有你说话的份！

火　生　小的说的是实话呀！我天朝无日不战，又处处大兴土木，劳民伤财，还一再加税征粮，岂不是要把穷苦百姓逼上绝路吗？

洪仁宝　（气极）你这老狗，恶毒攻击天朝，分明是帮妖造反？

火　生　（倔强地）洪仁宝！想当年我跟天王金田起义，你还不知在哪里偷鸡摸狗。如今却狐假虎威，发号施令。天朝大业，就是坏在你

———婺剧《梦断婺江》 >>>>>

们这帮人手里！

洪仁宝 （气急败坏）反了，反了，好个逆贼，狗胆包天！来，拖下去乱刀砍死！

李世贤 （以手拦挡）火生！你恶语犯上，太没有规矩了！拉下去杖责四十！

洪仁宝 不，重责八十，游街示众！

〔兵士拥上，拖住火生。

火　生 （气急颤抖）你……你们不听忠言，为祸不远了！

〔士兵将火生拖下。

〔暗转。

〔侍王府后花园内。

〔柳彦卿一身女装，清纯秀丽，手托琵琶，坐在湖边石上。

柳彦卿 （唱）半壁河山烽烟急，

　　　　　　飘蓬落叶任东西。

　　　　　　死别生离长戚戚，

　　　　　　盼与亲人早相依。

　　　　　　数月来寻访表哥无消息，

　　　　　　唯借琴音伤别离。（捧琴弹奏）

〔李世贤踱步上，被琵琶声吸引，款步走来，抬头见女装的柳彦卿，不觉眼前一亮。

李世贤 柳姑娘，这身打扮，简直是玉女下凡了！

柳彦卿 王爷取笑了。

李世贤 想不到你还弹得一手好琴。

柳彦卿 粗通音律罢了。

李世贤 不，你弹得好！来，再给我弹唱一曲。

柳彦卿 王爷爱听什么？

李世贤 拣那动听的吧。

柳彦卿 那我就现丑了！（拨弦弹唱）

　　　　　　　峰峦如聚，波涛如怒，

　　　　　　　山河表里潼关路。

　　　　　　　望西都，意踟蹰，

　　　　　　　伤心秦汉经行处，

　　　　　　　宫阙万间都做了土，

　　　　　　　兴，百姓苦，亡，百姓苦。

李世贤　你唱什么，兴，百姓苦，亡，百姓苦？

柳彦卿　不错。

李世贤　哪个说的？

柳彦卿　这是一位叫张养浩的古人所作的散曲。

李世贤　啊！（深有感触地唱）

　　　　　　　一曲琴音感肺腑，

　　　　　　　果然功成万骨枯。

　　　　　　　耗尽民力兴土木，

　　　　　　　似有怨声载道途。

　　　　　　　有心减轻黎民苦，

　　　　　　　赫赫王命怎解除？

　　　〔根崽捧一块带血的头巾急上。

根　崽　王爷！火生叔棍伤发作，呕血而亡了……

李世贤　（惊）啊！

根　崽　临终前，他取下这块起义时佩戴的头巾，要我转交王爷，并留下遗言，求王爷薄征赋税，体恤民情……

李世贤　（接过头巾，悲恸无言，瞬即果断下令）传令下去，侍王府扩建工程立即停止，全体民伕，一齐发放回家！

根　崽　遵命！（下）

柳彦卿　我代金华的父老乡亲多谢王爷了！

李世贤　谢什么？我这里一处停建，可天京城里几十处兴修啊！

柳彦卿　所以你还是下令增加田亩赋税。

————婺剧《梦断婺江》

李世贤　天条王命，不得不遵。

柳彦卿　你那天条王命，就不能改一改么？

李世贤　什么，改天条王命？不，不行！

柳彦卿　有道是民为贵，君为轻。想当初天王领你们金田起义，反清灭洋，不就是为黎民百姓能过上好日子么？你们当初的宗旨，昔日的豪情难道全抛却了么？

李世贤　（被触动）好！说得好！笔墨伺候！

〔兵士捧纸笔上。

李世贤　来来来，柳姑娘，就请你代我写一封奏章，上达天王。

柳彦卿　这等奏章，王爷亲笔书写才好！

李世贤　哎！我只知带兵打仗，舞文弄墨的事我做不来。你帮我写，我再誊抄一遍，也就是了。

柳彦卿　好。（欣然提笔）

李世贤　我来帮你磨墨。

〔音乐起，李世贤恭恭敬敬地磨墨，柳彦卿不假思索，一挥而就。

柳彦卿　（搁笔）请王爷过目。

李世贤　（捧看奏章，赞赏不已）好啊！

（唱）笔走龙蛇珠玉串，

　　　一挥而就锦绣篇。

柳姑娘！

　　你才艺超群志高远，

　　天降奇才助我李世贤。

　　从今后王府文印你掌管，

　　当我身边的典簿官。

　　捧奏章我恭恭敬敬誊抄一遍，

　　可笑我握笔的手笨拙如牛，

　　还要你把缰绳牵。

〔恭恭敬敬地誊抄奏章。

柳彦卿　（唱）大将军此时刻似孩童一个，
　　　　　　　数月来耳闻目睹感慨多。
　　　　　　　太平军反朝廷救民于水火，
　　　　　　　抗洋夷雪国耻高奏凯歌。
　　　　　　　秉上命施政纲他虽有过错，
　　　　　　　论品行却算得男儿楷模，
　　　　　　　我有心留下来将他辅佐，
　　　　　　　实难忘青梅竹马情深义重的亲表哥。
　　　　　　　女儿家的心事怎诉说？
李世贤　柳姑娘快过来！这是个什么字？
柳彦卿　这不就是你李世贤的贤字么？
李世贤　啊！贤字还有这等写法？嗬！我连自己都认不得了！
　　　　（唱）真是一只呆头鹅！
　　　　〔李世贤挥笔一甩，一块墨印落在柳彦卿胸前。
李世贤　哎呀呀！（欲揩擦，又觉不妥，尴尬地）这漂亮的衣裙，沾上我这该死的墨迹……
柳彦卿　王爷，你枪林弹雨，身上那么多斑斑血迹都不怕，我沾上这点墨迹怕什么？就算王爷留给我的纪念吧。
李世贤　纪念？你还想走？
柳彦卿　你忘了我夜半出逃？
李世贤　哼！那时我让你走你不走，如今只怕你走不脱了。
柳彦卿　我有王爷亲赐的令牌，通行无阻。
李世贤　我现在就收回。
柳彦卿　大丈夫一言既出，驷马难追。
李世贤　（语塞，稍停，郑重地）你真的要走？
　　　　〔柳彦卿点头。
李世贤　（气急，大声地）你既然要走，当初就不该留下！（腹胯处一阵伤痛袭来，紧用手捂住）

柳彦卿　（惊）啊，你的伤……

李世贤　（气恼地）不用你管！

柳彦卿　王爷是为我负的伤，我怎能不管，是我连累了你呀！

李世贤　（发自肺腑）只要你肯留下，我宁愿再伤它十次八次，哪怕血染疆场，也在所不惜！

柳彦卿　（感动异常，急用手捂其口）王爷别说了，彦卿留下来就是。

李世贤　（回嗔作喜）真的？

柳彦卿　不过，你要依我两件事。

李世贤　莫说两件，十件百件也依你，请问这一？

柳彦卿　反省天条，弃旧图新。

李世贤　这……天条乃天王所订，臣下不好轻言反省。我把你的话改为反省政务，兴利除弊，你看如何？

柳彦卿　好，这第二件嘛……

李世贤　不用说，定是想念你那表哥赵华。

柳彦卿　王爷知道？

李世贤　我早已派人四处寻访，你放心，迟早一定让你们兄妹团聚。

柳彦卿　（再次感动）多谢王爷！王爷把这奏章收好，我先告退了。（下）

　　〔洪仁宝领两名受伤军士急匆匆上。

洪仁宝　侍王，不得了，刁民造反了！

李世贤　啊！

洪仁宝　黄岩、温岭两乡不法刁民，聚集上千户人家，抗粮抗赋，围攻乡衙，当场打伤我乡官多人哪！

李世贤　（震惊）啊！刁民造反！竟有这等事？

洪仁宝　想不到侍王治下，居然这等无法无天！分明是刁民恶棍，欺你软弱无能，才敢有恃无恐，谋反天朝。再不从严惩处，只怕不可收拾了。

李世贤　（被激怒，愤愤地将手中奏章撕碎）传令，火速派兵抓捕，首恶元凶，统统斩首不留！

洪仁宝　好！

第四场

〔杀人刑场，呜咽的号角声中灯渐明，一排死囚披枷戴锁，背插斩牌跪倒在地，凶神恶煞的牌刀手持刀站立两厢。
〔刘政宏登高发话。

刘政宏　众人听着：今日依法处决对抗天朝、聚众造反的首恶，闲杂人等，不得拥挤喧哗，否则一同问罪！
〔柳彦卿上。

柳彦卿　刘将军，今日四处百姓神色凄惶，这里杀气冲天，杀哪一个呀？
刘政宏　何止一个，是五十余名不法之徒。
柳彦卿　啊，斩杀这么多人，他们是清兵？
刘政宏　不是。
柳彦卿　是团练？
刘政宏　也不是。
柳彦卿　既不是清兵，又不是团练，哪来这么多不法之徒？
刘政宏　全是抗税抗粮、聚众造反的刁民。
柳彦卿　啊！老百姓造太平军的反！刘将军，你让我进去看看好吗？
刘政宏　好，你快快进去，早早离开。
〔刘政宏下，柳彦卿进刑场，心事重重地对众死囚看去。

柳彦卿　（突然发现死囚中竟有百姓甲，急上前）这位大哥！
百姓甲　（有气无力地抬头）你是谁？
柳彦卿　上回在慈溪战场，我们黑夜相遇，我还赠你干粮，你不记得了？
百姓甲　（细看后认出）啊！你原来是个姑娘！
柳彦卿　大哥，你怎么也反起天朝来了？
百姓甲　姑娘，不是我要反天朝，实在是天朝不让我们活呀！
柳彦卿　啊！此话怎讲？

———— 婺剧《梦断婺江》 〉〉〉〉〉

百姓甲　太平军反官府,打洋鬼子,父老乡亲拍手称快!都指望跟着太平军能过上好日子。可连年战火不息,又大兴土木,田亩赋税,一涨再涨!如今每亩从原先的一斗二升,涨到了七斗!加上水旱天灾,乡亲们只有吃野菜糠皮度日。衙役乡官,全不顾百姓的死活,上门催逼,抄家问罪,乡亲们实在忍无可忍,才打了乡官,砸了乡衙。

众囚徒　横竖是死,等着饿死还不如一刀砍了痛快!

柳彦卿　(惊讶)这么说,你们不是存心造反,是逼上梁山!

〔内喊:"王爷到!"

〔李世贤策马上,刘政宏急迎。

刘政宏　参见王爷!

李世贤　囚犯可曾验明正身?

刘政宏　一个不漏,全数带到。

李世贤　将他们押上断头台,时辰一到,立即开刀!

刘政宏　是。带走!

〔牌刀手带囚犯下。

柳彦卿　(急得大声喊叫)杀不得!杀不得!王爷,杀不得呀!

李世贤　聚众造反,罪大恶极,死有余辜,怎么杀不得?

柳彦卿　王爷,饥民无法求生,才铤而走险,实属不得已而为之。王爷只可安抚,不可滥杀呀!

李世贤　不惩刁顽,纲纪何在?不施刑罚,国威何存?胆敢敌视天朝,犯上作乱者,一律斩首不留!

柳彦卿　(毫不退让)王爷!民以食为天,衣食不保,则人心不定,社稷不安。你今天杀了张三,明天还有李四,明天杀了李四,后天又有王五,你杀得完吗?就算你能将他们斩杀干净,到时自己的人头也难保了!

李世贤　住口,这是杀人刑场,本藩依照天条执法行刑,你信口雌黄,太没有规矩了!

柳彦卿　又是天条？你那天条我看非改不可！
李世贤　一派胡言！你……还不与我下去！
柳彦卿　你口说要反省政务，兴利除弊，实则刚愎自用，滥杀无辜，我看你是要自取灭亡！
李世贤　（气恼）放肆！简直无法无天，如此胆大妄为，岂能容得，你给我滚！
柳彦卿　（震惊）

（唱）一个"滚"字恩义尽，

　　　留下一语你且听。

　　　太平军造反为百姓，

　　　为什么百姓又反太平军?!（转身大步离去）

〔伴唱：太平军造反为百姓，

　　　为什么百姓又反太平军?!

〔话语振聋发聩，李世贤震惊。

李世贤　（唱）一语惊天霹雳震，

　　　耳边万口警钟鸣。

　　　手摸胸膛细思忖，

　　　往事如麻缠我心。

　　　想当初举义旗一呼百应，

　　　旌旗指处天地新。

　　　今朝屡屡遭困境，

　　　举步皆闻血泪声。

　　　火生叔喋血军营把命殒，

　　　饥民聚众抗税丁。

　　　往日同舟共命运，

　　　今朝反目裂痕深。

　　　太平军造反为百姓，

　　　为什么百姓又反太平军？

〔伴唱：太平军造反为百姓，

为什么百姓又反太平军？！

李世贤　（唱）看起来天条果真须反省——

事关重大缓行刑。

〔洪仁宝急上。

洪仁宝　侍王，时辰已到，怎么还不开刀问斩？

李世贤　事关数十条人命，还要仔细审理。

洪仁宝　罪证如山，贤弟还要姑息宽容？可知如今你帐下已是人心浮动，连你的亲兵也偷偷叛逃了！

李世贤　（惊）啊！有这等事？

洪仁宝　昨夜三更，他出营逃走，被我亲自捉了回来。（对内）将逃兵押上来！

〔二随从将披枷戴锁的根崽带上。

李世贤　（惊讶）根崽！

根　崽　王爷……

李世贤　你居然当逃兵？

根　崽　小的实在出于无奈……

李世贤　（怒气陡涨）住口！贪生怕死之辈，有何脸面前来见我？拉下去砍了！

洪仁宝　押上断头台！

〔众侍卫上前拖住根崽。

根　崽　王爷，容小人一言，死而无怨哪！

李世贤　讲！

根　崽　（双膝跌跪）王爷呀！小人自到军营，跟随王爷冲锋陷阵，几时怕过死？眼下实是天朝田亩赋税太重，家乡父老十有九家断粮断炊。那日行军之时，我亲眼看见白发老娘，沿街乞讨，饿得撑不住了。我是心如刀割，这才不顾杀头之罪，半夜跑回家去，带我老娘逃往外乡去乞讨活命哪！

李世贤　（心头震撼）啊！

〔幕后传来一声苍老的呼唤，已是满头白发的根崽娘手持灯笼跌跌撞撞上。

根崽娘　根崽！我的儿啊……

洪仁宝　押上断头台。

根崽娘　……

〔母子二人紧紧搂抱，泪如泉涌。

根崽娘　（唱）天塌地陷魂出窍，
　　　　　　　泣血椎心哭嚎啕。
　　　　　　　你不该为老娘私下逃跑，
　　　　　　　惹下了杀身祸怎可开交？
　　　　　　　根崽……

根　崽　娘……

根崽娘　（唱）气咽声嘶把王爷叫，
　　　　　　　千叩万拜苦求饶。
　　　　　　　求王爷贵手高抬将我儿小命保，
　　　　　　　让我这老乞婆去挨千刀。（跪地叩头，泣不成声）

李世贤　（唱）白发人跪刑场泣血哀告，
　　　　　　　实可怜他三代单传一根独苗。
　　　　　　　忘不了送子参军村前古道，
　　　　　　　母子俩互叮咛笑语声高。
　　　　　　　一年来出生入死肝胆照，
　　　　　　　鞍前马后建功劳。
　　　　　　　只说是随我同奔阳关道，
　　　　　　　又谁知今朝魂断奈河桥。
　　　　　　　往日里血洗戈矛心不跳，
　　　　　　　今朝难举这杀人的刀。

根崽娘　王爷……

洪仁宝　（催逼）侍王！杀刁民，斩逃兵，快快下令吧！

李世贤　（痛下决心）

　　　　（唱）罢罢罢当机立断传令号，

　　　　　　　将囚犯带回来！

〔牌刀手将众囚犯带上。

洪仁宝　侍王，你……要徇情枉法？

李世贤　（唱）杀一儆百把民众宽饶。

　　　　看酒！

〔军士捧酒上。

李世贤　（捧酒在手）根崽，兄弟呀！千不该万不该，你不该违犯天条，私下逃跑。百姓可恕，将士难饶。你去之后，你老娘有我照料，饮下这杯酒，安心上路吧！

〔根崽泪流满面，接酒一饮而尽。

李世贤　传谕，赦免囚犯，立斩逃兵！

〔牌刀手拖根崽下。

根崽娘　（泣血痛呼）根崽……（昏倒）

众　囚　大娘！

〔灯隐。

第五场

〔风雨黄昏，根崽娘破旧的茅舍内，柴扉半掩，家徒四壁。

根崽娘　（抱着大红灯笼，神情恍惚地坐在木榻上，嘴里喃喃地哼着歌谣）

　　　　　　侍王四月十九到，

　　　　　　码头摆下冲天炮。

　　　　　　官府豪绅喊倒灶，

　　　　　　穷苦百姓哈哈笑。

　　　　（忽然侧耳细听）啊！脚步声，是根崽的脚步声。根崽他回来了，

回来了！（跌跌撞撞走向门口，扶门呼唤）根崽！（有气无力地倒在门边）

〔装扮成平民百姓的李世贤亲自扛一袋粮米大步走上。

李世贤　（见状急扶）大娘！大娘！（将根崽娘扶回屋内）大娘！

根崽娘　你是哪个？

李世贤　大娘连我都认不出来了？

根崽娘　根崽，是根崽？（起身趋前）儿呀，你回来了？你到底回来了！娘想你都快想疯了！（搂住）

李世贤　（心酸泪涌）

　　　　（唱）见大娘神情恍惚心酸难忍，

　　　　　　　呼儿喊崽一声声。

　　　　　　　孤灯残照雪鬓影，

　　　　　　　家徒四壁风雨侵。

　　　　　　　泪眼模糊难对这凄惨境，

　　　　　　　强掩愁肠表心声。

李世贤　（举步近前，深情呼唤）大娘！娘啊！从今以后，我就是你的亲生儿子，你就是我的亲娘！今生今世我李世贤为你养老送终！（双手撩衣，"扑通"跪倒）

〔柳彦卿从内室捧粥盒上，见状一惊。

〔李世贤转头见是柳彦卿，也同时一愣。

李世贤
柳彦卿　（同唱）她（他）也来了！（二重唱）

李世贤　（唱）她负气一走天涯远，

　　　　（同唱）只道

柳彦卿　（唱）他刚愎自用性傲慢，

李世贤　（唱）她抚慰孤亲在草堂前。

　　　　（同唱）未成想

柳彦卿　（唱）他屈驾茅庐弃尊严。

李世贤　（唱）她性情刚强心良善，
柳彦卿　（唱）他未忘根本把百姓怜。
李世贤　（唱）我有心好言化解气怨，
柳彦卿　（唱）他千金一跪尽释前嫌。
李世贤　（唱）到此时万种情由何须辩，
　　　　〔伴唱：两心相印在无言。
李世贤　（接过柳彦卿手中粥盒）让我来吧。
　　　　〔李世贤捧粥单腿跪在根恩娘膝前，一勺一勺地把粥喂到根恩娘口中，柳彦卿则取出木梳，半蹲在根恩娘身后，一梳一梳地为其梳理头发。
　　　　〔伴唱声起：
　　　　　　梳儿细，勺儿轻，
　　　　　　难寄人间不了情。
　　　　　　茅庐又觉春意暖，
　　　　　　雨过风清彩虹生。
　　　　〔刘政宏急上。
刘政宏　王爷，左宗棠率大兵，从衢州杀来了！
李世贤　速速回府，发兵迎敌！（回头）柳姑娘，是我一时鲁莽，急不择言，你休要见怪，一切等我破敌归来，再从头计议。告辞了！（撩衣下）
　　　　〔柳彦卿扶根恩娘入内。
　　　　〔洪仁宝似幽灵似的走上。
洪仁宝　柳姑娘，别来无恙啊？！
柳彦卿　洪大人？到此有何贵干？
洪仁宝　奉天王诏旨，捉拿妖女。
柳彦卿　妖女何在？
洪仁宝　你听了！（捧旨宣读）"朕闻侍王府内，藏匿妖女一名，暗有不轨之举，致使政令不通，征粮受阻，特着令仁宝宗兄立即拿问，钦此！"

柳彦卿　你阴谋陷害，血口喷人！
洪仁宝　（不由分说）来！与我拿下了！

〔军士拥上，拿住柳彦卿。

〔灯隐。

第六场

〔软禁的王府内室，柳彦卿茕茕孑立，形影相吊。
〔禁婆引乔装改扮的赵华上。

禁　婆　柳姑娘，有人看你来了！
柳彦卿　是哪个？
赵　华　（急步上前，卸去伪装）贤妹！
柳彦卿　（惊喜）表哥！（激动地伸手相握）

〔禁婆下。

赵　华　（打量对方，痛心地）彦卿，你受苦了！憔悴了！
柳彦卿　你也消瘦了。表哥，那晚战场一别，你音讯杳然，不知去往何方？今日又怎能到此？
赵　华　那晚我等你不来，随后就被乱兵冲散了。辛酸往事，一言难尽，留待日后细谈，今日愚兄专为救你而来。
柳彦卿　救我？
赵　华　是呀，我已疏通了禁婆，你快快收拾，随我逃出这虎穴狼窝。
柳彦卿　啊……不，侍王杀敌未归，我不能这样不明不白地逃走。
赵　华　贤妹，你怎么糊涂起来了？你忘了这班发匪焚诗书，灭天理，砸庙宇，乱纲常，洪秀全、李世贤等全是男盗女娼……
柳彦卿　不要说了！

〔禁婆捧茶上。

禁　婆　嘘！休要高声，你们有话快讲。（放下茶转身下）
柳彦卿　（耐心地）表哥，太平天国是有诸多弊端，但与清朝不可同日而

————婺剧《梦断婺江》 >>>>>

语，侍王李世贤更不是男盗女娼之辈，你切莫心存偏见，误入歧途。

赵　华　什么，我误入歧途？当初等你不来，今日接你不走。你身陷牢狱，受尽折磨，还为仇人张目，你不是鬼迷心窍么？

柳彦卿　表哥……

赵　华　不要争了，眼看太平天国已是穷途末路，风雨飘摇，败亡在即，你我快快离开这虎穴狼窝。你看，我绘制了这张金华的城防图，你我一道把它献给左宗棠大人，也好建功立业！

柳彦卿　（震惊）你……怎么做出这样的事啊？！

赵　华　乱臣贼子，人人得而诛之，有何不可？

柳彦卿　这么说你已投靠朝廷！

赵　华　左宗棠大人礼贤下士，已聘我当他的幕僚。我们献图灭贼，功德无量啊！

柳彦卿　（一把夺过图纸，愤然撕碎）献！献！我让你去献！

赵　华　（惊愕）贤妹，你变了，你怎么善恶不辨哪？！

柳彦卿　是你变了，你利欲熏心哪！

赵　华　（委屈）什么，我利欲熏心？我可全是为了你呀！

柳彦卿　不用说了，我是绝不会跟你去的，你走吧！

赵　华　我走？你以为撕了图，我就不能走么？你能撕碎我手中的图，还能撕碎我胸中的图么？（赌气转身欲下）

柳彦卿　（大惊，急冲上前扯其衣袖）表哥，不能，万万不能！你这是为虎作伥！你忍见清兵入关之时，嘉定屠城、扬州血洗的惨剧，再在金华重演么？

赵　华　（愤愤地）救不出我的贤妹，就让她玉石俱焚吧！

柳彦卿　表哥呀！

　　　　（唱）国仇家恨全忘记，

　　　　　　　为虎作伥把心欺，

赵　华　（唱）一叶障目受蒙蔽，

811

　　　　　　　错把狼皮当佛衣。

柳彦卿　（唱）怎忍见千年古城遭血洗？

赵　华　（唱）怎忍见一朵娇花陷污泥？

柳彦卿　（唱）劝表哥切莫误人又误己，

赵　华　（唱）求贤妹快快醒悟速逃离。

柳彦卿　（唱）你……为何苦苦将我逼？

赵　华　（唱）贤妹不去我誓不依。

柳彦卿　你是要逼我一死？

赵　华　我是要救你出火坑哪！

柳彦卿　也罢，你来看！（从怀中取出药盒）

赵　华　砒霜！

柳彦卿　正是我当初留下的砒霜，一直用它不上，今日是时候了！

赵　华　（惊愕）你要怎样？

柳彦卿　表哥苦苦逼我同去献图屠城，做那伤天害理之事，我唯有一死，以谢天下！（迅速将砒霜倒入杯中，举杯欲饮）

赵　华　（大惊失色，急冲上前双手紧握柳彦卿捧茶杯的手）贤妹，不可，万万不可啊！

柳彦卿　表哥一意孤行，我劝你不听，告你不忍，更不愿活着看你做这伤天害理之事，唯求一死罢了！

赵　华　贤妹呀，你可知长毛不除，国无宁日呀！

柳彦卿　清廷不灭，天理不容呀！

赵　华　你为何如此执迷不悟？

柳彦卿　执迷不悟的是你呀！

赵　华　你……真的如此绝情？

柳彦卿　是你把我逼上绝路。

赵　华　你……真忍心离我而去？

柳彦卿　只为换回你一点良知。

　　　　〔内喊："侍王班师回府！"

——婺剧《梦断婺江》 >>>>>

〔柳彦卿闻声回头，赵华失望颓然。

赵　华　（万念俱灰，猛然夺过药杯）贤妹既然死心塌地，如此绝情，愚兄还何必苟活人世，这杯药酒我替你喝了吧！（举杯一饮而尽）

柳彦卿　（大惊，夺杯不及，急呼）表哥！

赵　华　我不能做逼死你的罪人！

柳彦卿　表哥……

赵　华　（苦笑）贤妹！（指胸中）再没有人去献图，再没有人逼你离去，你该安心了……

柳彦卿　（拥住赵华，双泪直流）表哥……

赵　华　（紧握柳彦卿双手，深情地）

（唱）握玉手，扶香肩，
　　　心楚楚，泪涟涟。
　　　忘不了幼时同窗儿时伴，
　　　春去秋来朝思暮想魂梦牵。
　　　恨只恨命运无常世道多变，
　　　我万种情怀化灰烟。
　　　辜负了往日深情二老遗愿，（腹痛难忍）

柳彦卿　（泪流满面）表哥……

赵　华　（接唱）我愧对亲人抱恨九泉。（倒地死去）

柳彦卿　（泣血痛呼）表哥……

〔灯隐。

第七场

〔夜，八咏楼，皎月当空，秋霜遍地。
〔一阵摧人肺腑的琵琶声伴着哀婉低回的女声独唱飘向夜空。
〔一束光照射高楼一隅，白衣素裙的柳彦卿怀抱琵琶侧身而坐，宛如一尊素雕。

〔女声独唱：夜色朦胧秋霜冷，

　　　　水咽寒流月照昏。

　　　　琴弦未断肠已断，

　　　　泪洒婺江祭亡灵。

〔独唱声中，李世贤身披斗篷，迈步登楼，循声四顾，发现是柳彦卿抱琴弹唱，急步上前，解下斗篷，披在柳彦卿身上。

柳彦卿　（抬头）王爷！
李世贤　姑娘夤夜登楼，夜寒霜重，不要冻坏了身子。
柳彦卿　汤浇肺腑，火烙肝肠，哪知寒意？
李世贤　人死不能复生，姑娘还要节哀珍重。
柳彦卿　我与表哥情深义重，他冒死前来救我，却落得个魂断婺江……
李世贤　柳姑娘，你对天朝一片赤诚，天日可鉴。是天朝委屈了你，我李世贤愧对你呀！
柳彦卿　王爷言重了。（抬头见李世贤头上带血的绷带）你的伤势怎样？
李世贤　艰难百战，流血负伤本是平常事，只是民心不稳，军心浮动，我李世贤从未打过这等窝囊的仗啊！
柳彦卿　王爷，军心不可散，民心不可失啊！
李世贤　柳姑娘，我自幼放牛烧炭为生，生性憨直，参加太平军之后，才粗通文墨，但毕竟才识浅薄。自遇上姑娘之后，你屡屡直言劝告，我却常常斥责有加，今日想来，实是有愧呀！
柳彦卿　（惊异）王爷平素豪爽大度，今日怎么絮絮叨叨起来了？
李世贤　这全是我的肺腑之言，今日不讲，恐怕再也没有机缘了。
柳彦卿　此话怎讲？
李世贤　明日一早七万大兵，就要撤离金华。
柳彦卿　（急）王爷一走，数年经营的江东壁垒，岂不毁于一旦？
李世贤　天京危急，天王急诏，我不能不去呀！
柳彦卿　你好糊涂！眼下情势已非当年你破清兵南北大营之时，此刻撤浙江之兵，援救天京，怕是天京不保，江浙又失，岂不两败俱伤？

——婺剧《梦断婺江》 〉〉〉〉〉

李世贤　我带兵多年，这等浅显的道理怎么不明白？

柳彦卿　明白还要飞蛾投火？

李世贤　我与忠王也曾联名上本，请天王放弃天京，让城别走。进，可以夺取中原；退，可以稳住江浙，如此，则可转危为安了。

柳彦卿　这是好主意呀！

李世贤　可天王不听，他执意要与天京共存亡。

柳彦卿　你就置天朝大业于不顾，凭一片愚忠，为他去殉葬么？

李世贤　这……嗨！（无限感叹）我追随天王。以身许国，终生矢志不移。更何况天京城里，还有我出生入死的好兄弟，我若为一己安危，见死不救，独善其身，还有何面目活在人世？事到如今，明知是刀山火海，虎穴龙潭，我也义无反顾了！

柳彦卿　（知无法挽回，仰天长叹）知其不可为而为之，遗恨千古啊！

李世贤　我今一去，只怕再无归来之日，姑娘趁早远走他乡。苍天有眼，保佑你劫后余生，平安康泰！

柳彦卿　（热泪盈眶）王爷！当初你再三留我，如今却要赶我么？

李世贤　（感慨万千）世事无常，祸福难料，早知今日，何必当初……

〔号角声隐隐传来。

李世贤　彦卿！

　　　　（唱）那日王府乍相会，

　　　　　　　一颗明珠闪光辉。

　　　　　　　色艺才情无匹配，

　　　　　　　胸襟胆识赛须眉。

　　　　　　　耿耿诤言殊可贵，

　　　　　　　几番把大错来挽回。

　　　　　　　别时方知聚时贵，

　　　　　　　千愁百感绕心扉。

　　　　　　　从此后山高水远难相会，

　　　　　　　红颜知己还有谁？

夜短情长天如晦，

〔号角声又响。

李世贤　（接唱）哪堪声声号角催。

但愿你雪地梅花绽新蕊，

一枝独秀送春归。

柳彦卿　（泪落两行，发自肺腑地喊出）世贤大哥啊！

（唱）殷殷赤情吐胸臆，

滚滚热泪湿罗衣。

幸得英雄一知己，

谁知梦断婺水西。

有心同把苍生济，

可恨无力把天移。

才经死别悲难抑，

又将肠断痛生离。

挥泪家国同一祭，

此生万念化灰泥。

〔号角声再响。

听号角阵阵呜咽感天动地——

柳彦卿　（接唱）世贤大哥！

李世贤　彦卿小妹！

柳彦卿　（唱）万山泣血杜鹃啼。

〔二人执手相对，无限深情……

〔天色转明。柳彦卿隐去，满身血迹的刘政宏急匆匆上。

刘政宏　王爷……

李世贤　刘将军回来了？

刘政宏　王爷呀！末将奉命押运粮草进京，在天京城外，被曾国藩的大兵团团围住，一场恶战，三千弟兄全都殉难了！（抖出千疮百孔血迹斑斑的军旗）

———婺剧《梦断婺江》 >>>>>

李世贤　（手捧血染的军旗悲痛无比）天国的好兄弟呀！（悲壮的音乐声中，手托军旗，高高挂起）

刘政宏　王爷呀！为了天朝大业，为了七万将士的性命，千万不能发兵，不能去天京送死呀！

〔一偏将急奔上。

偏　　将　王爷！洪仁宝那狗杂种临阵脱逃，偷出城去了！

李世贤　啊！

偏　　将　末将带人去将他抓回来！

李世贤　由他去吧！传令三军，准时开拔！

〔众将士齐上。

众将士　参见王爷！

李世贤　我们生是天朝人，死是天朝鬼，誓死保卫天京！

众将士　誓死保卫天京！

李世贤　出征！

〔忽然传来柳彦卿一声高喊："王爷——"

〔众人一齐循声望去，只见一身洁白、满头盛妆的柳彦卿怀抱琵琶，款步走来，只觉娇艳四射，光彩照人。

李世贤　柳姑娘！

柳彦卿　将士们今日在八咏楼上誓师远征，我为诸位弹唱一曲，以壮行色。

〔音乐起，柳彦卿翩翩起舞，同时展开歌喉，纵情歌唱。

柳彦卿　（唱）千古风流八咏楼，
　　　　　　　江山留与后人愁。
　　　　　　　水通南国三千里，
　　　　　　　气压江城十四州。

〔音韵悠扬，歌喉婉转，舞步轻盈，声美、情美、貌美、形美，众将士都看呆了，一齐沉浸在那精美绝伦、出神入化的歌舞之中。忽然，歌声戛然而止，柳彦卿站在楼台边上，向着李世贤和众将士躬身一拜，旋即撩衣转身，向楼下纵身一跃，像一朵白云落入滚滚婺江……

〔众一齐被眼前突如其来的骤变惊呆了，同时发出一声惊呼。

李世贤　（抢步上前，泣血痛呼）彦卿！

众将士　（齐声呼唤）柳姑娘！

〔声震长空，山呼海啸，以李世贤为首，全体将士，一齐跪倒……

〔主题曲起：

　　婺江西去浪千叠，
　　卷不尽英雄碧血。
　　流水落花春去也，
　　空负了一代伟业。
　　金华梦，梦断绝，
　　巾帼恨，恨惨烈。
　　驰向天京不归路，
　　八咏楼头，百载犹闻蹄声咽。

〔伴唱声中，从将士列队鱼贯而下。

〔霎时间鼓角震天，马嘶人喊，灯光转暗频闪，一片刀光血影，喊杀声、刀枪撞击声过后，太平军横尸遍野……

〔万籁俱静，老态龙钟、衣冠不整的根恩娘手提那盏已是千疮百孔的大红灯笼，颤颤巍巍地上，口中不停地叫唤："太平天国，天国太平……"

〔纸钱伴着落叶和雪花漫天飘落……

〔落幕。

〔剧终。

精品提名剧目·唐剧

人　影

编剧　陈家和

时间

民国初年。

地点

直隶滦州古镇。

人物

霍小菊　霍老满的女儿，后为赵府二奶奶。
箭杆王　（张云兆）　赵家皮影班掌柜。
霍老满　霍家皮影班掌柜。
金　氏　赵府大奶奶。
老瓢子　乡间郎中，赵府管家。
小辫子　皮影艺人，箭杆王的徒弟，金氏的表外甥。
马二奎　皮影艺人，霍老满的盟弟。
皮影艺人、家人、丫环若干人

————唐剧《人影》 〉〉〉〉〉

一

〔春。

〔马蹄踏踏、铜铃清脆、鞭声炸响，霍老满带领霍家皮影班，赶着大车由远而近。

〔伴唱：唱皮影啊！

　　　唱皮影闯江湖离乡背井，

　　　乱世中八年整北国扬名。

　　　看不够滦水燕山岭，还是家乡好哇！

　　　叶落归根回京东，回京东，回京东。

〔霍老满带霍家班上。

马二奎　大哥，到家啦！

霍老满　嗯，一点儿也没变。

霍小菊　爹，关外还下着雪呢，咱老家都这么暖和咧。

霍老满　美不美，家乡水，亲不亲，故乡人哪。（见小菊摘帽子）小菊，春捂秋冻，小心着凉。

艺人甲　掌柜的，卸车呗？

霍老满　卸！搭台子支窗户，咱今儿个就唱，打炮戏还是那出《薛家将》。

众　　　对咧！

马二奎　大哥，咱还拜拜同行不？

霍老满　拜同行？拜哪呀？滦州皮影的大旗是咱霍家班！

〔老瓢子上。

老瓢子　这是谁说话这么牛哇？也不怕风大闪了舌头？

霍老满　哟，老瓢子?!

老瓢子　霍老满、马二奎！你们哥儿俩回来咧？

霍老满　回来咧。

老瓢子　哎呀，你们霍家班这一晃走了多少年咧？

霍老满　光绪三十二年走的。

老瓢子　光绪三十二年，民国四年……八年咧，当归当归。

马二奎　你这个老棺材瓢子，不在你的药铺里坐堂蒙事，上外头溜达着卖药来咧？

老瓢子　别提了，药铺改东家咧。

马二奎　吃喝嫖赌败家了吧？

老瓢子　二奎，你们哥儿俩回来想干啥？

马二奎　你这不是废话吗？皮影班子唱皮影呗！

老瓢子　唱皮影？那可得问问人家应不应？

霍老满　问哪呀？

老瓢子　赵大爷。

霍老满　哪个赵大爷？

老瓢子　你这话问的，滦州地面儿有几家姓赵的敢称大爷呀？

霍老满　你说他呀？我知道，他家趁百间房子千顷地，成群的骡马大买卖，可他再财大气粗，也管不着咱唱影啊！

老瓢子　老满哪，孤陋寡闻啦！

　　　　（唱）星斗转，风水换，

　　　　　　赵家大爷，他拴了影班。

　　　　　　滦州影竖起来大旗一杆——

霍小菊　啥？他是大旗？那我们霍家班往哪儿摆呀？

老瓢子　哟，这是谁呀？

霍老满　我闺女。

老瓢子　小菊？可真是女大十八变，越变越像假小子咧。

霍老满　他赵家班称老大，凭啥？

———唐剧《人影》

老瓢子　（接唱）掌柜的就是张云兆他身手不凡——

马二奎　张云兆？没听说过呀。

霍老满　照这么说，咱还真该备点礼品去见见。

老瓢子　慢！

　　　　（接唱）不用送礼不用见，

　　　　　　　赵家规矩，有例在先。

　　　　　　　打打对台比比看，

　　　　　　　见见平地与高山。

　　　　　　　要是打赢了，滦州地面儿任你站，

　　　　　　　要是输哇，嘿嘿，后悔不及找难堪——

霍老满　（唱）霍家闯关东各地红遍，

　　　　　　　滦州影扛大旗只有霍家班。

　　　　我就不服这个劲儿，老瓢子麻烦你给捎个话儿？

老瓢子　别说麻烦，这事我正该干。

马二奎　啥意思？

老瓢子　现如今我是赵府的管家。

霍老满　那好，跟你主子说，今儿个晚上打对台！

老瓢子　中，中，中，你要是赢了，滦州影你是大旗，你要是输了呢？

霍老满　霍家的影班霍家的人，由他赵家说了算。

马二奎　大哥，弓拉满了要断弦哪！

老瓢子　是啊，世上可没有后悔药哇！

霍老满　我霍老满吐口唾沫是个钉！

老瓢子　输赢咋算呢？

霍老满　你说！

老瓢子　看戏的给哪家叫好儿，连喊三声为赢！

霍老满　就这么定！

老瓢子　告辞！（下）

霍老满　不送！

霍老满　伙计们！清箱敬菩萨！

〔艺人们打开影箱，供起菩萨画像，焚香行礼。

霍老满　菩萨，弟子霍老满，带着皮影班子，吃苦受累，走南闯北，八年有余。今日回到滦州老家，本想着叶落归根，规规矩矩做人，踏踏实实唱影，给祖师爷增光添彩，不料有赵家班拦桥挡道儿，不得不应下对台影，争块立足地，是争光露脸，还是丢人现眼，是赢是输，是胜是败，非同寻常，菩萨保佑哇！点香打通！

〔两台皮影戏对台演唱。霍小菊看戏。

〔伴唱：嘿！哈！嘿哈哈，嘿！

　　　　对台影，对台影，

霍小菊　（唱）一台在西，一台在东。

〔伴唱：嘿！哈哈，好！

霍小菊　（唱）爹爹呀——

　　　　不能输、只能赢，不能败、只能胜，

　　　　霍家班大旗不能倒不能动，还得戳当中。

〔伴唱：嘿嘿嘿嘿，哈哈哈哈，好！

霍小菊　（唱）哎呀呀，有点儿不对愣，

　　　　却怎么赵家班眼瞅着占上风？

　　　　那边热闹，这边清冷，

　　　　稳住心、压住火儿，细看分明。

　　　　看赵家，眼发愣，

　　　　这一台皮影戏与众不同。

　　　　影人又大又鲜亮眼珠还会动，

　　　　驴皮的影人恰似有魂灵。

　　　　耍影的手上有灵性，

　　　　一举一动活灵活现如天成。

　　　　唱影的嘴里有灵性，

　　　　字字句句腔腔调调都是情。

————唐剧《人影》 〉〉〉〉〉

　　　　　　　小菊我从未看过这么好的影，

　　　　　　新影戏好玩好看又好听。

　　　　〔伴唱：嘿嘿嘿嘿，哈哈哈哈，嘿——

霍小菊　唱得好，耍得棒，他就是箭杆王！

　　　　〔传来观众的喝彩声："箭杆王！箭杆王！箭杆王——"

霍小菊　（唱）一阵阵喝彩声如雷轰顶——

　　　　〔伴唱：带头喊好，小菊发了蒙。

　　　　〔两台皮影戏演出结束，霍家班艺人灰溜溜上。

艺人甲　小菊，是你在底下先喊的"箭杆王"？

霍小菊　我？

艺人甲　你傻呀，你有病啊你呀？

马二奎　闺女呀闺女，你带头喊好，人们起哄，三声一过，赵家就算赢了！

霍小菊　二叔，我……

　　　　〔老瓢子上。

老瓢子　老满哪，你唱了一辈子影了，咋还是《薛家将》啊？都臭遍街咧，输了吧？

霍老满　我没成想会输在一个无名小辈的手里。

老瓢子　哎，你可别小看箭杆王，人家是秀才，要不是改朝换代，不定有多大出息呢，人家会编新影卷，唱得好，耍得妙，赢你还不是追风膏贴风湿，一治一个准儿啊。

霍老满　有话说，有屁放，少跟我阴阳怪气！

老瓢子　你们输咧，咋说呀？

霍老满　还是那句话，霍家的影班霍家的人，由他赵家说了算。

老瓢子　说话算数？

霍老满　我霍老满吐口唾沫是个钉！赵家想要啥？点！

老瓢子　霍家小菊人一个，给他赵家当丫鬟。

霍小菊　你！

马二奎　你放屁！

老瓢子　输不起闺女？中，赵大爷说咧，只要霍老满在赵家门前磕仨头，俯首称臣，认败服输，从此不在滦州地面唱影，也就中咧。

霍小菊　你！

老瓢子　你冲我喊啥呀？赵大爷就在那儿呢，你冲他说去呀。（下）

霍小菊　姓赵的！你……

霍老满　小菊！输了就得认输，这是规矩。

霍小菊　我给他赵家当丫鬟？啊？

众艺人　掌柜的！

霍小菊　娘！

霍老满　（从怀中取出一个小影人）孩子他娘啊，你刻的这个小影人我没离过身，你临了说的话，我一天也没忘，把小菊拉扯大，找个好婆家，守着你的坟头好好过，到临了咱俩也并了骨，可我，刚回来就把闺女给……小菊，爹对不起你呀！

霍小菊　爹，把娘的小影人给我吧。

艺人甲　小菊，忍着点，认命吧。

霍小菊　我……我不认命——

二

〔夏。

〔赵府庭院，小菊拿着娘留给她的小影人在发愣。

〔伴唱：啊……

　　　　杨花白，槐花香，
　　　　苦菜开花满地黄。
　　　　眼望影人泪花淌，
　　　　心翻浪花想爹娘。

〔小辫子拿皮影人上。

——唐剧《人影》

小辫子　小菊,是我。

霍小菊　辫子哥。

小辫子　又想你娘了?别哭咧,我教你耍影。

霍小菊　哎。

〔传来金氏的说话声:"辫子!小辫子!"

小辫子　哟!笑面虎来咧!

霍小菊　辫子哥,她不是你表姨吗?

小辫子　八竿子划拉不着的亲戚,快把影人给我!

〔金氏上。

金　氏　辫子!

小辫子　哎,表姨。

金　氏　你师傅呢?

小辫子　我师傅上街喝酒去咧。

金　氏　把他叫回来,大爷要跟他商量影班子的事儿。

小辫子　表姨,我师傅他……

金　氏　咋的?叫不动?你告诉他,别整天抱着个酒瓶子喝得跟个醉猫似的,当年他病倒在街头,是大爷花钱救了他,跟他立下字据,得好好地给赵家唱八年皮影顶债!

小辫子　哎。(下)

金　氏　小菊。

霍小菊　东家奶奶。

金　氏　你这孩子,咋没记性呢?告诉你多少回咧,叫大奶奶。

霍小菊　是,大奶奶。

金　氏　刚才做啥呢?

霍小菊　我没做啥。

金　氏　没做啥?又玩影人呢,是呗?

霍小菊　我……

金　氏　赵家可是有规矩,女人不许沾皮影的边儿,要是让大爷知道了,

　　　　　非把你手丫子剁了去不可！
霍小菊　下回不敢咧。
金　氏　中咧，干活去吧。把东墙根儿那几盆花搬到西墙根儿，再把西墙根儿那几盆花搬到东墙根儿。
霍小菊　那早晨不是刚搬了一回了吗？
金　氏　可说呢，大爷他就乐意这么折腾。
　　　　〔老瓢子拎着一包草药、哼着皮影调上。
老瓢子　（哼唱）多子多孙福气长……
　　　　噢，大奶奶。
金　氏　老瓢子你美不拉唧地哼唧啥呢？
老瓢子　多子多孙……（自知失口，见小菊搬花）小菊呀，停停手，给大爷把这药熬上，要文火煎。
金　氏　老瓢子你少让她上大爷那儿显魂去。听说你能调那个让人吃了变哑巴的药？
老瓢子　大奶奶，没那么厉害，顶多管俩时辰。
金　氏　给我弄点儿来。
老瓢子　大奶奶要那玩意儿做啥？
金　氏　想让你自己个儿吃点，省得你唱啥多子多孙的成心气我。
老瓢子　哎哟，大奶奶，你咋这么大的气呀？
金　氏　我就看你有气！
　　　　（唱）我成婚多年未生育，
　　　　　　我嘴上不说心里急，心里急。
　　　　　　你常来常往常用药，
　　　　　　常吃常喝你常吹牛皮。
老瓢子　大奶奶呀，我是把啥药都用到咧，号号脉，再号号脉。
金　氏　你呀，拉倒吧！
　　　　（唱）你也知，你也知赵家有规矩，
　　　　　　女人不生养不入祖坟名分低，名分低。

——唐剧《人影》 〉〉〉〉〉

    害得我提心吊胆没底气，

    三十年腰软头也低。

    今日给我交个底，

    有望无望，说句真话别玩儿虚。

老瓢子 哪能虚呀？早晚的事儿。

金　氏 可我都四十五咧！

老瓢子 够不够，四十六哇。

金　氏 唉，常言说种瓜得瓜，可这么些年咋光撒种子不结瓜呢？

老瓢子 种瓜得瓜？就怕是啊，种的都是瓜子皮儿啊！

金　氏 你说啥呢？

老瓢子 淫羊藿，赵大爷！淫羊藿！

  〔老瓢子与金氏分下。

  〔箭杆王拿一壶酒、神情潦倒地上，小辫子提一坛酒随上。

箭杆王 （唱）梦里寻梦求一醉，

    壶中自有大乾坤。

    哪管它乱世风云乱世人，

    人逢乱世乱浮沉。

  辫子，小辫子。

小辫子 哎，师傅，大爷叫你呢。

箭杆王 你不是刚说过了吗？

小辫子 那你就别喝咧，

箭杆王 拿影人去！练功。

  〔小菊搬花上，见状，将花放在不远处，边修剪花枝边窥视着。

小辫子 （拿来影人，递给箭杆王一个压影卷用的镇尺）师傅。

箭杆王 来，念着口诀练。

小辫子 （边念边练）上场快，下场慢……上场慢，下场快……

箭杆王 念哪。

小辫子 忘了。

箭杆王　（念）紧贴下坎儿别钻天,

小辫子　哎,上场快,下场慢,紧贴下……又忘咧。

箭杆王　我不刚告诉你的吗？

小辫子　我刚忘的。

箭杆王　你！我叫你忘！（用镇尺打小辫子）念！

霍小菊　（念）紧贴下坎儿别钻天！

箭杆王　嗯？小菊姑娘,你跟谁学的？

小辫子　他爹也是影班掌柜呀。

箭杆王　不对,这套口诀是我张云兆自己编的。

霍小菊　是你教辫子哥时候我听来的。

箭杆王　听会的？你还会什么？

小辫子　师傅你教我的他都会咧。

箭杆王　辫子,把影人给她,你来来。

霍小菊　我……

小辫子　小菊,快露一手儿吧！

霍小菊　（边念边耍）上场快,下场慢,

　　　　　　　紧贴下坎儿别钻天。

　　　　　　　脖条儿如舵三指攥,

　　　　　　　手条灵活全靠练。

箭杆王　好！有天赋！有灵气,真不愧是霍掌柜的闺女。

霍小菊　你提我爹干啥？

箭杆王　霍掌柜是皮影界的前辈嘛。

小　菊　前辈可让你这个后辈给赢了。

箭杆王　唉,当初两家打对台,赌的是啥,我是一点儿也知不道哇,没成想会让你……

小　菊　可让你成了箭杆王了！

箭杆王　我这个箭杆王,可是你叫响的！要知道会让你来受这份罪,那对台影我肯定不唱。也怪你爹,咋下这么大本儿啊？

——唐剧《人影》 >>>>>

小　菊　我爹为了皮影戏，连命都豁得出去！

箭杆王　可敬可敬！

霍小菊　你赢了我爹，还佩服他？

箭杆王　我敬佩他的人品。

霍小菊　人品？

箭杆王　你爹的玩意儿只不过是旧了点儿，要是论功底儿，我远不如他呀。

霍小菊　你唱的影咋跟别人不一样呢？你耍的影人咋就那么活呢？

箭杆王　这是学问。

霍小菊　学问？

小辫子　啥学问呢？师傅你给说说吧。

箭杆王　跟你说？对牛弹琴。

霍小菊　说说呗，我也想听。

箭杆王　好！冲着小菊姑娘，我跟你们好好说说！

（唱）说皮影它来历不凡，

　　　它本是，它本是佛门剪影讲经人间传。

　　　源起自古代宋朝时候，

　　　皮影经卷世代相传八百年。

　　　历史兴衰载影卷，

　　　世态炎凉在字里行间。

　　　影如人，人似影，活灵活现，

　　　人动影动一线牵。

　　　唱影人凭着技艺换碗饭，

　　　有心人与它息息相通命相连。

　　　细长轻飘小箭杆，

　　　重有千斤手中掂。

　　　影有灵性人命换，

　　　人有精神影成仙。

　　　　　　影有灵性人命换，
　　　　　　人有精神影成仙。
霍小菊　（唱）好一个箭杆王，
　　　　　　好一个男子汉。
　　　　　　满腹学问，谈吐不俗，
　　　　　　动人心弦。
　　　　　　更难得他对爹爹真心称赞，
　　　　　　满腹怨恨烟消火散说不清的滋味儿有点甜。
　　　　　箭杆王，你教我唱影吧？
箭杆王　皮影班里有规矩，女人不许登影台。你敢学？
霍小菊　你敢教我就敢学。
箭杆王　这……
霍小菊　你教我呗！箭杆王我，我喜欢。
箭杆王　（唱）霍小菊冰清玉洁似花娇艳，
　　　　　　让人爱怜又喜欢。
　　　　　　想收个女徒弟禁忌难犯，
　　　　　　找一个借口自欺自瞒。
小辫子　师傅，你就教她吧，你不是也教过别人嘛。
箭杆王　我什么时候教过别人？
霍小菊　一喝酒啥都告诉人家咧。
箭杆王　连我这毛病你也知道？你要是敢喝酒，我就教！
霍小菊　咋儿喝呀？
箭杆王　我一壶，你一壶，一壶教一招儿！
小辫子　小菊，你可别逞能啊！
霍小菊　你一壶，我一坛，学问全教完！
箭杆王　君子一言！
霍小菊　说话算数！
箭杆王　喝，喝酒！

———唐剧《人影》 〉〉〉〉〉

霍小菊　喝！

　　　　〔二人相对而坐。

箭杆王　你喝呀！喝呀！

　　　　〔霍小菊举杯要喝。

箭杆王　（拦住）你不喝我也教！

霍小菊　说话得算数！（喝酒）

箭杆王　小菊，喝酒得叫师傅。

霍小菊　师傅，喝酒！

　　　　〔伴唱：你一口，我一口，

　　　　　　　一对一口下咽喉。

　　　　　　　一坛酒，填平心底的沟，

　　　　　　　一坛酒，勾起那情悠悠。

　　　　　　　一坛酒，品出那滋味厚，

　　　　　　　一坛酒，从夏品到秋。

三

　　　　〔翌年秋。

　　　　〔赵府花园池塘边，小菊在梳妆。

霍小菊　（唱）巧梳妆，整容貌，

　　　　　　　静静地想，细细瞧。

　　　　　　　皮影班儿男人堆儿里泡，

　　　　〔伴唱：假小子你愣头又愣脑哇。

霍小菊　（唱）阻断了女儿的柔肠，

　　　　　　　遮住了女儿的娇。

　　　　　　　对台影，人输掉，

　　　　〔伴唱：输咧。

霍小菊　（唱）进赵家，苦挣熬。

〔伴唱：走近了——

霍小菊　（唱）走近了箭杆王出人意料，
　　　　　　　遇上了前世的冤家——

〔伴唱：前世的冤家——

霍小菊　（唱）我命里难逃。

〔伴唱：你呀！

霍小菊　（唱）本事学到了，
　　　　　　　心却被偷跑，
　　　　　　　吃不香，睡不着，
　　　　　　　神难定，乱糟糟。

〔伴唱：霍小菊，你可咋好？

霍小菊　（唱）小菊你可咋好哇！
　　　　　　　小菊的心思他知晓不知晓哇？

〔伴唱：是呢！

霍小菊　（唱）不知红线啥时抛？
　　　　（掏出小影人）娘啊，闺女心里有他，没法说，他心里有我，可他也不说。娘啊，我可咋办呢？

〔精神焕发、与前场判若两人的箭杆王上，深情地注视着小菊。

箭杆王　小菊。

霍小菊　师傅！

箭杆王　嘘……（示意轻声，发现小影人）这个小影人好哇。

霍小菊　好？

箭杆王　嗯，手工细，刀法精，神态生动，颜色鲜亮，好！哪儿来的？

霍小菊　我娘刻的。

箭杆王　唉！我不该提你伤心事。

霍小菊　师傅，今儿教我啥呀？

箭杆王　不教了。

霍小菊　不教咧？

———唐剧《人影》 〉〉〉〉〉

箭杆王　你都快成我师傅啦。

霍小菊　师傅!

箭杆王　我说的是实话，如今你女人唱女人比我强，可惜你是女人，女人不许登影台。

霍小菊　可惜我不是男人。

箭杆王　你要是男人。

霍小菊　嗯？那咋咧？你说呀!

箭杆王　我……

霍小菊　说呀。

箭杆王　我……哈……练功!

〔伴唱：没娘的闺女没家的汉，

　　　　四目相对，万语千言。

　　　　情切切，意绵绵。

　　　　一个影人二人牵。二人牵。

小辫子　师傅，东家奶奶找你呢。

〔金氏、老瓢子上。

金　氏　小菊!

霍小菊　大奶奶。

金　氏　（见小菊）哟，小菊咋扎咕得这么水灵啊？闺女大喽心事多，琢磨啥呢？

霍小菊　没琢磨啥。

金　氏　没琢磨呀就对了，你呀，是天生丫鬟的命，琢磨也是瞎琢磨。

箭杆王　大奶奶，小菊没犯什么规矩，您何必呢？

金　氏　哟，张先生，大爷正想找你，管好班子唱好戏，赵家的事你少掺和。（下）

小辫子　大爷正要找你商量事儿呢。

老瓢子　小菊，你爹回来啦。

霍小菊　我爹回来咧？真的？

〔马二奎、霍老满上。

霍小菊　二叔！

霍小菊　爹！

箭杆王　（抢上一步）霍掌柜！

霍老满　张先生。

马二奎　你这个老棺材瓢子，还活着呢？

老瓢子　我要是不活着，你们两家打对台，哪跟着搅和事儿啊？老满哪，如今世道不太平，这对台影……

霍老满　咋着？

老瓢子　张大帅带兵进北京城咧！

马二奎　咋的？那妈拉巴子又来咧？

老瓢子　不是妈拉巴子，是张勋的辫子兵。

箭杆王　要闹复辟？

老瓢子　有一说。

箭杆王　再开科举？

老瓢子　没听说。

霍老满　他打他的仗，我唱我的影。

老瓢子　老满哪，赵大爷可是写好了契约，提了条件，你看看？

霍老满　我不看。

老瓢子　还是看看吧。

霍老满　我霍老满吐口吐沫是个钉。

老瓢子　中，真中，膏药软，丸药硬，改不了的秉性。（下）

霍老满　张先生，我霍老满可是善者不来呀。

箭杆王　霍掌柜，我张云兆心知肚明。敬上薄酒一杯，给二位前辈接风。

马二奎　张先生，我们霍家班的规矩，喝酒不许登影台。

箭杆王　我是不喝酒就拿不动箭杆张不开嘴儿。

马二奎　我明白了，箭杆王是靠酒提神儿啊，可小心着别喝多了，喷一窗户。

——唐剧《人影》 〉〉〉〉〉

箭杆王　惭愧惭愧。

霍老满　规矩不能破。

马二奎　酒不能喝。

箭杆王　那咱就以茶代酒。

霍老满　张先生，我霍老满服的是艺，拿的是气，今儿这场对台影，咱是登台比胜负，刹台论高低。

马二奎　对了。

箭杆王　张云兆只能奉陪到底了。

霍老满　请！张先生，您慢走。

〔小菊上茶。

马二奎　小菊，你看啥呢？过来，过来呀！

霍小菊　二叔，咱不比了中不？

马二奎　那哪中哎，你说啥呢？不比咧？不比，你咋儿回家呀？不比，你爹在滦州咋站住脚哇，不比，咱霍家班的饭碗子找哪去，我可告诉你，你爹可是说了今儿个是有他没我，有我没他，鱼死网破。

霍小菊　（唱）这真是冤家路窄，冤家路窄，
　　　　　　　心乱如麻，难扯难择。
　　　　　　　转眼间旧景重现擂台又要摆，
　　　　　　　结果会咋样难测难猜。
　　　　　　　箭杆王保赵家责无旁贷，
　　　　　　　爹爹他要雪耻耿耿于怀。
　　　　　　　两强相争必有一败，
　　　　　　　小菊我一颗心难分难掰。
　　　　　　　一边是亲爹，一边是情爱，
　　　　　　　哪个胜哪个败都是我的灾。

〔老瓢子上。

霍小菊　这该死的对台影！契约，老瓢子！老瓢子，契约呢？

老瓢子　契约大爷拿去咧。小菊呀，这对台影，你爹可千万不能输哇！再

　　　　　输了，你可回不了家了！
霍小菊　这对台影，我不能让他唱！
　　　　〔小辫子拿酒壶上。
小辫子　小菊！
霍小菊　辫子哥，你做啥去？
小辫子　我给师傅灌酒去。
霍小菊　酒？
小辫子　你忘了师傅的规矩咧？不喝这口酒，拿不动箭杆儿张不开嘴。
霍小菊　辫子哥，我给师傅灌酒去。
小辫子　小菊，没有酒，这台影可唱不了，你可别给耽误了哇！（下）
霍小菊　（唱）一句话将我来提醒，
　　　　　一个念头冒出来。
　　　　　倘若是箭杆王他一时嗓子坏，
　　　　　不能比不能赛他不能打对台。
　　　　　我出此下策实无奈，
　　　　　为的是亲情恋情两不拆。
　　　　　云兆哇，
　　　　　千万莫将小菊怪，
　　　　　我不是无情是真爱，苍天明白。
　　　　　小菊对你情不改，
　　　　　小菊的命运你安排。
　　　　　哪怕是上刀山下火海，当苦力做乞丐，
　　　　　生生死死不分开！（拿起酒壶向晾药处急下）
　　　　〔箭杆王、老瓢子分头上。
老瓢子　箭杆王，大爷说咧，赢了这台影，你八年契约减二年，明年你就熬到头咧！
箭杆王　那万一要输了呢？
老瓢子　输了？大爷说咧，这台影要是输了，你箭杆王管徒弟们挨着个儿

————唐剧《人影》

地叫师傅！（下）

〔小菊上。

霍小菊　师傅，要打通儿咧？

箭杆王　这台影我没法唱啊！

霍小菊　那你就别唱咧。

箭杆王　不唱赵大爷不答应，不唱你爹他也不答应啊！

霍小菊　可你想过没有，这台影会唱出啥结果？

箭杆王　你爹再输了，这霍家班可就真垮啦。

霍小菊　那就如同要了我爹的命。可你要是输了，箭杆王人前矮半截，赵家面前难交代……

箭杆王　再想见你，难哪！

霍小菊　这台影，你，你可咋唱啊？

箭杆王　听天由命吧！（欲喝酒）

〔小辫子上。

霍小菊　师傅……

小辫子　师傅，时辰到咧。

箭杆王　点香打通儿！

小辫子　哎！（下）

〔响起皮影戏头通开台锣鼓声。

老瓢子　箭杆王，赵大爷说了，这台影要是赢了，刹台吃犒劳，酒肉管够。

霍老满　谢大爷了。

老瓢子　还有赏钱哪。

霍小菊　打通咧……

〔响起二通开台锣鼓声，箭杆王喝酒，小菊下，小辫子上。

小辫子　师傅，开台咧！

箭杆王　（习惯地欲清清嗓子）啊……（感觉不对）啊……

小辫子　师傅，你咋咧？

箭杆王　我这嗓子干得像火烤，痛得像火烧！这酒！酒……酒哇！

小辫子　我，我找小菊算账去！

箭杆王　慢！这不怪她，这不能怪她！

小辫子　老瓢子，我师傅的嗓子坏咧！（下）

箭杆王　啊……（难受地用手抚摸着喉咙试唱）

　　　　〔锣鼓声越来越急，传来霍家班皮影的演唱声，观众喝彩声不断。

　　　　小辫子、老瓢子上。

老瓢子　箭杆王，你这是咋的咧？

箭杆王　啊！

小辫子　师傅，看戏的都炸了窝咧！

箭杆王　啊……

霍小菊　师傅！

老瓢子　你能唱呗？

箭杆王　啊……

老瓢子　你还能唱呗？

箭杆王　啊……

箭杆王　（唱）咦……

老瓢子　能唱了。

箭杆王　（唱）石破天惊一声吼——

　　　　〔伴唱：石破天惊一声吼，

　　　　　　　吼出了新腔新调世上留。

　　　　　　　一腔真情，一壶药酒，

　　　　　　　从此后滦州皮影掐咽喉。

　　　　〔传来观众疯狂的喝彩声："箭杆王——好哇——"

　　　　〔老瓢子上。

老瓢子　箭杆王！你又赢咧！（下）

箭杆王　又赢了？我又赢了？我怎么会又赢了？小菊，我不该赢啊！（下）

　　　　〔霍老满、马二奎、霍小菊上，老瓢子上。

———唐剧《人影》

老瓢子　老满哪，又输了吧？咋算哪？

箭杆王　还是那句话，霍家的影班霍家的人，由他赵家说了算！

老瓢子　真是冬虫夏草，它咋就没个死的时候呢？还这么气儿壮？赵大爷说咧，霍家的影箱子家产房子地啥也不要。

霍老满　要啥快说！

老瓢子　霍老满散了影班子，给他赵家当使唤小子。

霍小菊　不！

老瓢子　不中？还有一条道儿。

马二奎　你说！

老瓢子　让小菊给当二房。

马二奎　姓赵的！缺了大德啦！他断子绝孙！

老瓢子　骂人别揭短哪，老满哪，老满？

霍老满　我霍老满认咧！我，散了影班，我砸了影箱，进赵家，规规矩矩、服服帖帖、听使听唤、做牛做马，我、我给他当奴才！

霍小菊　不！

　　（唱）鬼使神差，看不见的手，
　　　　　命运捉弄，难讲情由。
　　　　　下药酒我本想罢了两家斗，
　　　　　谁成想偷鸡不成米又丢。
　　　　　怎能看老爹爹屈膝人下忍辱含垢，
　　　　　低头折腰忍耻羞。
　　　　　受屈受辱受苦受罪我来受，
　　　　　霍家班一条老根给爹留。

　　老瓢子，我答应，我给他赵家当二房。

老瓢子　空口无凭，咱们得有个说道儿啊，（掏出契约念）契约——兹因霍赵家二次对台，较量影戏，霍老满功力不济、艺不如人、一败到底、认输服气，愿以亲生女儿霍小菊，许给赵大爷，纳为二房。实属情愿，永不反悔，空口无凭，立此为据，立此为据呀——

霍老满　小菊……

　　　　〔伴唱：人间谁留下的皮影戏？

　　　　　　世上谁立下的这规矩？

　　　　　　谁留下的皮影戏？

　　　　　　谁立下的这规矩？

　　　　〔小菊在契约上按下手印。

老瓢子　老满？

马二奎　大哥，你咋的咧？（在霍老满眼前晃手指试探）你，你看不见啦？

霍小菊　爹——

老瓢子　赵府内外，张灯结彩，大开中门，酒宴摆开——

金　氏　（唱）我好苦哇——

霍小菊　（唱）我好恨哪——

老瓢子　拜花堂喽——

金　氏　（唱）拜花堂，苦涩酸辣，

　　　　　　拜花堂，当头棒砸。

　　　　　　拜花堂，心血往下洒，

　　　　　　拜花堂，钢刀胸膛扎。

　　　　　　鼓乐声声响，

　　　　　　两眼泪如麻。

　　　　　　花灯明晃晃，

　　　　　　眼前黑压压。

　　　　　　十五岁我上了花轿金氏出嫁，

　　　　　　本想着生儿育女当家做主度年华。

　　　　　　怎奈我肚皮不争气，

　　　　　　三十年光种下种子不结瓜。

　　　　　　赵家门儿有规矩祖上留下，

　　　　　　不生儿不为大，不做娘来不当家。

　　　　　　直落得人前无颜难说话，

———唐剧《人影》 〉〉〉〉〉

    悬着的心儿总像被猫抓。

    到如今丫鬟为妾房中纳，

    一棵棒槌眼中插。

    她再若生了子我可算全垮，

    脚下没有立足地头上的天也塌，

    我可算个啥？

  〔小菊被丫鬟送进洞房。老瓢子上。

老瓢子 大奶奶，大爷说了，让你喝喜酒去哪……大奶奶，大爷说了，让你喝喜酒去哪！

金　氏 霍小菊，二奶奶？我看你咋当！（不知是哭还是笑地下）

  〔雷鸣电闪。

老瓢子 办喜事下雨，不是好兆头哇，老天爷这服药是冲哪下的呀？（下）

  〔伴唱：河该倒流山该垮，

    地也该灭天更该杀。

    雷是火，雨是泪，

    醉是神——

    醉是神——

    醒是鬼——

    醒是鬼——

    雷是火、雨是泪、醉是神、醒是鬼——

  〔荒野，箭杆王上。

箭杆王 （唱）我是谁？

    苦读书，清灯冷卷夜不寐，

    谁料想科举废改朝换代好梦难成化烟灰。

    流落滦州身染重病命险毁，

    遇赵家唱皮影无奈而为。

    对台影赢了霍家虽胜更愧，

    我要影人儿东家要我到底是谁要谁？

　　　　　幸喜得遇小菊天公作美，
　　　　　恰好似枯木逢春归。
　　　　　与小菊情意相投情珍贵，
　　　　　转眼间鸳鸯棒打鲜花被寒霜摧。
　　　　　成也皮影、毁也皮影如神似鬼，
　　　　　箭杆王当头遭霹雷。
　　　　　眼睁睁小菊一生毁，
　　　　　我失魂落魄心如死灰。
　　　　　欲喊无声、欲哭无泪，
　　　　　悔也晚恨也难我万死难追！
　　　　〔小菊上，二人相对。
小　菊　师傅！
　　　　〔伴唱：苦哇，苦哇……
　　　　　　　苦哇，苦哇……
　　　　　　　人醉了，心碎了……
　　　　　　　心碎了，人醉了……
　　　　　　　啊——
　　　　〔二人渐渐融为一体。

四

　　　　〔一年后，冬。赵府庭院。老瓢子上。
老瓢子　（唱）日头落下又升起，
　　　　　　　南北不通有东西。
　　　　　　　二奶奶怀了身孕有了喜，
　　　　　　　赵大爷病情沉重要崴泥。
　　　　　　　六十大寿要唱皮影戏，
　　　　　　　贺喜冲喜摆宴席。

――唐剧《人影》 〉〉〉〉〉

    大奶奶心事重重没好气，

     拉拉着脸子像陈皮。

    我忙里忙外忙得脚跟儿难沾地儿，

     但愿得顺顺当当别再遇难题。

  〔金氏上。

金 氏 老瓢子。

老瓢子 大奶奶。

金 氏 你跟我交交底，那霍小菊的孩子她是咋怀上的？

老瓢子 那你得问大爷去呀。

金 氏 真是怪事儿。

老瓢子 喜事儿。赵家有后咧。听说大爷还要摆宴唱影戏。

金 氏 唱哪出影戏呀？

老瓢子 大爷说咧，二奶奶看着定。

金 氏 二奶奶看着定？

老瓢子 大奶奶没别的事儿，我得忙去咧。（下）

金 氏 逮着锅台要上炕，蹬着鼻子要上脸哪！

  〔小辫子慌张地上。

金 氏 辫子，咋的咧？慌的是啥？

小辫子 我撞见咧！……

金 氏 撞见鬼咧？

小辫子 撞见师傅、二奶奶……

金 氏 你师傅跟二奶奶咋的咧？

小辫子 没咋的。

金 氏 做啥呢？

小辫子 没做啥。

金 氏 辫子，我平时对你咋样？

小辫子 还中。

金 氏 虽说我是你表姨，可我拿你当亲外甥，知道因为啥让你学唱影呗？早晚我让箭杆王挪挪窝儿，影班儿掌柜让你当。

小辫子　我？

金　氏　可你咋不跟我一心？说实话！

小辫子　我说？

金　氏　说！你跟我说呀！

小辫子　我，你让我说啥好哇？

金　氏　辫子这件事你要仔细地掂量掂量想一想，哪头儿炕热哪头儿凉。
　　　　（下）

小辫子　（唱）哪头炕热？两头是火，
　　　　　　　掂掂忒沉，想想没辙。
　　　　　　　撞见了师傅小菊正亲热，
　　　　　　　说出去害了师傅小菊也没法活。
　　　　　　　说？不能说，只能躲，
　　　　　　　三十六计躲开这是非窝。（下）

〔老瓢子上。

老瓢子　大爷六十大寿，赵家香烟有后，中门大开，鼓乐响动，迎贵客咧——（忙着招呼客人）酒宴摆开——皮影开台喽——

〔锣鼓声响起，骤停，静场。箭杆王、小菊上。

箭杆王　辫子！小辫子上哪儿去啦？

〔老瓢子急上。

老瓢子　箭杆王！时辰都到咧，这影咋还不唱啊？

〔艺人乙急上。

艺人乙　师傅！小辫子他，他走咧！（亮出小辫子剪下的辫子）

箭杆王　辫子，这是为什么呀？

艺人乙　没有小辫子，这戏咋唱啊？

霍小菊　辫子哥！

老瓢子　哎呀，碰上重病快下药，先别问是伤风还是感冒，快找人去呀！

艺人乙　上哪儿找去呀？

————唐剧《人影》

老瓢子　找人替替他呀！
艺人乙　哪能替呀？
老瓢子　我哪儿知道哇？哎呀，你们快想辙呀！
箭杆王　你告诉大爷，马上开台。
老瓢子　快着，快着！（与艺人乙下）
霍小菊　没有小辫子，让谁唱啊？
箭杆王　你唱！
霍小菊　我？
箭杆王　登台唱影不是你多年的心愿吗？
霍小菊　可皮影班里有规矩。我唱完了，你咋交代？
箭杆王　交代不了，我走得了。
霍小菊　可我肚子里的孩子……
箭杆王　带着咱的孩子，一块儿走！
箭杆王　唱！
霍小菊　唱！

〔二人穿长衫。老瓢子上。

老瓢子　二奶奶！不能登影台！（见箭杆王、小菊下）二奶奶，不能登影台呀！坏咧，坏咧……

〔金氏上。

金　氏　咋的咧？
老瓢子　二奶奶登台唱影戏咧！
金　氏　咋着？霍小菊登台唱影咧？
老瓢子　女人登台唱影戏，又犯规矩又犯忌，妨人败家不吉利，不中，我得告诉大爷去。
金　氏　慢着！大爷病重要冲喜，不能让他再动气，万一有个好歹的，你能担得起？
老瓢子　这这，这可咋办呢？
金　氏　有主意！

老瓢子　啥主意呀？

金　氏　赶紧去请霍老满。

老瓢子　叫瞎子看戏？

金　氏　当爹的还管不了亲闺女？

老瓢子　嘿嘿嘿……好主意！

金　氏　等着看好戏。

老瓢子　好主意。

金　氏　看好戏。

〔皮影戏开始演出。

箭杆王　（唱）恨法海心狠手辣灭人性，

霍小菊　（唱）怨许郎懵懵懂懂入火坑。

箭杆王　（唱）都怪我一念之差错敲钟磬，

霍小菊　（唱）可怜我身怀六甲水漫金山苦抗争。

箭杆王　（唱）惊涛骇浪让许仙幡然猛醒，

霍小菊　（唱）咱二人今世姻缘前生定，相知相爱命相通。

箭杆王　（唱）心中打碎无情锁，

霍小菊　（唱）身上挣脱捆人绳。

箭杆王
霍小菊　（唱）怕什么天道势凶猛，

　　　　　　　管什么人言冷无情。

　　　　　　　顾什么脚下无路径，

　　　　　　　跌跌撞撞展翅飞腾。

〔霍老满急上。

霍老满　别唱咧！

　　　（唱）怒冲冲火烧天灵盖，

　　　　　　踉跄跄走进赵家宅。

　　　　　　小菊胆敢把规矩坏。

　　　　　　无法无天她登影台。

——唐剧《人影》 〉〉〉〉〉

    霍家门风被她败，

     恰好似当着众人把我的老脸掴，让我头难抬！

   〔老瓢子急上，金氏、箭杆王、霍小菊随上。

老瓢子 大奶奶，二奶奶登台唱戏，大爷他，他气吐了血咧！

金 氏 吐血你找我干啥？你赶紧找药去呀！

   〔老瓢子下。

金 氏 霍掌柜，你可是个吐口唾沫是个钉，人多大脸多大的个汉子。霍小菊是你养的闺女呀？女人登台唱影戏，这都是你教给的呀？皮影班的老规矩，你们霍家啥时候给改的？大爷气得吐了血，我要是你呀，哼！

霍老满 我……

   〔老瓢子上。

老瓢子 大奶奶！大爷他一口气没上来，他气死咧！

金 氏 咋着？霍小菊把大爷气死咧？中，这回霍小菊可露大脸咧。霍老满，你三番两次跟大爷打擂台比影戏，你是一回也没赢过，这回你闺女可是替你争了气咧！

老瓢子 大奶奶，料理后事要紧哪！

金 氏 后事我自会料理，家有千口，主事一人，听我的！

老瓢子 慢着，大爷有遗嘱！

金 氏 大爷遗嘱？

老瓢子 刚写好的，大爷说了，照这个办。

金 氏 你们听着，（拿遗嘱念）赵家书香门第，遵从圣贤之礼，霍小菊伤风败俗，辱没赵家门风，令其院中修院，闭门思过，祖宗牌前，焚香叩首，不得出门一步，不得抚养子女。张云兆违犯班规，不得再唱影戏，契约未满，着其看守赵家祖坟以顶欠债……

老瓢子 还有呢，接着念哪？（拿过遗嘱接念）金氏大房，不能生育，按祖制规矩，取消名分，不入祖坟。小菊身怀六甲，扶正为大。切切此嘱哇——（将遗嘱递向小菊）二……不，大奶奶！

〔霍小菊看也不看遗嘱一眼。

金　　氏　（拿过遗嘱愣愣地看着，突然歇斯底里地）霍小菊！大奶奶！哈哈哈哈……你怀的是大爷的孩子？扶正为大？你亏心不亏心哪？霍老满！霍掌柜，你可真瞎啦！我睁大眼珠子看着你们哪——
　　　　　（下）

箭杆王　小菊，你跟我走吧！
　　　　（唱）跟我走，把江湖闯，
　　　　　　　生死相依漂四方。

霍老满　（唱）不带影班带女人咋把皮影唱？
　　　　　　　不唱皮影啊你算啥箭杆王？

小　菊　（唱）规矩结成天地网，
　　　　　　　舌头压弯人脊梁！

箭杆王、霍老满、小菊　（唱）何苦哇，何苦这一场！

箭杆王　小菊，你跟我走吧！

霍老满　哪有路哇？

小　菊　（唱）意彷徨——

箭杆王
霍老满　（唱）小菊呀！

小　菊　（唱）我要的是皮影戏呀，我离不开箭杆王。

箭杆王　小菊！

小　菊　云兆！

霍老满　箭杆王！
　　　　（唱）皮影有他名声响，
　　　　　　　皮影缺他少风光。
　　　　　　　皮影前程靠他闯，
　　　　　　　皮影大旗靠他扛。
　　　　　　　女儿心思爹体谅，
　　　　　　　天大罪名我承当。

——唐剧《人影》 〉〉〉〉〉

    放他们坑坑坎坎去闯荡，
    风风雨雨寻艳阳。
    只要皮影有指望，
    霍老满豁出一死又何妨！
    小菊，你们走吧。

霍小菊 我们走了，爹你可咋办？

霍老满 眼不见，心不烦，你们放心走！

霍小菊 爹，我们搀着你一块儿走。

霍老满 爹走不动咧。把你娘的小影人给我，（拿小影人）孩子她娘，我把小菊托付给有出息的人咧，我留下跟你并骨。你们走吧。

霍小菊 爹！

霍老满 小菊，带好你娘的小影人，走吧！走得远远的，小菊，你永远也别回来！箭杆王，你要好好地唱皮影啊——

    〔霍老满推开霍小菊和箭杆王，一头撞死在了赵家的功德牌坊上。

霍小菊 爹——

    〔霍小菊和箭杆王深深地跪拜。
    〔伴唱：唱皮影啊——
    〔剧终。

精品提名剧目·山东梆子

山东汉子

编剧 韩 枫 张广文

时间

二〇〇二年，隆冬至炎夏。

地点

鲁、豫、鄂、湘的城市与乡间、平原与山区。

舞台

灵活易变的象征性构置，如梦如幻的多视角灯光。

————山东梆子《山东汉子》 〉〉〉〉〉

一

〔冬天的傍晚，大雪。县城，临街小公园。

〔天幕前，一道雪白的光柱投映在一辆木制三轮车上，纷纷扬扬的雪花在飘落——深情的男女声伴唱起：

　　这故事很冷，雪寒风刻薄，
　　这故事很热，能把血燃着。
　　这故事很近，就在咱山东，
　　这故事很远，千里路坎坷。
　　天地小，人心阔，
　　你说这是为什么？

〔音乐继续，朔风呼啸，身着洁白轻纱的舞女跳起"雪舞"。

〔幕内响起田云的惊叫声："放开我！放开我！"随之，赵良托抱着失去双脚的田云跑上，田云拼命挣扎中在他胳膊上狠狠咬下。

赵　良　哎哟！（急将她放下）大妹子，我给你挪个暖和地儿，你这是干啥吗？

田　云　（双手拄地，步步后退）坏蛋，坏蛋！

赵　良　坏蛋？我？哎呀，你这是想哪儿去了？

　　　（唱）天寒地冻雪冰凉，
　　　　　人不是铁不是钢。
　　　　　你咋能在这雪中躺？
　　　　　就不怕半夜见阎王？

哎？你这双脚咋伤的呀？（对方不理）你家住哪庄啊？（对方背

脸）我用车送你回家中不？

田　云　（转过脸）车？回家？

赵　良　（一笑）对，回家。（伸手欲抱）来来，我抱你上车。

田　云　（惊把他推开）走开！

赵　良　（猝不及防滑倒在地）嗨！你脾气不小啊！狗咬吕洞宾，不识……

〔四弟叫着"哥"跑上。

四　弟　哥，咋了？（伸手拉）

赵　良　（爬起）没事，脚滑了。四弟，你咋来了？

四　弟　咱娘怕你今儿黑不回家，叫我来找你。

赵　良　有事？

四　弟　好事，咱隔壁的花婶给你提了个媒茬，明儿一早就把嫂子领咱家，你俩见个面。

赵　良　（喜而自嘲地一笑）嘿嘿，花婶也真是，提啥媒茬哎？才四十来岁个半大孩儿，小着哩。

四　弟　（"扑哧"一笑）哥，走吧。走！

赵　良　哎哎，明儿早上才见面，催啥催哎？今儿这天可真冷啊！（脱棉衣）

四　弟　冷你还脱衣裳？

赵　良　不冷谁脱呀？（将棉衣披在田云身上）大妹子，我该回家了，你的事不叫管我不管，这棉衣你披上，啊？

〔田云拨掉赵良递来的棉衣。

赵　良　噫？（捡起棉衣）

四　弟　哥，她是谁呀？

赵　良　没看出来？中国人。（对田云）大妹子，你犟的到底是个啥吗？噢，怪大哥刚才说错话了，错了重说。啥狗咬吕洞宾哪？是吕洞宾咬狗，你是吕洞宾，我是狗，咬一口赚一口，想咬几口咬几口。

——山东梆子《山东汉子》 》》》》》

田　云　（"扑哧"笑了）喊……

赵　良　噫，笑了？人一笑准听话。（将棉衣披在田云身上）披上披上，我把你挪到亭子底下再走，啊！

四　弟　哥，又犯老毛病了是吧？

赵　良　啥老毛病？

四　弟　爱管闲事。走吧走吧！

赵　良　我还不急你急啥？（掏钱递钱）去对面饭店买碗羊肉汤，再买两张饼。

四　弟　给她买饭？不去，你蹬一天车才挣几个钱啊？

赵　良　我是哥你是弟，服从领导听指挥，去！

〔四弟接过钱，白赵良一眼，下。

赵　良　（笑）当哥的就这点好处，不听也得听。（抱起田云）

田　云　大哥，我看出来了，你是个好人。

赵　良　噫？会叫哥了，真比叫"坏蛋"好听。

田　云　我是吓怕了……大哥，你是个开车的？

赵　良　啊，开车。

田　云　你开车去哪儿？我想蹭蹭车，不知道顺不顺路。

赵　良　想顺路不就顺上了？等你吃完饭，我先蹬着车把你送回家不就中了？

田　云　蹬车？你不是司机呀？

赵　良　谁说不是司机？瞧，那就是我的车，咱是蹬木三轮的司机！（笑）哈哈哈……

田　云　（失望地摇摇头）那你送不了我了，俺家远哪！

赵　良　再远还能远到哪儿去？菏泽我都去过。

田　云　菏泽？大哥！

　　　　（唱）俺的家不在山东在湖南，
　　　　　　　路程离这儿有三四千。

赵　良　（惊）三四千？那不到天边了？那你咋跑到俺单县受罪来了？

田　云　（唱）我名叫田云是土家族女，
　　　　　　　早些年误嫁江苏一恶男。
　　　　　　　两月前丈夫遇新欢更把我厌，
　　　　　　　竟狠心赶我出门不让回还。
　　　　　　　无奈何我沿着铁路回湖南。
　　　　　　　哪曾想泼天大祸又降身边……
　　　　〔伴唱：降身边，降身边，
　　　　　　　泼天大祸降身边。
　　　　　　　深夜里二流氓将她追赶，
　　　　　　　奔跑中昏倒在铁路中间，
　　　　　　　火车轮生生把她双腿压断……
　　　　〔伴唱中灯光变幻。二流氓将其追赶，奔跑中火车隆隆驶过，田云惨叫翻滚。——光复原。

赵　良　妹子，你这腿是被那火车……
田　云　（唱）多亏了好人相救命保全
　　　　　　　回家去见男人更遭弃嫌。
　　　　　　　竟被他扔上货车不辨北南，
　　　　　　　糊涂涂被拉到鲁西单县，
　　　　　　　遇风雪心绝望欲死求安。
赵　良　（唱）一番话听得我心惊肉颤，
　　　　　　　丝丝怒火嗓眼里钻。
　　　　　　　叹世上人挤人扛心隔远，
　　　　　　　最可恨人间野兽无心肝。
　　　　　　　苦妹子满脸绝望泪遮掩，
　　　　　　　她头顶上天塌谁撑天？（痛苦思索，无奈摇头）
　　　　　　　赵良我不是福利院，
　　　　　　　想帮难帮力难全。
　　　　　　　我一没有本事二无钱，

——山东梆子《山东汉子》

也只能眼不瞅见心不酸。

再安慰她两句赶紧走……

大妹子……

〔音乐继续。四弟端碗拿饼上，紧接话。

四　弟　哥，饭端来了。（朝田云递碗）

赵　良　（接唱）一碗面难让她活到明天！

四　弟　哥，闲事也管罢了，该走了吧？（拉起赵良）走吧，走吧！

〔赵良随四弟离开，步迟疑，频回头望田云。

〔伴唱：一步一回首，

两腿似灌铅；

萍水相逢人，

为何泪如泉？

赵　良　（唱）人心不是铁蛋蛋，

见死不救枉为男！（甩开四弟的手，走向田云）

四　弟　哥，你还想干啥？

赵　良　（勉强一笑）四弟，这天儿咋越来越冷了？

四　弟　那是，棉衣都给人家了，不冷才怪。

赵　良　（以眼神示意田云）你看她多可怜哪，叫她去咱家吧。

四　弟　（惊叫）啥？哥！人不是小猫小狗，粘上了甩都甩不掉啊！

赵　良　这叫啥话？一个大活人，还没个小猫小狗值钱？

四　弟　哥哎！理是这个理，事不能这么办！这女人是咱家的谁呀？你在城里蹬七八年车了，咋还没点进步哩？

赵　良　咋进步？要是人人都进步得只顾自己，世道就比雪窝子还冷！哥学不会。

四　弟　哥，你听我说啊……

〔赵良推车上，四弟紧跟其后。

赵　良　（紧接）说也白说，反正你也不当家。（走近田云）哟，大妹子吃完了？走，跟哥回家。

田　云　回家？

赵　良　回家，人没个家会中啊？你听着，我叫赵良，兄弟四个单缺妹子。世上就数妹子好，没妹子的哥哥是根草，以前那几十年我算白活，从今儿起我不是草了，哥是宝了。妹子，咱回家喽——
　　　　（抱起田云）

田　云　（一声哭叫）哥！
　　　　〔面光闭，追光亮。
　　　　〔伴唱：谁说眼前隆冬寒？
　　　　　　　湘女惊见春盎然。
　　　　　　　是精是傻的山东汉，
　　　　　　　世俗者眼中你步走偏……
　　　　〔伴唱中，雪止。一束追光中：赵良怀抱田云放于车上，行走在舞队之中，蹬车前行。

二

〔初夏，赵良家。赵大娘将刚做好的裙子在腰间比试着走步。

赵大娘　（唱）赵良儿雪地里捡来个苦女娃，
　　　　　　　半年来没少听人闲磕牙。
　　　　　　　有人笑儿傻，
　　　　　　　把累赘领进家；
　　　　　　　也有人把他夸，
　　　　　　　对人能把心挖。
　　　　　　　最烦心家里人说怪话，
　　　　　　　说他哥急娶媳妇两眼瞎。
　　　　　　　我不管旁人咋呱嗒，
　　　　　　　待云儿比亲女也不差。
　　　　　　　只盼着秧秧长成结出个瓜，

————山东梆子《山东汉子》 〉〉〉〉〉

  俩孩子合合铺盖早成家。

  〔赵大娘叠起裙子，四弟手拿红丝绳上。

四 弟 去，去去！你再看俺哥的笑话，我跟你……（回头）唉！大哥瞎胡闹，办事不着调；捡来个残疾女，待她还真周到；一住半年不撵走，我越想越……无可奉告。（低叫）田姐，田姐……（转转眼珠学火车叫）哞——咣当当当，咣当当当……

  〔赵大娘急出房，揪住他耳朵。

赵大娘 你又使坏？不知道你姐腿咋断的？她最怕听火车叫！

四 弟 （尴尬地笑）娘，我不是使坏，我以为田姐没在屋。

赵大娘 （松手）叫姐就好好叫，别田姐田姐的，听着不亲。你找你姐……（看见红绳）噢，又叫她替你编红蝴蝶哩？

四 弟 啥红蝴蝶哎？这叫中国结。我这个土家族的姐俩腿不管用，俩手还真巧。前两天我叫她给我编了一二十个，今儿早上拿城里去卖，价钱还真不孬！

赵大娘 可肚子长个钱心。不中，你姐是残疾人，咱不指望她干活。

四 弟 您就光指望她给您当儿媳妇？不中，您知道村里人都说些啥吗？

赵大娘 说好话的比说闲话的多多了，支书、村长都夸你哥做得对，刚才驻村干部还来看望你姐哪。

四 弟 娘，您真有那意思？

赵大娘 有！

四 弟 我不同意。

赵大娘 儿啊，你不同意是没长心哪！你哥快四十岁的人了，早年家里穷，娘没给他讨来媳妇，年前花婶说那个媒也吹了，你不可怜你哥，也得心疼娘吧！

四 弟 可她是个废人。

赵大娘 她不是废人是女人，跟你哥合合铺，那就是个家。没看见你哥对她多好？她对你哥又有多亲吗？说不定都有那意思了！呵呵呵……（笑着走下）

〔谣歌：树弯弯，月弯弯，
  幺妹子想娘看不见；
  湘水长，云山远，
  梦里头望乡泪花花闪……

〔歌声中，田云转动着自制的轮椅上。

四　弟　田姐。

田　云　（悄擦了眼角）四弟，我听见你叫我了，有事？

四　弟　没事，姐一天到晚闷家里，急出来病可不是玩的，我买了点红绳，姐编着玩儿吧。

田　云　（凄楚地一笑）可惜姐帮不上你忙了。四弟，求人干活不如靠自己干。（掏出小本）我把编结子的图画出来了，四弟是聪明人，一看就会。

四　弟　（接图笑）嘿嘿，我还以为你不肯教我哩。姐，你歇着，我走了。

田　云　等等。（从手腕上摘下镯子）四弟，姐是没带一分钱来咱家的，身上能拿得出手的东西，也就是这副银镯子了，这还是小时候俺娘给我的。昨天我给赵良哥他不要，你先拿着。

四　弟　（急抓过镯子）中中，其实你弟妹有镯子，我替她谢谢了。

田　云　（笑）这镯子，我是叫你等咱哥结婚那天，替我送给大嫂的。

四　弟　大嫂？你不就盼着……大嫂在哪儿呢？

田　云　花婶不是给咱找了个大嫂吗？

四　弟　姐，你不是故意装迷吧？

田　云　咋了？

四　弟　那女人只跟大哥见了个面，一回去就捎来个话说不中，你不知道这事？

田　云　不知道，咱哥没跟我讲过，他那么好的人，人家还看不上他？

四　弟　那还不是因为你！

田　云　因为我？这……这咋回事？

四　弟　那女人跟大哥见面那天，就听说你的事了，她捎来的话是：我宁

――――山东梆子《山东汉子》 〉〉〉〉〉

可一辈子不嫁人，也不能嫁给个傻子。

田　云　（震惊）啊？

四　弟　（嘲讽）那女人不愿意对你是好事。（还镯子）给，刚才咱娘还说你跟大哥合合铺，你就给我当嫂子算了，嫂子！（白了她一眼，快步走下）

田　云　（唱）听四弟一声"嫂"泪水偷咽，
　　　　　　　他哪知姐要走就在今天？
　　　　　　　忘不了风雪夜命悬一线，
　　　　　　　好心的赵良哥救我出深渊。
　　　　　　　自那日娘护我疼我朝夕相伴，
　　　　　　　吃喝拉撒拖累得她白发增添。
　　　　　　　赵良哥更是对我知寒知暖，
　　　　　　　受连累姻缘断我心不安。
　　　　　　　哥呀哥你这样的好人世上少见，
　　　　　　　越难舍越要走俺再不敢留恋！

（遥望远方，自语）该回家了，该回家了，回家……

〔灯光突变，转土家族音乐。众土家族姑娘身穿本民族服装、簇拥着田母与田兄、田嫂舞上。

众姑娘　（唱）山水期盼，亲人期盼，
　　　　　　　飘逝的云儿返回蓝天！

〔田云从轮椅上站起，走进姑娘中，与母亲和兄嫂跳起土家族欢快的"甩手舞"，突然一个踉跄，弯腰扶腿——音乐舞蹈骤停。

母兄嫂　云儿，你的腿？

田　云　腿？腿？（扶轮椅哭叫）天哪——

〔灯光复原，众人隐。田云坐在轮椅上拍打着双腿。

田　云　我的腿，腿……

〔一声车铃，赵良内喊"妹子"上。

田　云　（抬头见赵良，从遐想中醒悟）唔，哥回来了？汽车票买来了？

赵　良　（摇头）你家那地名，卖票的小妮听都没听说过，说恁远的路，跑遍山东也没发那儿的汽车，就是坐火车，也只能先到……

〔田云惊睁双眼，响起火车车轮声……

赵　良　（"啪"地自打个嘴巴，拉住田云的手）妹子，哥嘴臭，又说出那俩该死的字了。咱不坐那玩意儿，啊？再说了，你这身子骨，走不能走，站不能站，上上下下不方便，钻到那里头会中？妹子别哭，我去收拾收拾，马上送你走。

田　云　哎？你不是没买到车票吗？

赵　良　哥想好了，不就那三千多里路？我蹬车送你。

田　云　（吃惊）蹬车？

赵　良　蹬车，咱想快快，想慢慢，说说笑笑去湖南，照顾妹子也方便。

田　云　哥，不中！

赵　良　咋不中？

　　　　（唱）哥缺点本事不缺力，
　　　　　　　只要你不怕受委屈。

田　云　（唱）你知道多长是三千里？
　　　　　　　你知道山道有多崎岖？

赵　良　（唱）咱带上面，带上米，
　　　　　　　大不了走上俩星期。

田　云　（唱）一个月你也走不到，
　　　　　　　妹不能将哥当马骑！
　　　　　　　哥，这不中啊！

赵　良　哥说中就中不中也中！

田　云　哥，你不能……

赵　良　哥说能就能不能也能。（发现）哟，娘来了，抓紧告个别，啊？（下）

田　云　（喊）哥！

〔赵大娘拿裙子走来。

———山东梆子《山东汉子》 >>>>>

赵大娘　云,娘给你做了条裙子,天热了,咱不能让腿上长褥疮,来,穿上试试。

田　云　（抱住赵大娘哭）娘……

赵大娘　（慌了）乖,咋了？有委屈就说,娘有错,娘改。

田　云　娘,我要走了……

赵大娘　走？去哪儿？

田　云　回家……回俺湖南老家。

赵大娘　你跟家里人通上信儿了？

田　云　没有,赵良哥送我走,他说他能找到俺家。

赵大娘　噢……（勉强作笑）好,回家好啊,你离开家好些年了,闺女想娘,娘想闺女,我懂！跟娘说哪天走,娘给你预备些东西带着。

田　云　娘,儿这就动身。

赵大娘　啊？中,中啊！（转身,一个趔趄,捧面抽泣）

田　云　娘！你别哭！

　　（唱）娘啊娘您莫流泪别太难受,
　　　　　不孝女离开娘心如绳揪。
　　　　　儿给您当闺女一辈子当不够,
　　　　　娘的恩儿此生此世永记心头。

赵大娘　（唱）乍听说闺女就要走,
　　　　　紧紧抱儿不舍丢。
　　　　　自从儿到家中娘笑不拢口,
　　　　　这一别咱娘儿俩就再难照头！

〔伴唱：难照头,泪双流,
　　　　临行前再给娘梳梳白头。

田　云　（唱）一把木梳拿在手,
　　　　　手儿颤抖泪噎喉。
　　　　　儿走后娘多保重常开笑口,
　　　　　儿走后家有难处别太焦愁；

儿走后重活累活娘该放手，

儿走后夏热冬凉换衣要周。

儿走后娘要活到九十九，

儿走后娘要无病又无忧。

恕女儿此生身残孝心难酬，

待来世给您做亲女侍奉百秋！

赵大娘
田　云　（同叫）儿啊！娘！（抱头痛哭）

〔赵良推三轮车上，与众弟众弟妹及各自的孩子抱礼物随上。

赵　良　妹子，全家人都来送你了，邻居们还给你送了点礼物。

众　人　（围起田云各说各的）"姐，别走了。""姑姑，俺不让你走。"
"姐，你带着这个。""这点儿钱你拿着。""带点鸡蛋路上吃。"

田　云　哥扶我下来，叫我给娘……磕个头吧！

赵大娘　乖，不用！

〔田云挣扎着下车，磕头。

赵大娘　乖！（拥抱住田云）

〔伴唱：不是说梦似说梦，

几人瞠目几人惊。

貌不惊人的山东汉，

步量三千写世风……

〔伴唱中，赵良抱田云上车，全家人送行。造型。

〔暗转。

三

〔距前场十多日，河南与湖北交界处。

赵　良　（内唱）烈日当空把路赶——

〔赵良蹬"三轮车"载田云上——转为虚拟的车舞。

————山东梆子《山东汉子》》》》》》

赵　良　（唱）汗透衣衫两腿酸。
　　　　　　　　谁说湖南路途远？
　　　　　　　　长路也碾在车下边。
　　　　　　　　进一步它就少一步，
　　　　　　　　送妹子到家没啥难。
　　　　　　　　世上就数力气好，
　　　　　　　　只赚不赔用不完。
　　　　　　　　心里头舒坦我光想唱啊，
　　　　　　　　给妹子吆喝两句不收钱。
　　　　　　（唱歌）大河向东流啊，天上的星星参北斗啊！（笑）哈哈哈……
　　　　　　　　这破喉咙哑嗓不咋着，
　　　　　　　　你可别夸哥像刘欢！

田　云　（唱）哥心里先别傻喜欢，
　　　　　　　　眼望望前面是大山。
　　　　　　　　山区不比大平原，
　　　　　　　　山路陡峭头上悬。

赵　良　（唱）长恁大哥没有见过山，
　　　　　　　　巴不得蹬车上山摸摸天。
　　　　　　　　不就是多淌几身汗？
　　　　　　　　反正这汗也不值钱。

田　云　（唱）哥莫把自己来轻看，
　　　　　　　　你是咱家的一座山。
　　　　　　　　全家人都把你惦念，
　　　　　　　　哥哥平安妹心安。
　　　　　　　　哥，又该歇了。

赵　良　哥不累。

田　云　不累是假的，听我的，歇歇再走。

赵　良　中，听妹子的，咱就歇会儿。

〔赵良停车，疲惫地坐在地上，田云用毛巾替他擦汗。

赵　良　哥会擦。（夺过毛巾擦脸）

〔田云一笑，拿出盛水的塑料瓶喂赵良。

赵　良　哥会喝。（夺过瓶子喝水）

〔田云拿扇子替他扇风，赵良夺下扇子刚要开口……

田　云　（抢先说话）哥会扇！（笑）哈哈哈……

赵　良　（笑）可不是会扇？哥不是三四岁的小孩儿，用不着当妹子的哄着。

田　云　在妹子眼里，你就是个小孩儿，傻乎乎的小孩儿。

赵　良　（咧嘴一笑）真这么看你哥。

田　云　真这么看。哥要不傻，下雪那天为啥救我？又为啥养活我小半年？你图的是啥呀？

赵　良　图啥不是明摆着的？我不救你，你不就冻死了？这半年我不养活你，你去哪儿啊？

田　云　我是死是活，有没有地方去，也碍不着哥呀？

赵　良　碍着碍不着，那看咋说了。俺山东的孔繁森你知道吧？人家在西藏为了养活俩孤儿，卖血挣钱，你说他图个啥？妹子——

　　　　（唱）树活活个根，

　　　　　　　人活活个心。

　　　　　　　哥没本事没学问，

　　　　　　　黑黑白白看得真。

　　　　　　　虽然这人世就像万花筒，

　　　　　　　神定心稳胜金银。

　　　　　　　善为本，志诚信，

　　　　　　　夜半无鬼来敲门。

〔伴唱：善为本，志诚信，

　　　　夜半无鬼来敲门！

田　云　哥说得真好，这辈子认识哥，真是妹子的福气。

———山东梆子《山东汉子》 〉〉〉〉〉

赵　良　别夸哥了。不瞒妹子,哥蹬车七八年了,好人坏人都见过,好事坏事都经过;眼瞅着那小猫小狗成神仙,也不是没眼馋过。哥的良心也不是没坏过。

田　云　我才不信呢! 哥会坏良心?

赵　良　是真的。那是我进城蹬三轮的头一年春上,那天,有个三十多岁的乡下大嫂坐车,她下车那会儿,我瞅见车座上掉着个鼓鼓囊囊的钱包,正想叫她,冷不丁的脑子里就进鬼了,嘴张了张没出声儿,然后我像做贼一样蹬着车就跑,跑到个没人看见的地方,我打开钱包一看,天哪!

田　云　不是钱?

赵　良　是钱,都是一毛两毛,最大才是一块的毛票,齐齐整整的用线绳缠成一摞。看着这钱,我这心"腾"一下子发抖了,这不是大款富婆买化妆品的钱,这是穷大嫂从牙缝里剔出来的钱哪! 她要拿这钱干啥? 去医院替爹娘交医药费? 去学校给闺女孩儿送饭钱? 还是……可我却把她的钱昧下了,我赵良猪狗不如啊!

田　云　那……后来呢?

赵　良　我扬起巴掌照脸上狠扇了一通,蹬上车就去找那位大嫂了。

田　云　找着没有?

赵　良　找着了,还真叫我猜着了,她进城就是给她娘买药,正站在药店门口哭呢。一见我给她送钱包,她非要给我跪下。我心里说,跪也该我跪,你就省了吧。后来大嫂非叫我留下个名字,我说我姓糊,叫糊涂蛋。

田　云　(笑)哥就别责备自己了,谁还一辈子不犯个小错呀? 哥刚犯个小错不就改了? 再说,那是多少年前的事了?

赵　良　可我啥时候想起来这事,脸上都火辣辣的。这些年哥算想明白了,不管世道咋变,跟人打交道心得安正。帮人的事干多少都不算多,坑人的事一回都不能干。

田　云　哥就是这么做的,哥是世上最好最好的人。

赵　良　哥不是。

田　云　哥是，哥肯定有好报，我要是腿好好的，我就愿意……（突止话）

赵　良　愿意啥？

田　云　（脸一红）没啥。哥，妹子有个事求你……

赵　良　说。

田　云　你送完我回到家，得给我找个好嫂嫂。

赵　良　好嫂嫂啥样？

田　云　就像倪萍那样的。

赵　良　（忍俊不禁）嚄？这条件不高，就这么说了。（笑）哈哈哈……别再逗你哥开心了，该赶路了。（抱田云上车）

田　云　哥，你慢点蹬车。

赵　良　刚攒足劲，慢个啥？妹子坐好，咱开车了——

　　　　　（唱）小三轮蹬起来一溜小风，

田　云　（唱）妹坐车哥受累让人心疼。

赵　良　（唱）抬头看扑面而来是山影，

田　云　（唱）最担心车入山路他力难撑。

赵　良　（唱）果然是一路上坡车变重……

　　　　　妹子坐稳当，进山喽！

　　　　　〔音乐继续，赵良做上坡蹬车状（二人车舞）……

　　　　　〔赵良蹬车，直至走上高坡，停车擦汗。

赵　良　妹子，抓紧车身，该下坡了。

　　　　　（接唱）上坡沉下坡轻还算公平！

　　　　　〔赵良做蹬车滑行状（二人车舞）。一声巨响，赵良急刹车，车翻，响起车胎漏气声。

赵　良　（急扶田云）妹子，摔坏了吧？

田　云　我没事，车胎又爆了？

赵　良　哪个臭小子扔来个酒瓶子，把车胎扎破了！

———山东梆子《山东汉子》 〉〉〉〉〉

〔小无赖上。

小无赖　嗨，你他娘的敢骂我？不想活了吧你？（揪住赵良衣领）

〔修车匠背工具箱拿气筒急上。

修车匠　干啥？干啥？见外乡人就欺？还懂不懂文明礼貌？（对赵良）兄弟，车胎烂了不用慌，你有难处哥来帮；一流服务，保证质量；价格优惠，举世无双。歇着吧，转眼工夫就给你补好。（欲扒胎）

赵　良　（忙拦）大哥，补胎的家伙、气筒我都带着哩。

修车匠　啥？你自己补胎？

小无赖　不中！俺这儿的规矩是：车胎在哪儿烂，就得哪儿的人替你补！

〔赵良与田云吃惊地对视一眼。

赵　良　那？补个车胎，一块钱够了吧？（修车匠伸二指）两块？（修车匠翻指）二十？

〔小无赖与修车匠抢前补胎，赵良拦挡。

赵　良　哼！这车胎我不补了，我烂车胎烂骑！（推车欲走）

小无赖
修车匠　站住！

赵　良　你你、你想干啥？

小无赖　想叫你懂点儿规矩！

〔小无赖与修车匠将赵良打倒在地上，田云扑抱住赵良。

田　云　（哭叫）别打我哥！你们知道他是个多好的人吗？他雪地里救我、半年养我，还要蹬车三千里往家送我，可我跟他只是萍水相逢啊！

小无赖　哈哈哈……（讥讽）照你这一说，他不成活雷锋了？三千里路，蹬着个破三轮送人，还是非亲非故的人，谁信哪？讲神话都不会。

田　云　信不信这都是真的，你们坑钱蒙人又打人，还有点人味吗？

小无赖　臭娘儿们，你也敢骂老子，我连你一块儿……（举拳）

赵　良　住手！不就是想要钱吗？修车吧。

〔小无赖与车匠修车，然后同伸手。

赵　良　钱我一定给，打人的事咋说？

小无赖　嗨嗨？我看你不想活了！

〔三人开打。

田　云　别打我哥！别打我哥……

〔赵良把二人打翻，二人滚爬到一边。

小无赖　哥，今儿个咱还真栽了，白挨了顿打。

修车匠　没白挨，（得意地亮钱袋）刚才发动战争那会儿，他腰里这钱袋，不知道咋回事就跑到我手里了。（示意快跑）

小无赖　（佩服地伸大拇指）高，实在是高！（随修车匠跑下）

赵　良　站住！我不让你白修车，给你两块钱！（摸腰间一惊）啊？钱？

田　云　钱？

赵　良　（恍悟被盗，猛转脸，朝着两人跑去的方向握拳怒叫）你——

〔伴唱：人心有热冷，

　　　　冰火难相容。

　　　　男儿心莫痛，

　　　　强者在心灵……

〔伴唱中，面光闭追光亮，赵良与田云痛苦造型……

〔暗转。

四

〔距前场一月余，傍晚至夜，湖南崇山峻岭之中。赵良筋疲力尽地推着"车"上的田云，做上坡状上。

田　云　哥，你累得都喘不过气了，歇吧！

赵　良　歇一步剩一步，走一步少一步。我没事，没事……

田　云　我的哥……（心疼地抽泣）

赵　良　别别……歇，歇！（停车喘息着擦汗）这湖南的山比湖北的山还

————山东梆子《山东汉子》 〉〉〉〉〉

高，人说话唧里咕噜、咕噜唧里，我是一句也听不懂啊！妹子，那"吃葡萄不吐葡萄皮"，换成湖南话咋说呀？（田云背脸）噫，又想起丢钱那事了？妹子，这一路咱遇上的好人，比坏人多一千倍呀！（田云流泪）噫？看来我得亮亮绝活了！（掏出竹板说山东快书）（说书）闲言碎语不多讲，

  表一表好汉武二郎。

  这一天武松回家去探望，

  正好路过景阳冈。

  只听得"唪儿"一声响，

  窜出只老虎兽中王。

  那老虎一扑没扑住，

  好武松，他双手掐住虎脖腔。

  武松说：老虎你还吃人不？

  老虎讲：我可是吃不了人啦！

（笑）哈哈哈……

田　云　（打断）哥，你省着点儿劲吧！天闷热闷热的快下雨了，这山里连个人烟都没有，咱不能再走了。

赵　良　（扬脸看天）也是。可这段路太陡停不下车，找着个平坦地儿再说吧！妹子坐好，咱还得走！（艰难推车）

  （唱）山陡车重浑身汗，

  嗓子眼干得像冒烟。

  昨晚上受风着了寒，

  感冒发烧一整天。

  怕妹子担心我把她瞒，

  强撑着推车爬大山。

  只觉得眼前金星闪，

  这哪是走路是登天！

田　云　（唱）离开山东一月半，

　　　　　　　哥的汗洒遍三省进湖南。
　　　　　　　他腰板双腿快累断，
　　　　　　　浑身晒得像煤团。
　　　　　　　看着他为我受大罪，
　　　　　　　又是担心我又可怜。
赵　良　（唱）我一步一喘腿打颤，
田　云　（唱）他一步一喘我泪不干。
赵　良　（唱）寸寸挪步往上攀，
田　云　（唱）寸寸情丝心绕缠。
赵　良
田　云　（合唱）三千里路共患难，
　　　　　　　她回家团圆我心甜（我回家团圆心难圆）！
　　　　〔一声炸雷，狂风呼号。
田　云　（惊叫）哥，暴雨来了！
赵　良　来就来吧，山里头走路我领教了，下雨啥样还没见过。
田　云　山里的雨吓死人哪，能把车冲下悬崖！
赵　良　（惊）啊？避雨、避雨，可往哪儿找地方啊？（紧张推车）
　　　　〔又一声雷鸣，暴雨降下，天骤黑。田云在车上取塑料布，赵良拼命推车到一处，做在树上捆车状，然后松了口气，觉冷抱臂。
田　云　（递塑料布）哥，快披上。
赵　良　我这身子骨，用不着。
田　云　哥出这么多汗，拿着。
赵　良　别让了，你也快淋透了。（用塑料布将田云裹起）
田　云　都怪我，两块塑料布，不小心叫山风吹走一块。
赵　良　吹走就吹走呗，又不是啥金贵东西。（忽打寒战抱起双臂）嘿，你别说，雨一浇真凉快，啥叫幸福我算懂了，就是雨里头洗澡！（打喷嚏）阿嚏！
田　云　冷了吧？（掀开塑料布）过来！

————山东梆子《山东汉子》 〉〉〉〉〉

赵　良　不中。

田　云　咋不中？

赵　良　男女有别。

田　云　我是你妹子！

赵　良　那也不中，妹子大了。

田　云　（撩起塑料布替他遮雨）哥，妹子就这么讨人嫌吗？

赵　良　啥话？哥嫌你啥了？

田　云　妹子不是那意思，是……

赵　良　哪意思哥也没嫌你呀！

田　云　哥，我要是腿好好的，你还会蹬车把我往老家送吗？

赵　良　恁远的路，就是腿好好的，我能叫你走着回去？

田　云　我是说，我要是腿好好的，你会不会……把我留下？

赵　良　不会，妹子想回家，我把你留下，那不是不讲理了？

田　云　我的意思，你还是没……哥，你除了拿我当妹子，就没有想过别的？

赵　良　想过。

田　云　想过啥？

赵　良　想过，当哥就得像个当哥的样儿，不能叫妹子受委屈。

〔田云悄悄叹了口气。

赵　良　咋？哥想得不对？

田　云　对，对得太很了，你不光这样想，还这样做了。哥，我是你妹子，可也是个女人，你听懂了没有？

赵　良　（笑）嘿嘿，其实，刚才我就听懂了。

田　云　懂啥了？

赵　良　哥不敢说。

田　云　你说。

赵　良　说了你生气。

田　云　我不生气。

赵　良　不生气也不说，那是不可能的事。

田　云　不可能啥意思？

赵　良　那意思多了：哥不识字，妹子好歹上过几年学；哥家里穷，妹子家在南边比哥家富；哥长得丑，妹子比哥好看；哥窝窝囊囊没本事，妹子心灵手巧又懂事……

田　云　（打断话）别说了。

赵　良　我说不说吧？还是惹妹子生气了不是？

田　云　对，我生气了，快气死了。不该说的你都说了，该说的你咋不说？

赵　良　该说的？啥？

田　云　妹子是个废人，配不上哥！

赵　良　哥要往这儿想过，叫这瓢泼大雨把我冲下山沟，腰摔断、头摔烂，给山里野狼送顿饭，死了也不能把鬼变……（浑身发抖）

田　云　（急叫）别说这不吉利话！哥，我说话气着你了？

赵　良　不碍妹子，是我……（一个踉跄倒下）

田　云　（惊叫）哥！（从车上翻下来，抱住赵良哭摇）哥！哥！

赵　良　妹子，哥不瞒你了，我发烧一整天了，刚出了身透汗，这雨一浇啊，身子像掉进了冰窟窿，手脚都软了，浑身一点劲儿都没了……

田　云　哥，你咋不早说呀？（哭）呜呜呜……（拽下塑料布裹起赵良）

赵　良　别哭，别……妹子，我万一撑……撑不住了，得等着有人从这儿过……

田　云　哥，你说的啥话呀？（哭）你别吓我，别吓我……

赵　良　哥不是吓你，哥怕万一……你、你发誓，爬，也要爬到家……

田　云　你别胡说！我怕……

赵　良　不，你发誓……发誓！

田　云　（哭）我爬……也爬到家。

赵　良　（含笑点头）好！哥放心了。（昏倒）

————山东梆子《山东汉子》 〉〉〉〉〉

田　云　（失声惊叫）哥——

〔一声炸雷。

田　云　哥呀——

（唱）惊抱哥哥在怀中，

心如刀绞放悲声。

哥呀哥呀你睁睁眼，

看一看妹子快吓疯。

哥呀哥呀你说句话，

说咱俩还能再同行。

哥呀哥呀你不能走，

娘还盼你早返程。

哥呀哥呀——

妹子我千呼万唤你咋不应？

你全是为了我呀九死一生。

没有你妹子已在雪中丧命，

没有你田云脸上哪还有笑容？

没有你我空活半生心已冰冷，

没有你我哪会懂……

这世上，还有比骨肉更亲、比血水更浓的人间真情？！

哥呀哥呀，哥呀哥呀——

你可知妹子心中藏个梦？

这个梦怕做又做欲罢不能。

这个梦我不敢讲给哥哥听，

只因为梦太沉重难以担承。

我只盼人有来世与来生，

愿那时能与你比翼同行……

〔灯光突变：舞队翻卷着巨大的红纱，簇拥起赵良与正常行走的田云，两人在舞队间相恩相爱翩翩起舞……

〔伴唱：寒夜播下一粒种，

　　　　化作红豆埋心中。

　　　　不求花开果盈枝，

　　　　情至深处不言情……

〔一声雷鸣，灯光复原，舞队隐，情境复原。

田　云　（唱）山风呼啸雨更猛，

　　　　雷电劈闪山欲倾。

　　　　天哪天哪你救救我哥的命，

　　　　地呀地呀你帮我喊一声。

　　　　我叫天天不应，

　　　　叫地地不灵。

　　　　恨天恨地太无情，

　　　　为啥对好人恁不公？

　　　　哥呀哥呀你快醒醒，

　　　　妹情愿死上百回换你生！

　　（呼唤）哥！哥！哥——啊？（转脸）

〔一道车灯射来，响起拖拉机驶近的声音。

田　云　车？（惊喜）哥有救了，哥有救了！（急朝车灯扬手呼叫）停车，停车！救救我哥吧，救救我哥吧！

〔拖拉机突然行驶的声音，车灯光在田云眼前缓缓游移，田云昏倒……

〔伴唱：苍天在上，苍天在上，

　　　　苍天垂怜善良人。

〔伴唱中，赵良苏醒，艰难起身，踉踉跄跄地抱起田云……

〔暗转。

五

〔距前场数日，土家族村寨外。赵良蹬车带田云上。

〔伴唱：湘西的山哟，湘西的水哟，

　　　　山美水美哟笑微微哟！

赵　良　（唱）湘山秀，湘水美，

田　云　（唱）故土步步入眼帷。

赵　良　（唱）鸟儿叫得我心醉，

田　云　（唱）野花点头迎我归。

赵　良　（唱）赵良没白长这双腿，

田　云　（唱）田云女没白活第二回。

赵　良　（唱）苦妹子全家喜相会，

田　云　（唱）我泪水盈面笑含悲！

赵　良　妹子，再仔细看看，还有多远。

田　云　（打量辨认，喜叫）哥，我就要到家了。

赵　良　你离家恁多年，没认错？

田　云　没认错，那山头没变，水塘没变，走过这片树林子，就是俺那个寨子，就是俺家了！

赵　良　（兴奋）真的？

田　云　真的。

赵　良　嘿！妹子快到家喽！

田　云　（抽泣）呜呜呜……

赵　良　（停车）快到家了还哭啥？说不定家里人正准备着欢迎你哩！

田　云　这咋可能啊？

赵　良　你忘了？那天咱走到常德，俩记者看咱这车上不光坐人，还七零八碎地装着米面柴禾、锅碗瓢勺，还有席卷子被褥子捡来的菜叶子，越看越奇怪，就问了咱半天话？

田　云　没忘,我把哥救我的事一五一十都说了,人家都感动哭了。

赵　良　那是有学问的人泪窝浅。他俩临走的时候,说一定想办法,先往你家报个喜信,说不定大娘跟哥嫂……

田　云　是咱娘。

赵　良　对,说不定咱娘跟哥嫂,正眼巴巴地盼着你哪!

田　云　(哽咽着点头)我还能回家,多亏哥了……

赵　良　咋还哭啊?

田　云　这是高兴、高兴……

赵　良　是喜泪呀?哭,哭。(瞅地形)这树林里僻静,不会有人过来,妹子先哭着,我得生火开灶了。(推出三轮车,取锅)

田　云　(有些生气地)哥,咱就要到家了,你一路上给我做饭,还没有做够啊?

赵　良　我不做饭,是烧热水。(支灶)

田　云　烧热水干啥?

赵　良　烧热水,叫妹子擦擦身子换身衣裳,然后干干净净进家,别叫咱娘跟哥嫂看着你难受。

田　云　嗯,嗯……(抽泣着低头擦泪)

〔赵良取出一件新衣,见田云哭,在她脸前晃动。

田　云　(抬脸)嗯?新衣裳?哪来的?

赵　良　哥会变呗!

田　云　别哄我,你从家带来的钱让人抢光了,别人帮咱的那点钱也花光了,你从哪儿弄的钱,买这么好的衣裳?

赵　良　这衣裳还好?才二十多块。

田　云　二十多块,哪儿来的?

赵　良　不说。

田　云　你说,你说嘛!

赵　良　前天晚上咱走到那个小县城,天不是下雨了?我把你安排到小店里住下以后,舍不得再花几块钱进屋住,想在房檐底下凑合一夜

——山东梆子《山东汉子》

算了。嗨！没想到那小雨停了。我一想，闲着也是闲着，就蹬着三轮出去拉脚了。嘿！运气还真不孬，到天亮挣了二十多块。

田　云　哥，你叫我咋说你呀？你的身子就不是肉长的？妹子穿不穿新衣裳，有啥要紧哪？

赵　良　（心伤感，强作笑）你叫了我半年多哥，也是缘分吧，可等我再回到山东，就再也听不见你叫哥了，买件衣裳也算留个念头，你啥时候穿上它，不就想起来……你还有个山东的哥吗？（忍不住抽泣）

田　云　（抱住他大哭）哥……

赵　良　（勉强作笑）瞧我，妹子到家了，连个喜欢话都不会说。

田　云　哥，我不穿新衣裳也想你，想你一辈子……

赵　良　哥信这话，哥也一样。别管往后还见不见面，咱兄妹的情分……断不了。（擦泪跑到灶前）

〔田云泪水满面，赵良烧火，火光映照着他眼中的泪花。

田　云
赵　良　（合唱）他（我）在故园我（她）在异乡，

　　　　　　　我（她）返家乡他（我）家在远方。

　　　　　　　风雨行程三千里，

　　　　　　　相依为命动柔肠。

田　云　（唱）谁说我薄命弱女活得悲怆？

　　　　　　　好人心永生永世暖心芳。

赵　良　（唱）谁说我男儿心硬不把泪淌？

　　　　　　　一想起兄妹分手泪汪汪。

田　云　（唱）好哥哥长一副菩萨心肠，

　　　　　　　你的恩我拿命难还怎报偿？

赵　良　（唱）好妹子哪知赵良也有梦想？

　　　　　　　久相伴结出个情字不敢声张。

〔音乐继续，赵良走到车边抱田云。

881

赵　良　水烧热了，去洗吧。（将田云抱起）

田　云　（眼光异样地看着他，点头）嗯。

赵　良　（将田云放在火边）哥替你站着岗，洗完了换上新衣裳。

田　云　（又点头）嗯。

　　　　〔音乐继续。田云背身而坐，解衣裸露出双肩，用毛巾做擦洗状。赵良背对着她，坐在三轮车上。

田　云　（突然回脸）哥……

赵　良　嗯？

田　云　哥……

赵　良　有事？

田　云　哥……

赵　良　说呗。

田　云　我想……

赵　良　想啥？

田　云　想……

赵　良　想啥吗？

田　云　你过来……

赵　良　衣裳不是拿过去了？还要啥？

田　云　我说不出来……你过来，我愿意，真的愿意……

赵　良　啊？（惊站，慢慢转脸看着田云）

　　　　〔女声独声伴唱：

　　　　　　欠你一蓝天，

　　　　　　还你一片云；

　　　　　　莫道情非情，

　　　　　　心底爱是真！

　　　　〔伴唱中，田云动情地朝赵良伸手，赵良慢慢近前，刚搭起田云的手，又突然收回，逃也似的跑回原处，朝自己脸上连扇耳光。

田　云　（惊叫）哥？

————山东梆子《山东汉子》 〉〉〉〉〉

赵　良　（吼叫）妹子，你这是干啥？咱干干净净做兄妹不中吗?!

田　云　（捂嘴抽泣）哥……

赵　良　别再叫哥，我差一点儿欺负妹子，我不配当哥!

田　云　哥，妹子连命都是你给的呀！我想……

赵　良　哥不就是出了点儿力？这算个啥恩哪？

田　云　哥，你对妹子的恩……

赵　良　别说了。妹子，哥不是啥也不懂的人哪！从把你领回家，走到哪儿都有人朝我挤眉弄眼，好像我跟你……他就不可能没有那事，好像谁帮谁个小忙，图不了钱也得图个人，要不，他不是个缺心眼就是个傻瓜蛋!

田　云　他们真歪想哥了。

赵　良　也不能全说人家是歪想。我给妹子说句坦白的话，他们心里想那号事，哥也不是没想过。

田　云　想了为啥不……

赵　良　田云，我的好妹子。你哥要让那些只会沾光狗眼看人低的人大睁着俩眼看着：这世上到啥时候，都有只帮人助人偏偏啥便宜都不图的人！要是谁都不想当这样的人了，这世道就真他娘的没救了！

田　云　哥你真是个好人，哥讨厌妹子了吧？

赵　良　哥不讨厌妹子，一辈子也不会。不说了，换上新衣，咱高高兴兴回家！

〔男女二重伴唱：

（女）欠你一蓝天，（男）送你一蓝天，

（女）还你一片云，（男）不收半片云；

（合）世间挚真情，

　　　做人为人人……

〔伴唱中，赵良背身。田云换好新衣，朝他拍手。

田　云　哥，回头。

赵　良　不回。

田　云　回头，我穿上新衣了。

赵　良　（转脸）嘿，好看！（大叫）妹子回家了——

田　云　（大笑）哈哈哈……哥，先别走，妹子有事求你。

赵　良　说。

田　云　你在这儿多住些日子。

赵　良　中，今儿个不走，明儿走。

田　云　不中！

赵　良　后天走。

田　云　不中！

赵　良　那？住几天中啊？

田　云　我在山东住几天，你在湖南住几天。

〔赵良难言地一笑，遥望远方。天幕前出现赵大娘的身影。

赵大娘　（唱）娘想儿天天茶饭少入口，

　　　　　　　娘盼儿夜夜梦中多忧愁。

　　　　　　　三千里路娘数着你走，

　　　　　　　儿啊儿啊——

　　　　　　　送妹到家千万千万莫久留！

〔赵家人身影消失，赵良猛闭了下眼睛。

田　云　哥，咋了？

赵　良　（回脸一笑）没啥。

田　云　我求你的事？

赵　良　答应了。哥既然来了，哪能扭头就走？还得干个小活儿哩！

田　云　小活儿？

赵　良　我在山东给你做的那辆轮椅没办法带来，等会儿一到家，你就让哥嫂找辆旧自行车，哥再给你做一辆新轮椅，做不好哥不走。

田　云　做好了哥也不走。

赵　良　那……中，做好了也不走，满意了吧？妹子坐好，哥再蹬你这最

——山东梆子《山东汉子》 〉〉〉〉〉

后一程。（蹬车）妹子回家了——

田　云　（大喊）我回来了——

〔伴唱：山水期盼，亲人期盼，

　　　　飘逝的云儿返回蓝天！

〔伴唱中，田母与兄嫂迎上，赵良停车，田云与家人动情地对视。

田　云　（含泪轻声）娘！哥嫂！

田家人　（同声呼叫）娘（云儿）！（扑抱在一起大恸）

〔造型。暗转。

六

〔三日后，土家族村寨。

〔众土家族姑娘跳起欢乐的舞蹈，小伙子吹奏起本民族的乐器同舞。

众姑娘　（舞唱）北燕南飞回山寨，

　　　　　　　土家族女儿扑娘怀。

　　　　　　　爱心的种子山东来，

　　　　　　　真情的鲜花湘西开！

〔众舞者隐去。赵良推着新做轮椅上的田云缓慢行来，田云已换上土家族服装，脸上挂着幸福的微笑。

赵　良　妹子，这轮椅还中吧？

田　云　哥真能干，才三天就做好了。

赵　良　那哥就没啥事了。

田　云　事多了。

赵　良　还有啥？

田　云　陪妹子说话。

赵　良　妹子想说啥？

田　云　小鸟回窝了，看哪儿都是亲的。

赵　良　妹子有双巧手，肯定会过好的。

田　云　往后的日子，妹子不怕。

赵　良　哥最想听这句话，哥走了也放心了。

田　云　不许说走，我一听这个"走"字，心里就空空的。

赵　良　那我说别的，妹子要记住啊！

田　云　哥说吧。

赵　良　人残疾免不了磕磕绊绊，不管遇上啥事，妹子都要挺住啊！

田　云　我记住了。

赵　良　求人帮忙不为丑，有啥难处就跟哥嫂讲，他们会帮你的。

田　云　我记住了。

赵　良　别看不起自己，遇上称心的人，把妹夫的问题给我解决了。

田　云　我记……哥，你吩咐这安排那，不是要走吧？

赵　良　哥不走，哥还有个大事没说呢：妹子会写会画会编织，养活自己不难，可还得活得有滋有味，还得站起来呀！

田　云　站起来？

赵　良　安双假腿不就站起来了？你自己努把力，哥回家蹬三轮挣了钱，也再帮你一把。到那时候，你就能唱歌跳舞，跟他们一样了！

　　　　（手指幕侧）

田　云　我还能跟他们一样？

赵　良　人只要心不死，就没有不能的事，妹子肯定能站起来！

　　　　〔歌声起——众姑娘舞唱着。

众姑娘　（舞唱）站起来，站起来，

　　　　　　　　好哥哥盼你站起来。

　　　　　　　　站起来，快快快，

　　　　　　　　枯木逢春花盛开。

　　　　　　　　站起来，快快快，

　　　　　　　　甜蜜的笑声飞起来。

　　　　　　　　站起来，站起来，

———山东梆子《山东汉子》 >>>>>

　　　　站起来，站起来……
　　〔舞唱中，众人簇拥着轮椅下。舞台上只剩赵良一人——很静很静的一刻。
赵　良　（稍有些酸楚地一笑，轻声）妹子笑得真甜哪，哥放心了，哥走了，不想再看着你哭，就不跟你告别了。回去这三千里路，就剩哥一个人了，我这心里咋有点儿……（擦了下眼角，转笑）没啥，再遇上跟你一样有难处的人，哥还管！（留恋地望着田云退场方向，慢慢退走，退走……转身跑下）
　　〔浑厚的男声独唱：
　　　　哗啦啦的黄河水哟，
　　　　奔腾滚滚向东流。
　　　　流到那个大海边哟，
　　　　流到那个天尽头。
　　〔歌声中，赵良在身穿洁白纱衣的舞队簇拥下"蹬车"于天幕前；田母、哥嫂与众土家族姑娘小伙儿簇拥着轮椅上的田云复登场，田云双手托举起一幅"车舞"时赵良用过的丝绸，做献哈达状造型。
　　〔剧终。

精品提名剧目·花鼓戏

十二月等郎

编剧　盛和煜

————花鼓戏《十二月等郎》 >>>>>

正 月

〔冬日的阳光下，深情、哀怨的旋律从一望无际的芦苇荡间飘出，像白色的水汽在结着薄冰的湖面上弥漫开来……

〔一群黝黑的男人，背着行囊走过。

〔远远的，一群女人站在草埂上，默默相送。

〔轻轻的歌声：

　　　男人去打工，

　　　正月下广东。

　　　屋檐下挂冰凌，

　　　几呀么几时融。

〔被即将开始的新生活吸引着，男人们的心境完全不同：

　　　男人去打工，

　　　正月下广东。

　　　你看那正前方，

　　　日呀么日头红。

苗　子　（迸发地）旭汉！

　　　〔男人们站住。

　　　〔光束中，他们宛如一组雕塑。

苗　子　（唱）不要走啊，

　　　　　婆婆老了，

　　　　　孩子又小，

　　　　　使牛打耙，

春种秋收；

不要走啊，

青青原野，

袅袅炊烟，

我们的家，

无限温柔……

〔男人们的伴唱：

走哪，走哪……

翠　翠　旭河！

（唱）不要走啊，

你走了，

新婚的喜酒，

就变成了苦酒；

不要走啊，

我不想让我的青春，

变成长长的守候……

〔男人们的伴唱：

走哪，走哪……

菊　嫂　唉，旭林！

（唱）走吧，走吧，

走了才有盼头。

常年在外面，

你要多保重。

男人难哪，

打工挣钱，

养家糊口……

〔男人们感动了。

〔一个低沉的男声响起，是解释、是安慰，更是对自己的激励：

————花鼓戏《十二月等郎》 >>>>>

不想走，

也要走，

揣一个指望在心头，

我的女人哪，

请你多等候……

〔旭汉突然跑回，将一把二胡塞到苗子怀里。

〔歌声中，男人们走了——

走哪，走哪……

〔苗子哭倒在兰婆婆怀里："妈！……"

兰婆婆　等吧，等吧！女人就是这样过来的。祖祖辈辈，等啊，等啊！一天天，一月月……

（唱）正月里等我的郎来，

是新年……

〔她的歌声苍老、低回……

〔汽笛声……

〔"正月里等郎"的歌声在所有女人心头响起：

正月里等我的郎来是新年，

情郎哥哥一去大半年，

没得哪一天站在妹面前……

二　月

〔钟声……

〔两个女人的问答：

李家嫂子！

哎！

敲钟做嘛事？

开会哩。

　　　　　　　开会做嘛事？

　　　　　　　选举哩。

　　　　　　　选举选嘛事？

　　　　　　　男人走哒选村民组长哩。

　　　　〔满台女人的喳喳声：

　　　　　　　我要放鸡鸭，

　　　　　　　我要喂猪婆，

　　　　　　　我要奶娃儿……

　　　　〔灯亮。

　　　　〔禾场坪。

旭　贵　吵嘛事吵？

　　　　（唱）鸡鸭让他在坍里叫着，

　　　　　　　猪婆让它在圈里嚎着

　　　　　　　娃儿让他在摇窝里睡着

　　　　　　　选出组长吃晚饭，

女人们　（唱）选不出来哩，

　　　　　　　尽是婆娘……

旭　贵　谁叫你们把男人放走的！

　　　　（唱）官凭印，虎凭山，

　　　　　　　婆娘凭的是男子汉。

　　　　　　　五组的男人走光光，

　　　　　　　这才知独守空房遭天干。

　　　　　　　本村长有心来救急，

　　　　　　　一桶水浇不得满丘的田。

女人们　呸啾！

　　　　（唱）这个骚鸡公，

　　　　　　　想把便宜占。

　　　　　　　选吧选吧……

————花鼓戏《十二月等郎》 〉〉〉〉〉

一妇女 （唱）我选四老汉，

　　　　　　他是男人，

　　　　　　他是老人中的青年。

四老汉 （急了，唱）

　　　　　　老子今年七十三，

　　　　　　哪个讲的是青年？

　　　　　　一急就犯黑眼晕，

　　　　　　天也转来地也旋——

　　　　　哎哟！

　　　　〔众忙上前扶住他。

一妇女 （唱）我选三苕儿，

　　　　　　他十七了，

　　　　　　开叫的公鸡撒得欢。

三苕儿 （唱）我撒么得欢，

　　　　　　小学才读一年半，

　　　　　　认的字都还给了老师，

　　　　　　就是一个"苕"字没有还。

翠　翠　男的没人，女的行不行？

旭　贵　行啊！男女搭配，干活不累！

翠　翠　那我就选苗子！

苗　子　（大惊）你作死哩！

菊　嫂　我也选苗子！

女人们 （唱）苗子长得乖，

　　　　　　又有文化又能干，

　　　　　　她还会拉二胡，

　　　　　　拉得男人心头颤。

一妇女　三苕儿！

一妇女　四老汉！

旭　贵　投票！（用彩色粉笔写下他们的名字）

　　　　（唱）黄颜色，四老汉。

　　　　　　　三苕儿，颜色蓝。

　　　　　　　苗子就是红颜色，

　　　　　　　名字下面画圈圈……

女人们　画杠杠。

旭　贵　（眼一瞪）老子讲哒画圈圈！

女人们　画杠杠！

旭　贵　（口气软了，唱）

　　　　　　　好，画杠杠就画杠杠！

　　　　　　　还要选一个监票人——

　　　　哦，（拉出一直站在旁边的周龙）这是县里派来的，小康工作队周龙周队长，请他监票！

三苕儿　（念顺口溜）工作队，真讨嫌，不催粮来就收钱！

女人们　胡说！

　　　　（唱）这个男人蛮顺眼。

翠　翠　欢迎周队长讲话！

　　　　〔众嬉闹，鼓掌。

周　龙　乡亲们！我讲两句话，第一，我们小康工作队的任务不是来向农民兄弟收钱的，而是来帮助农民兄弟挣钱的！

翠　翠　不是农民兄弟，是农民姐妹！

　　　　〔众笑。

周　龙　对，农民姐妹。第二，五组是大组，没有个村民组长不行。请大家选举！

一妇女　黄颜色代表哪个？我忘了！

旭　贵　苕婆娘！黄颜色代表四老汉，蓝颜色代表三苕儿，红颜色代表苗子，记清了没有？

女人们　记清了！（走圆场，嘻嘻哈哈在一只倒扣的渔船上画"选

——————花鼓戏《十二月等郎》》》》》》

　　　　　票"——)

　　　　（唱）黄颜色，不好看，

　　　　　　　蓝颜色也蛮讨嫌，

　　　　　　　红色吉祥又鲜亮，

　　　　　　　选了组长吃晚饭。

旭　贵　验票！

周　龙　蓝颜色一票，黄颜色一票，其余都是红色。

旭　贵　苗子当选！

女人们　（欢呼）喔啊！

苗　子　要不得！要不得！

　　　　（唱）组长是顶烂斗笠，

　　　　　　　旭汉戴了整五年，

　　　　　　　老公甩掉它我来捡，

　　　　　　　人人会说我少根弦。

女人们　（唱）烂斗笠，少根弦。

旭　贵　（唱）擅自出走罪非浅，

　　　　　　　老子没找他把账算，

　　　　　　　今天你不当也要当，

　　　　　　　这叫做夫债妻来还。

女人们　（唱）把账算，妻来还。

苗　子　周队长，你帮我讲句话啰！

女人们　嘻嘻！你就帮她讲句话啰！

周　龙　苗子，乡亲们！

　　　　（唱）组长不是烂斗笠，

　　　　　　　她是大家的领头雁。

　　　　　　　带领群众奔小康，

　　　　　　　高高飞扬在江汉平原。

女人们　哎呗！

（唱）周队长说话像作诗，

　　　　他的水平不简单。

　　　　欢迎周队长来五组，

　　　　和我们一起飞上天。

旭　贵　（哑然失笑，唱）

　　　　一口学生腔，

　　　　说话没油盐。

　　　　三担牛屎六箢箕，

　　　　农村工作要行蛮。

　　　　我宣布，苗子当选为长湖村五组村民组长。散会！

　　〔暮霭中，哪家妇女在喊孩子："大毛，大毛！吃晚饭啰……"

　　〔苗子似乎还没醒过神来，呆呆地站在那里。

苗　子　（唱）炊烟在原野飘散，

　　　　牛羊归栏猪拱圈。

　　　　心儿却空落落的，

　　　　只有愁绪一丝丝蔓延……

　　　　旭汉呀旭汉，

　　　　你把家扔给我，

　　　　又让我摊上麻纱一团。

　　　　五十多户人家啊，

　　　　减税增产读书上环偷鸡摸狗家长里短……

　　　　我不想当组长，

　　　　我喜欢平平淡淡，

　　　　我只想当个小女人，

　　　　守着我们小小的温馨的家园。

　　　　夜色浓了，

　　　　愁绪蔓延……

　　〔"橐橐……"有人敲窗。

——花鼓戏《十二月等郎》

苗　子　（惊）谁？

〔窗外一个男人的声音："我……"

苗　子　你是哪个？

〔窗外的人低声唱起来：

你看天上出月亮，

一照照进情妹房。

情妹房里样样有，

就是缺少一个郎……

苗　子　你再不走，我就喊人了！

〔窗外响动更甚。

苗　子　（惊悸地）你，你敢……爬窗……（慌忙中，她拿起一根竹竿向外捅去）

〔窗外："哎哟……"

〔隔壁房里传来兰婆婆的声音："苗子，你那房里在搞嘛事？……"

苗　子　妈，没么事。野猫子闹春，爬到窗台上来了！

兰婆婆　哦——早点睡，啊？

苗　子　哎。（她怔了一会，突然捂住脸，啜泣起来）

（唱）旭汉，你在哪里？

为什么离我那么远？

旭汉，我想你，

我好想你……（从墙上摘下二胡，她缓缓拉起来）

〔琴声幽怨，光束朦胧……

〔那是"二月里等郎"：

二月里等我的郎来，百花开。

情郎哥哥一去不回来，

到了花世界就把妹丢开……

三　月

〔鸡啼。

〔天亮了。

〔长湖云蒸霞蔚。

〔三个女人在湖畔挑水的剪影——

菊　嫂　苗子，苗子，

　　　　你的眼睛红肿。

翠　翠　昨晚哭的？

　　　　想老公？

苗　子　才不是的。

菊　嫂　怎么又哭了？

　　　　谁欺负你？

翠　翠　不要问，我知道了

　　　　苗子你应该把门窗关紧

苗　子　我没让他占到便宜，

　　　　捅了他一竹竿……

〔翠翠和菊嫂对视一眼，突然笑了。

〔苗子也笑了。

〔旭贵上。

旭　贵　吔嘿！看到我就笑，蛮有希望啰！

翠　翠　村长，莫想偏了脑壳哟！

〔女人们大笑。

旭　贵　难说。男人才走两个月，你们还打熬得住。等熬不住时，老子把你们一锅烩！

苗　子　（恼了）村长，你是干部，怎么不讲人话！（挑水欲走）

旭　贵　苗子，你还真生气，你又不是不晓得，我是痞惯了的。好好，我讲人话。第一，昨晚的爬窗事件，治安巡逻小组知道了，我把那坏家伙好生教训了一顿！第二，你们组的电费拖欠得太久，今天电站要拉闸，你看着办吧！（下）

苗　子　（唱）看着办　怎么办……

〔另一光束中，电工师傅跷起二郎腿：

（唱）你不晓得挨家挨户去收钱？

苗　子　好！电工师傅你多坐一会，我这就去收！

（唱）四大伯，交电费哪——

四老汉　不交！

（唱）老子灯泡坏了他都不肯换。

苗　子　（唱）秀婶娘交电费哪——

秀婶娘　（唱）我要去镇上码头赶轮船，哎呀，我来不及了。

苗　子　（唱）刘家姨妈交电费哪。

刘家姨妈　（唱）如今我买盐都没得钱……

苗　子　（唱）唇焦口燥疲惫不堪，

（唱）一天下来只收了十几块钱……

电工师傅　（唱）这可不能把我怨……（拉闸）

〔舞台一片黑暗。

〔人声嘈杂：

为么事停电，为么事停电。

苗子摆不平电站。

我说过女人不能当组长嘛。

公鸡打鸣，母鸡只能生蛋。

〔黑暗中：

电工师傅，请你立即恢复供电！

你是谁？

我是工作队长周龙。

五组拖欠电费！

      多少？

      两千一百三！

      电费我给。你先把闸拉上去……

   〔灯亮。

   〔苗子伏肩啜泣。

   〔菊嫂等几个女人低声劝慰她。

翠　翠　（唱）周队长，谢谢你。

周　龙　（唱）不用谢，应该的。

旭　贵　（唱）垫付电费不稀奇，

      还有种子化肥与农机。

      读书看病走亲戚，

      全部包下来最牛皮。

周　龙　（唱）你这是什么意思？

旭　贵　（唱）没什么意思。

      长湖的女人可是一个比一个标致！

周　龙　（唱）你……

苗　子　（唱）周队长都怪我没用，

      害你受气……

旭　贵　（唱）哟哟哟哟……

周　龙　（唱）苗子，不怪你，

      只怪咱们太穷，

      连电费也交不起。

      村长我们都是干部，

      要想办法，

      为群众谋利益……

旭　贵　（唱）本村长代表一级政府，

      这个问题早有考虑。

      三个晚上我没去打麻将，

　　　　　　　终于想出了快速致富的好主意，

周　龙　（唱）啊！你快说。
女人们　（唱）快说呀村长……
旭　贵　（来劲了）

　　　　（唱）长湖水最秀丽，
　　　　　　　养在深闺人不识。
　　　　　　　观光旅游搞开发，
　　　　　　　这个专利是我的。
　　　　　　　建一条大船水上漂，
　　　　　　　船上的房间有好几十。
　　　　　　　吃喝玩乐样样有，
　　　　　　　又游泳来又钓鱼。
　　　　　　　还有一招更叫绝，
　　　　　　　服务员都是本村的。
　　　　　　　野花犹带泥土香，
　　　　　　　美丽村姑展风姿，
　　　　　　　陪唱陪跳又陪……醉，
　　　　　　　来了的客人不想归……

女人们　（脸红了）呸啾！

　　　　（唱）你尽出些馊主意，
　　　　　　　把我们当成"三陪"的！

周　龙　（唱）生态污染太严重，
　　　　　　　交通也是个大问题。
旭　贵　（唱）乡巴老儿有眼不识金镶玉，
　　　　　　　我倒要看看你有什么好点子。
周　龙　（唱）有一个设想不成熟，
　　　　　　　可行与否供分析……
女人们　（唱）慢条斯理急死个人！

旭　贵　（唱）秀才打屁冒酸气！
周　龙　（唱）五组靠近长湖堤，
　　　　　　　堤下有片低洼地，
　　　　　　　面积约有三百亩，
　　　　　　　可以改造建鱼池。
女人们　（唱）鱼池？
周　龙　（唱）精养鱼池。
女人们　（唱）我们不懂呀。
周　龙　（唱）我的专业是养殖。
女人们　（激动了）太好了！
　　　　（唱）精养鱼池！
　　　　　　　精养鱼池……
旭　贵　（气恼地）
　　　　（唱）一群苕婆娘，
　　　　　　　听见风就是雨。
　　　　　　　资金呢？
　　　　　　　资金在哪里……
女人们　（蔫了）
　　　　（唱）是啊，
　　　　　　　资金呢？
　　　　　　　资金在哪里在哪里……
〔灯光如同她们的情绪，暗淡下去……
〔天幕上却升起梦幻般的光环……
〔光环中耸立着高高的脚手架……
〔响起了男人们雄浑低沉的劳动号子……
〔一个充满期待的女声响起来，在雄浑的男声衬托下，如同长湖波涛上掠过的一叶白帆……
　　　　　　　我们有男人哪，

———— 花鼓戏《十二月等郎》 〉〉〉〉〉

  他们在外面挣钱。

  精养鱼池算么事，

  他们会为我们扛回一座金山……

〔突然，伴随着一声惊呼，一个人从高高的脚手架上摔下来——

  旭林……！

〔静场。

〔有人在拉二胡，那声音很伤感。

〔另一光束中，显出苗子的身影。

〔琴声中：

  周队长，你也会拉二胡？

  嗯。

  听琴声，你有心事？

  嗯。

  是为菊嫂伤心吗？

  人哪，太难了。

  男人还是女人？

  都难。

  ……

  苗子，精养鱼池还建不建？

  建。

  资金呢？

  凑。

  大伙愿意？

  原来不愿意，旭林死后，大伙愿意了。

  ……这是我凑的钱。

  三万？

  我全部家底。

  嫂子不会有意见？

〔她出国了。

你应该跟她走。

这里更适合我。

周队长，大哥……

〔琴声继续……

〔但少了伤感，多了深沉。

〔在如歌的行板中，乡亲们上。

〔他们默默地、庄严地将钱交给苗子……

〔苗子张开胸前的蓝花布围裙，兜起乡亲们的希望。

〔四老汉捧着一个铁皮饼干盒子，抖索索打开，里边是个塑料袋，再里边是个布包，一层又一层……最后露出一叠人民币。

四老汉　五千块。我攒了二十年……

〔秀婶娘空着两手，她默默地摘下耳环，放进苗子的围裙内。

〔三苕儿抱着一台电视机，气喘吁吁上。

三苕儿　苗子姐，我问过收电器的，他们说这台电视机能换两百块钱！

〔苗子默默点头。

〔兰婆婆上。

苗　子　妈……

兰婆婆　（从怀里掏出一个红布包，打开）这光洋，是旭汉姥姥的陪嫁……

〔她将光洋（银圆）一块块放进苗子围裙里。

〔"叮！叮！……"空气中似乎能听到光洋清脆的响声……

〔突然，人们怔住了。

〔静寂中，翠翠扶着戴孝的菊嫂一步步走来。

菊　嫂　（轻轻地，像是怕惊醒什么一样，将一沓钱放进苗子的围裙）这是旭林挣的，抚恤金……

〔一直贮在苗子眼眶里的热泪终于奔涌而出，她一把抱住菊嫂。

苗　子　嫂子呀！……

———花鼓戏《十二月等郎》 〉〉〉〉〉

〔围裙里的钱撒落满地……

〔"三月里等郎"的歌声轻轻地、轻轻地飘过来：

　　三月里等我的郎来是清明，

　　情郎哥哥话儿讲得明，

　　话儿讲得嘛凉水能点灯……

五　月

〔长堤。

〔堤外，湖水浩淼。

〔堤内，一方方新建的鱼池，微风吹来，水波涟漪。

〔女人们在鱼池劳作。

〔周龙和她们在一起，扛鱼饲料袋，作技术指导：

　　青草埂，长湖水，

　　鱼池亩亩鱼儿游。

　　汗珠落地摔八瓣，

　　长湖女儿盼丰收。

〔女人们欢快地数鱼……

〔旭贵上。

旭　贵　嘀！你们这哪里是在搞劳动？硬是在跳芭蕾舞《红色娘子军》啦！

一妇女　村长，我们一个个累得要死，你还好意思说风凉话！

旭　贵　自找的，累死活该！哪个叫你们不听我的，办"水上乐园"！

周　龙　同志，你能不能对群众态度好一点？

旭　贵　我就这个态度，只怕有的人好过分了！

周　龙　简直不可理喻！

旭　贵　鲤鱼？鲫鱼都是空的！

一妇女　村长，你以前对我们不是这个态度哩！

旭　贵　我就看不得你们对他好！你们的工作我还是蛮支持哩！买鱼饲料我还是打了电话的。（从提包里掏出一沓信）亲妹子们，你们的老公来信了！

一妇女　（尖叫）老公来信了！

〔女人们一拥而上。

〔旭贵将手臂高高举起，任女人们围着他抢着、骂着，哈哈大笑。

〔苗子没有上前，在一旁默默看着。

〔女人们笑着、闹着，拿到了自己男人的信。

〔旭贵手里只剩下一张纸。

〔他走到苗子跟前，递给她。

旭　贵　汇款单！

苗　子　没有信？

旭　贵　没有。

　　　　〔苗子无语。读信的女人们：

　　　　　从哪里学到的这些话，

　　　　　火辣辣写在纸上也不怕丑。

　　　　　从哪里冒出的怪主意，

　　　　　下半年带我和娃儿去旅游。

　　　　　从哪里弄来的风景照，

　　　　　攒下钱我们也盖这样的花园楼……

　　　　　想他想得心跳跳，

　　　　　想他想得脸儿红，

　　　　　想他想得抿嘴儿笑，

　　　　　想他想得哽喉头……

　　　　　哎呀！

　　　　　想死个人咧想死个人……

　　　　〔她们安静了，好些个女人悄悄找了个地方，去读、去想她们的男人……

——花鼓戏《十二月等郎》 〉〉〉〉〉

旭　贵　（又从提包里拿出一封快件，对鱼池边的周龙）你的，国外快递！

翠　翠　嫂子的信？

旭　贵　去去！关你么事？

翠　翠　就关我事！（一把将信夺过来，递给周龙）

〔周龙笑笑，拆信。

〔一张纸飘落在地。

翠　翠　（捡起，惊）离婚协议？！

〔周龙也愣了一下，默默从翠翠手中拿过协议，下。

苗　子　周大哥！……

旭　贵　（挡住她）你还是先关心自己吧……

苗　子　你么意思？

旭　贵　旭汉在外面有了女人！

苗　子　嚼蛆！

旭　贵　真的！他傍了个富婆！

苗　子　请你走开些！

旭　贵　人家是关心你嘛。

苗　子　翠翠！

翠　翠　（连推带搡将旭贵弄走）去去去！一个村长，正事不干，你在搞嘛事。

旭　贵　我怎么没干正事，我是来加强领导的。好好好……我走我走。（被推下）

苗　子　翠翠，他刚才说旭汉在外面傍了个富婆？

翠　翠　苗子，这事，恐怕……

苗　子　翠翠，有话直说！

翠　翠　旭河在信里也隐隐约约提到这事……要不你拿去看看。（将信递给苗子）

苗　子　我不看……（带哭音）旭汉不是那种人……

翠　翠　（将她抱住）苗子姐……

〔突然，一阵悠悠的琴声传来……

翠　翠　苗子姐你看——

〔长堤上，周龙拉起了二胡。湖面灿烂的阳光，勾勒出他的剪影，如金子一般……

〔两个女人呆了——

苗　子　（唱）没有抱怨，

　　　　　　　没有愤恨。

　　　　　　　周大哥啊，

　　　　　　　可我听见了你的痛苦，

　　　　　　　它是这悠悠的琴声。

　　　　　　　也是在这长堤上，

　　　　　　　旭汉曾多少次为我拉琴，

　　　　　　　湖光辉映着他的身影，

　　　　　　　欢乐像沙鸥翩翩飞临，

　　　　　　　幸福的笑声还在耳边回响，

　　　　　　　难道你就变了心。

　　　　　　　旭汉呀，

　　　　　　　你快说呀，

　　　　　　　你不会做那样的事，

　　　　　　　你不会对不起我，

　　　　　　　对不起清清长湖水，

　　　　　　　滋润的爱情……

翠　翠　（唱）也许是敬佩，

　　　　　　　也许是同情，

　　　　　　　这样的男人，

　　　　　　　实在让人动心……

　　　　　　　哎呀想偏了哩，

　　　　　　　不能想啊不能，

———花鼓戏《十二月等郎》 》》》》》

  我又没做么事，

  难道想都想不得，

  偏要想，想死个人……

〔女声二重唱、伴唱：

  你不会对不起我，

  我又没做么事。

  对不起清清长湖水，

  难道想都想不得。

  滋润的爱情……

  偏要想想，死个人……

〔女人们将自己男人的信按在心口，从各自读信的地方走出来：

  偏要想，想死个人……

〔幻觉中，她们的男人——出现……

〔和周龙一样，他们也在拉着二胡……

〔男人的思念——

〔那是长湖水澎湃的波涛啊！

〔女人们感动了，含着泪，轻轻地：

  想死个人，

  想死个人……

〔苗子的眼光迷离起来……

〔她一步步朝拉二胡的男人走去……

〔"旭汉！"她扑在周龙怀里……

〔"嘣！"

〔弦断了——

〔一切戛然而止。

〔四周空无一人，只有她和周龙尴尬面对……

〔兰婆婆一声惊呼：

苗子呀！你这是搞么事啰……！

〔灯暗。

〔"五月里等郎"的歌声随风飘忽:

　　五月里等我的郎来是端阳,

　　缎子鞋子做两双,

　　端在郎面前问郎穿哪双……

七　月

〔风声、雨声。

苗　子　（二重唱）
周　龙

　　雨啊,请你小点儿下。

　　风啊,请你轻点儿刮。

　　洪水啊,你不要涨。

　　老天爷——

　　命运啊——

　　你在考验我吗?

苗　子　（唱）风雨中的女人多么弱小,

　　　　　　苗子受不了啦!

　　　　　　周大哥,我好想去找你,

　　　　　　可那天的误会让人尴尬。

周　龙　（唱）苗子的误会让人感动,

　　　　　　离婚的伤痛仍如刀扎。

　　　　　　猛然想起湖边的鱼池,

　　　　　　我的心揪紧啦……

苗　子　（二重唱）
周　龙

　　风啊,越刮越猛。

——花鼓戏《十二月等郎》 >>>>>

　　　　　　雨啊，越下越大。

　　　　　　洪水啊，一寸一寸往上涨。

　　　　　　我为么事还要躲闪害怕，

　　　　　　个人的伤痛由它去吧。

　　　　　　我要去找周大哥，

　　　　　　我要去看鱼池，

　　　　　　我要去找他，

　　　　　　我要上堤坝。

　　　〔两人冲进风雨中……

苗　子　（唱）周大哥呀，

　　　　　　你在哪里？

　　　　　　苗子的呼唤，

　　　　　　你听见了吗？

　　　　　　你是不是在风雨中，

　　　　　　为我们守卫堤坝。

周　龙　（唱）啊，

　　　　　　这雨越下越大……

苗　子　（唱）你自己心中的伤痛，

　　　　　　从来不多说一句话。

周　龙　（唱）我就担心决堤，

　　　　　　鱼池就保不住哪……

苗　子
周　龙　（二重唱）

　　　　　　啊，男子汉的天空，

　　　　　　快放晴吧！

　　　　　　阳光明媚，

　　　　　　快放晴吧！

　　　　　　男子汉的胸怀，

　　　　　　你看这鱼儿,

　　　　　　宽广无涯,

　　　　　　都这么大了……

　　　　〔一道闪电,炸雷!

周　龙　(惊呼)啊!决口?!(他慌了)快来人哪!……要决堤了!……

　　　　〔苗子一愣。

　　　　〔她听见了周龙的喊声。

　　　　〔她拼命往周龙那儿跑去……

　　　　〔"扑通!"周龙跳入水中……

　　　　〔"周大哥!"苗子跟着跳入水中……

　　　　〔周龙一入水,就被浪涛冲走……

　　　　〔苗子奋力游到他面前,将他救回……

周　龙　(唱)堵……

　　　　　　堵住缺口……

苗　子　(唱)晓得,

　　　　　　你不会水,

　　　　　　上去……

周　龙　(唱)不……

　　　　　　我就堵在这儿,

　　　　　　大不了是个死。

苗　子　(想也没想)

　　　　(唱)好……

　　　　　　要死死一块儿。

周　龙　(一震,泪水夺眶而出)

　　　　(唱)好苗子,别说傻话。

　　　　　　你有孩子又有家,

　　　　　　亲人不能没有你。

　　　　　　不像我,

　　　　　　一点儿也没有牵挂……

　　〔泪水和雨水一齐在苗子脸上奔涌，她一把抱住周龙。

苗　子　（唱）不——好哥哥，

　　　　　　莫讲你没有亲人，

　　　　　　莫讲你没有牵挂，

　　　　（唱）抹去泪水你看看，

　　　　　　苗子就在你身边呀……

周　龙　（唱）谢谢你苗子……

苗　子　（唱）好哥哥你哭了……

苗　子
周　龙　（二重唱）

　　　　　　我一步也不会退缩，

　　　　　　我不怕。

　　　　　　肩负着山一样的责任，

　　　　　　身边是山一样的男子汉哪。

　　　　　　身后是亲爱的土地，

　　　　　　身后是亲爱的家……

　　〔风雨中，女声伴唱：

　　　　　　肩负着山一样的责任，

　　　　　　身边是山一样的男子汉哪。

　　　　　　身后是亲爱的土地，

　　　　　　身后是亲爱的家……

　　　　　　啊，啊……

　　〔突然，一个清脆的声音在他们头上响起：

　　　　　　苗子，周大哥，

　　　　　　拉着我的手。

　　〔是翠翠！

　　〔她一下趴在堤上，将手伸向他们……

〔菊嫂也一下趴在翠翠身边。

菊　嫂　（唱）拉着我的手！

　　　　〔又一个女人：

　　　　　　拉着我的手……

　　　　〔女人们都赶来了！

　　　　〔风声、雨声、合唱声：

　　　　　　啊，

　　　　　　拉着我的手，

　　　　　　拉着我的手……

　　　　〔手电筒、马灯乱晃；

　　　　〔人声嘈杂……

　　　　〔长湖村的村民们赶到了！

　　　　〔旭贵扛着沙袋，跑在最前头！他将沙袋抛进水中，气喘吁吁骂道。

旭　贵　（唱）一群苕婆娘，

　　　　　　你们不要命哪……

　　　　〔回答他的是更大的风雨声！

　　　　〔蓦然，"七月里等郎"的歌声响起，盖过了风雨：

　　　　　　七月里等我的郎来是月半，

　　　　　　我差情哥上街扯衣衫，

　　　　　　先扯淡花的再扯红牡丹……

九　月

　　　　〔两个女人在说话：

　　　　　　李家嫂子！

　　　　　　哎！

　　　　　　调查组来了。

———— 花鼓戏《十二月等郎》 〉〉〉〉〉

　　　　调查么事？
　　　　苗子和周队长的事。
　　　　哦，他们让大家发财了，
　　　　是村里的功臣。
　　　　他们打啵。
　　　　莫乱讲，
　　　　这是兰婆婆讲出来的，
　　　　哎咄……
　〔阳光灿烂。
　〔人们在启网打鱼。
　〔忽然，一个女人停下来，附在身边女人的耳畔说着什么——
　〔身边的女人："哎咄！"
　〔她又悄悄说给另一个女人听——
　〔另一个女人："哎咄！"
　〔她又说给身边女人听……
　〔像一阵风儿刮过，整个人群一片窃窃私语声：
　　　　哎咄……
　　　　哎咄……
　　　　哎咄……
　〔苗子和菊嫂拿着一纸订单兴冲冲跑上。

菊　嫂　（唱）卖掉了，卖掉了，
　　　　　　　我们的第一批鱼儿。
　　　　　　卖了个好价钱……
　〔有人喜悦地"啊"了一声。
　〔但大多数人都不吱声。
　〔苗子毫无觉察。
　　　　　这是农贸中心的订单，

苗　子　（唱）我们的鱼儿一点也不愁销路。

　　　　　　这还是周队长联系的哩，

　　　　　　真该请他喝一杯丰收酒……

　　　〔人们有些骚动，窃窃私语……

　　　　　哎咃，

　　　　　哎咃……

　　　〔苗子觉察到了。

苗　子　（唱）怎么哪？

　　　　　　出了么事？

　　　　　　你们说，

　　　　　　你们快说呀！

　　　〔三苕儿愣头愣脑地。

三苕儿　（唱）我来说！

　　　　　　他们说，

　　　　　　你和周队长打啵。

　　　〔人群：

　　　　　嘻嘻……

　　　〔血涌上苗子的脸。

苗　子　（唱）这是哪个嚼蛆？

　　　　　　哪个会相信……

　　　〔人们不吱声。

苗　子　（唱）这么说，

　　　　　　你们相信？……（她看见躲在人群后的四老汉）

　　　　　　四大伯，

　　　　　　你也相信？

四老汉　（闷声闷气地）

　　　　（唱）苗子，

　　　　　　你前脚去联系卖鱼，

　　　　　　后脚调查组就进了村……

————花鼓戏《十二月等郎》 〉〉〉〉〉

苗　子　（转向秀婶娘）

　　　　（唱）秀婶娘，

　　　　　　 你也相信？

秀婶娘　（难过地叹口气）

　　　　（唱）苗子呀，伢儿呀，

　　　　　　 我知道你不容易，

　　　　　　 周队长是好人……

〔忽然，苗子发现远远站在一旁的翠翠。

苗　子　（唱）翠翠，你最了解我，

　　　　　　 你为么事不说话？

　　　　　　 你说呀！

翠　翠　（爆发地）

　　　　（唱）你要我说什么？

　　　　　　 我那样相信你，

　　　　　　 你却利用了我的信任，

　　　　　　 做了我想做不敢做的事情。

〔几个女人低声应和：

　　　　　　 就是嘛，

　　　　　　 有些事情只能想，

　　　　　　 不能做的呀。

苗　子　（身体有些摇晃）妈？……

〔一束光照着兰婆婆。

兰婆婆　（唱）莫叫我！

　　　　　　 我早给你说过，

　　　　　　 女人生来就是等男人的，

　　　　　　 一天天一月月……

　　　　　　 偏你就等不得？

　　　　　　 哎呀我的天啦！

　　　　　莫叫我，

　　　　　不把那个周龙赶走，

　　　　　我没你这个媳妇。

　　　　　你也没这个家，

　　　　　哎呀，我的天啦！

苗　子　妈！……（她终于支持不住，"扑通"栽倒）

　　　〔人们愣了。

菊　嫂　苗子呀！……（哭叫着扑上前）

　　　〔"苗子！""苗子姐！"人们纷纷围上前。

菊　嫂　（看着脸色煞白、躺在怀里的苗子，大哭起来）

　　　　（唱）我求求你们，

　　　　　不要再说，

　　　　　不要再说她。

　　　　　为了卖鱼，

　　　　　她腿都跑断了。

　　　　　三天只吃了两顿饭，

　　　　　大伙儿的钱她舍不得花。

　　　　　看她这样憔悴，

　　　　　都是为大伙累的呀。

　　　　　就算她和周队长有事，

　　　　　又碍着你们什么啦？

　　　　　今天是丰收的日子，

　　　　　你们却让她倒下。

　　　　　我的苗子呀……

　　　〔人们的眼圈红了，几个女人开始啜泣。

翠　翠　（拉着苗子的手，也哭起来）

　　　　（唱）苗子姐，

　　　　　你醒醒，你醒醒呀！

————花鼓戏《十二月等郎》 >>>>>

　　　　嫉妒让我昏了头，

　　　　说了伤害姐姐的话。

　　　　你为我们付出了那么多，

　　　　结果不应该是这样的呀。

　　　　苗子姐你什么也没做错，

　　　　你是一个好女人，

　　　　这才是翠翠心里的话。

〔苗子睁开眼……

〔几个说得最起劲的女人走上前：

　　　　苗子呀，

　　　　乡下的苕婆娘，

　　　　说话不知高下。

　　　　人心都是肉长的，

　　　　看你这样子，

　　　　我们都心软啦。

苗　子　（屈辱、无助的泪水顺着面颊淌下来，她挣扎着站起）

　　　　（唱）我不要你们可怜，

　　　　我也不怪大家。

　　　　人心都是肉长的，

　　　　杀人的也有那红口白牙。

　　　　冤枉了苗子不要紧，

　　　　长湖人怎么对得起他……

　　　　早春二月柳发芽，

　　　　周龙大哥到农家，

　　　　刚来一天就下了田，

　　　　来了一月绘规划。

　　　　五月里新建的鱼池鱼儿游，

　　　　七月跳进洪水堵缺口，

　　　　　他不会水。

　　　　　他忘了……

　　　　　心血融入长湖水，

　　　　　自个儿的伤痛没说过一句话。

　　　　　湖风吹老少年人，

　　　　　你们去看看他新添的白头发。

　　　　　越说心里越难受，

　　　　　含泪迸出一句话：

　　　　　哪天周大哥受处罚，

　　　　　哪天苗子就嫁给他。（反身冲下）

　　〔所有的人都愣在那里。

　　〔她的声音还在她们耳边震响：

　　　　　哪天周大哥受处罚，

　　　　　哪天苗子就嫁给他……

　　〔一束光照着深为震撼的周龙。

周　龙　（唱）好苗子，

　　　　　你又在说傻话，

　　　　　男子汉的热泪为之抛洒。

　　　　　长湖水啊，

　　　　　你浸润着我的心田，

　　　　　我的心田生长着忧郁的爱情。

　　　　　为了这块土地，

　　　　　为了这句话，

　　　　　我要说，

　　　　　把我的生命拿去，

　　　　　拿去吧。

　　　　　让它融入长湖水，

　　　　　养好多的鱼，

————花鼓戏《十二月等郎》 〉〉〉〉〉

　　　　浇灌希望的花……

　　　〔月亮出来了。

　　　〔近的鱼池、长堤；远的农舍、原野，都沐浴在月色中，偶尔会有"泼喇"一声，鱼跃出水……

　　　〔二胡声给江汉平原的夜晚增添了几分忧郁……

　　　〔一个窈窕的身影向拉琴人走去。

　　　〔琴声停了。

苗　子　周大哥……

周　龙　苗子你来了。

苗　子　调查组走了？

周　龙　走了。

苗　子　结论呢？

周　龙　没有结论。

苗　子　哦——

　　　〔静场。

　　　〔远处，一个男人晃荡着走过田埂，可着嗓子在嚎：

　　　　大路傍傍起灰尘，

　　　　人家偷人我背名……

苗　子　旭贵……

周　龙　我听出来了。

苗　子　是他向上面告的状？

周　龙　不知道。

苗　子　这个人哪。

周　龙　他本来可以当个好村长的。

苗　子　你不怪他？

周　龙　（摇头）……苗子。

苗　子　嗯。

周　龙　打啵是什么意思？

苗　子　（脸红了）你问这个做嘛事？

周　龙　这是我的一条罪状。

苗　子　（脸更红了）打啵……就是接吻。

周　龙　啊……（望着月亮，脱口而出）要真那样倒好了！……

　　　　〔两人同时一震，似乎被这句话吓住了。

　　　　〔听得见微风吹拂树叶……

苗　子　（颤声地）大哥……

周　龙　苗子……

　　　　〔两个人慢慢靠近，靠近……

　　　　〔苗子仰起脸，闭上眼睛——

　　　　〔隐隐的琴声传来……

　　　　〔琴声越来越响……

　　　　〔在天幕升起的光环中，所有外出的男人一起拉着二胡——

　　　　〔那是长湖水澎湃的波涛啊！

　　　　〔"咣！"——周龙手中的二胡掉在地上……

　　　　〔"九月里等郎"让人的心都碎了：

　　　　　　九月里等我的郎来九月九，

　　　　　　情郎哥哥是妹妹的心头肉，

　　　　　　妹妹的心头肉怎么舍得丢……

腊　月

〔鞭炮声响成一片。

〔一个孩子欢悦的叫声："过年了！"

〔雪花纷纷扬扬飘洒着……

〔树木、农舍、原野都被白雪笼罩，一片银白。

〔哪家在自家门口挂起一盏红灯笼，接着，又有一家也挂上了红灯笼，又一家……家家户户都挂上了红灯笼。

————花鼓戏《十二月等郎》 〉〉〉〉〉

〔轻轻的歌声：

　　过年了，

　　男人要回来了，

　　女人的心热了，

　　家也温暖了……

〔女人们站在自家门口，踮着脚尖盼望着……

〔谁一声惊喜的叫声："来了！"——

〔一个男人的身影出现在村头，又一个……

〔她们的男人真的回来了！

〔女人们迎了上去！

〔没有拥抱，没有亲吻，乡下的女人是不张扬的呀！

〔但她们的声音却颤抖着，透着抑制不住的喜悦、激动，还有几分心酸……

女人们　（唱）回来了？

男人们　（唱）回来了！

女人们　（唱）你更黑了。

男人们　（唱）你更乖了。

女人们　（唱）我晓得，

　　　　　　　外面好苦。

男人们　（唱）拿着，

　　　　　　　我挣的钱。

女人们　（唱）嘻嘻！

男人们　（唱）笑么事？

女人们　（唱）看你神气的，

　　　　　　　我在家里挣得更多！

男人们　（唱）真的？

女人们　（唱）回家吧，回家再说。

　　　　　　　好多好多的话……

〔女人们，平时那样能干、泼辣的乡下婆娘们，此刻一个个柔弱无力，风情万种地依偎着自己的男人，往家走去……

　　　　过年了，

　　　　男人回来了，

　　　　女人的心热了。

　　　　家也温暖了……

〔苗子挽着兰婆婆，默默地看着他们，一对对从自己面前经过……

〔人走光了……

兰婆婆　（呜呜哭起来）

　　　　（唱）旭汉，看不到你的影子，

　　　　　　　你真的傍到那个富婆？

　　　　　　　你应该回来的呀，

　　　　　　　你这忤逆不孝的东西！

苗　子　（唱）妈……

兰婆婆　（唱）好苗子，

　　　　（唱）妈让你受过委屈，

　　　　　　　妈对不起你，

　　　　　　　妈又舍不得你，

　　　　　　　我的好苗子呀！

苗　子　（唱）妈，您放心，

　　　　　　　孩子是我亲生的，

　　　　　　　您一直疼着我，

　　　　　　　家是我自己的。

兰婆婆　（唱）好媳妇，好女儿，

　　　　　　　妈晓得你心里苦，

　　　　　　　等旭汉回来，

　　　　　　　我打他一顿，

————花鼓戏《十二月等郎》

　　　　　　替你出气……

苗　　子　（突然泣不成声）

　　　　　（唱）妈，您别说了，

　　　　　　　求求你……

　　　　〔兰婆婆慌了，正欲劝慰她，又怔住。

　　　　〔背着行囊的周龙站在她们面前。

兰婆婆　周，周队长……

周　龙　大妈！

兰婆婆　找，找苗子啊？……

周　龙　嗯。

兰婆婆　那好，你们谈！你们谈……（走两步，回头）苗子，早点回家啊！……

　　　　〔就他们两人站在那儿了。

　　　　〔雪花无声飘落……

苗　　子　（唱）真要走了？

周　龙　（唱）嗯。

苗　　子　（唱）还会再来吗？

周　龙　（唱）难。

苗　　子　（唱）真快啊，

周　龙　（唱）是啊真快！……

　　　　　　苗子，

苗　　子　（唱）嗯？

周　龙　（唱）我想送你一件东西。

　　　　　　二胡。

苗　　子　（唱）……我有。

周　龙　（唱）你挂在墙上，

　　　　　　好久没拉它。

苗　　子　（唱）我心里，

〔一直有琴声。

周　龙　（唱）哦……

那我走了。

苗　子　（唱）等等……

〔帮他拍拍身上的雪花，又正了正领口。

苗　子　（唱）走吧，大哥，

走吧……

〔周龙看着她。

周　龙　（唱）苗子……

〔他大步走了，身影逐渐消失在雪雾中……

〔苗子的眼睛湿润了……

〔"等郎调"的旋律隐隐响起……

〔各家的灯光依次熄灭……

〔雪雾中，只有苗子身后的一盏红灯笼还亮着……

〔"腊月里等郎"的歌声由迷离而舒展，充盈了整个空间：

腊月里等我的郎来，腊月腊。

家家户户把灯笼挂，

大红灯笼照到我的郎回家……

〔剧终。